COLLECTION FOLIO

Louis Nucéra

Les Contes du Lapin Agile

précédé de

« Lettre à un ami »

de

Raymond Devos

Gallimard

Romancier et essayiste, Louis Nucéra a publié une quinzaine d'ouvrages. Il a obtenu en 1981 le prix Interallié pour *Chemin de la Lanterne* (Grasset) et, pour l'ensemble de son œuvre, le Grand Prix de littérature 1993 de l'Académie française et le prix Mac Orlan en 1996.

Il a achevé *Les Contes du Lapin Agile* quelques semaines avant d'être victime d'un tragique accident à vélo, en août 2000.

À Yves, Maria, Frédéric, Vincent, Sarah ;
à Mistral.

Aux amoureux de Montmartre.

Aujourd'hui, Le Lapin Agile appartient au parcours obligé des monuments historiques (Arc de triomphe, Moulin-Rouge, Tombeau de Napoléon Ier, Notre-Dame de Paris, pyramide du Louvre, Chez Michou) sans l'accomplissement total duquel aucun touriste français ou étranger ne peut prétendre connaître Paris.

FRANCIS LACASSIN
(préface à l'édition Folio 1995
Le Quai des brumes,
PIERRE MAC ORLAN)

Je ne crois pas aux fantômes ; j'en ai trop vu.

SAMUEL COLERIDGE

LETTRE À UN AMI

Insoutenable absence d'un ami.
Louis Nucéra...
Louis... de Nice !
Tu tenais fort à « la particule ».
C'était inscrit sur ton acte de naissance :
Louis... de Nice ! Ville de carnaval.
Ville de belles lumières et de belles ombres.
Ville odorante à fleur de peau.
C'est dans ta ville que j'ai fait mes débuts.
Je passais au théâtre de verdure... théâtre de plein air.
Sans te connaître, je t'ai reconnu tout de suite.
Tu étais là, assis au premier rang, sur une chaise
de jardin, une feuille de papier d'une main
(un crayon de l'autre) en suspens...
Ce que tu pensais de moi, tu l'as écrit mais aussi
tu es venu me le dire après le spectacle.
C'était si encourageant, si chaleureux !
Louis ! Ton dernier ouvrage, devant moi.
Ton ultime ouvrage : *Les Contes du Lapin Agile.*

Un livre considérable...
Un des plus beaux que tu aies jamais écrit.
L'histoire de Montmartre.
Autre coup de cœur. Cœur de Paris.
Louis de Paris. Paris-Nice.
Nice-Paris.
Course contre la montre.
Parcours sans faute, ni de goût, ni d'orthographe.
Louis !
Et moi, une feuille de papier d'une main,
le crayon de l'autre, en suspens...
Je ne suis pas là pour te faire l'article.
Je suis près de toi, assis sur une chaise de jardin
de ce théâtre de verdure de Nice où tu te reposes,
et je te regarde et je te pleure...
Louis de Nice,
Louis de Paris,
Louis... d'or !
Tu venais d'être promu officier dans l'Ordre national du Mérite.
Tu m'avais fait l'honneur de me demander de te remettre
cette insigne distinction.
D'abord, j'avais décliné l'offre.
D'autres que moi semblaient plus qualifiés
et puis, avais-je ajouté, les discours officiels
n'ont jamais été ma tasse de thé.
Tu m'as répondu :
« Tu me la remettras au cours d'un déjeuner
en tête à tête, sans tambour ni trompette,

au dessert ! Ce sera ma tasse de café ! »
Le destin en a décidé autrement.
Sans tambour ni trompette, tu es monté sur ton vélo
et tu t'en es allé, en portant fierement
ton intégrité à la boutonnière !

RAYMOND DEVOS

Ô Carco ! Ô Picasso !
Ô Modi et Utrillo
assoiffés !
Ô Buffet étouffé !
Ô Montmartre ! Peuplé de fantômes
que de vaillants vivants tirent de l'ombre
avant de s'y fondre
à leur tour.
Ainsi se poursuit
une ronde
où le respect déjoue les mauvais tours
de l'oubli et de l'ennui.

CHAPITRE PREMIER

Au risque de le répéter — mais qui, tôt ou tard, échappe au ressassement ? — les livres nous donnent un sacré coup de main dans la vie. Dès l'enfance, ils aiguisent des sentiments et des dispositions qui ne demandent qu'à s'épanouir en nous. La curiosité, par exemple, si l'on daigne ne pas la croire forcément de mèche avec l'indiscrétion maladive ou la vanité, c'est-à-dire le besoin de briller en écrasant l'autre par nos connaissances : il n'est pire camelot de son bagage que celui dont la compétence est neuve ; et le bougre de transformer la gouttelette qu'il vient de sonder en puits de science.

Nanti de cette tournure d'esprit qui pousse à conjuguer à tous les temps le verbe apprendre, comment n'aurais-je pas cherché à en connaître plus sur Montmartre quand je compris, un jour de 1964, que j'allais y vivre une bonne partie de l'année ? Sans quitter Nice, n'avais-je pas, tout gamin, sillonné et survolé les solitudes boréales avec

Amundsen, Nobile ou Byrd ? N'avais-je pas débarqué avec Colomb en octobre 1492 dans l'île qui deviendra San Salvador ? Certes, avec les années, on amplifie et enjolive nos sentiments anciens dans le sillage des dangers et des extases. Certes, allongé dans un lit, un bouquin à la main, on ne mène pas la vie aventureuse de Magellan, Jacques Cartier, Dumont d'Urville, Savorgnan de Brazza, Bougainville, La Pérouse, Marco Polo, Humboldt, Charcot, Mermoz. Mais, grâce aux récits ou aux biographies de ces prestigieux, par identification, rêveries de gosse, des frissons nous parcourent. On chevauche le merveilleux. On toise les périls. Des neiges d'antan, le lobe d'une oreille de licorne, des arpents du bon Dieu sont soudain un peu nôtres. Alors, apte à doubler le cap de Bonne-Espérance sous les ordres de Vasco de Gama ou à souffrir avec René Caillié à Tombouctou, dans le Hoggar et le Tanezrouft, ce serait bien le diable si je n'étais pas capable d'explorer les hauteurs de Montmartre, voire à travers les siècles.

Montmartre donc qui porta successivement les noms de Mons Mercurii (Mercure), Mons Martis (de Mars), Mons Martyrum (Martyrs), tandis que sous la Révolution on rebaptisa (si l'on peut user de ce verbe) l'éminence mont Marat. À la célébration des martyrs succédait celle d'un bourreau. Il arrive que d'affreux Jojo aient leur heure de gloire. Les hommes se plaisent d'ailleurs à mêler la nature et les lieux à leurs facéties. Ne vit-on pas, en 1940, de cérémonieux imbéciles donner le nom de maréchal Pétain au chêne le plus majestueux de la forêt de Tronçais alors qu'à la Libération d'autres imbéciles, mais plus frénétiques, incendièrent l'arbre qui n'en pouvait ? Par chance, fût et feuillage tinrent bon face aux flammes. Ils résistèrent, en quelque sorte. Mais laissons ça.

Évitant de plonger trop avant dans les commencements où, ici comme ailleurs, l'homme vagissant et congénitalement cannibale disputait sa pitance à ses semblables et à quelques dinosaures, je remontais cependant, par mes lectures assidues, à plusieurs siècles avant Jésus-Christ quand des druides officiaient sur ce tertre qui culmine à 129 mètres au-dessus du niveau de la mer, à 104 mètres au-dessus du flot de la Seine, à 65 mètres au-dessus des barrières Blanche, Pigalle et des Martyrs. Qui dit druides — l'étymologie nous renseigne — dit chêne, dit bois. Ce qui montre que là où, aujourd'hui, les espaces verts sont plumés, n'était, en ces époques reculées, que forêts et pâturages.

Serpette d'or à la main, les jours choisis, les druides recueillaient le gui qui, comme chacun le savait alors, était semé sur les arbres par des mains divines. Ils mesuraient le temps en comptant les nuits et les lunaisons. Ils croyaient en l'être suprême, en l'éternité de l'esprit, en la métempsycose, en la médecine par les plantes et aussi aux vertus de talismans invincibles comme la bave et les excrétions de serpents qu'ils enchâssaient dans des bijoux. Quant à la météorologie et à l'avenir, ils n'en ignoraient rien grâce à l'observation du ciel, du vol des oiseaux et aux sacrifices d'animaux et d'humains porteurs en outre du mérite d'éconduire tempêtes et mauvais sorts. Pour ce massacre des humains, des magiciennes et des prophétesses se joignaient, avec délectation et un entrain de bacchantes, aux grands prêtres. On les élevait au rang de druidesses en la circonstance. Voltaire écrit qu'elles plongeaient des couteaux dans le cœur des prisonniers et auguraient de l'avenir en lorgnant le sang qui s'écoulait. À chaque civilisation, ses aruspices. Bref, rien de bien différent avec ce qui se passait dans le monde, fût-ce en des contrées où ne régnaient pas les prêtres gaulois et bretons.

Vinrent les Romains. Les druides les agaçaient. Ils leur reprochaient de peu écrire et d'apprendre par cœur l'enseignement qu'ils recevaient au cours d'études qui se prolongeaient durant vingt ans. Leur objectif? Double. *Primo* : faire que leur doctrine ne soit connue que par ceux de la caste. *Secundo* : développer leur mémoire. Ce fut la conclusion de Jules César. Comportement secret, intelligence, initiation, volonté de savoir et de ne pas oublier, autant de délits qu'un dominateur admet difficilement chez l'autre. Excédés, les Romains montrèrent de quel bois ils se chauffaient, les dressant en croix et les multipliant quand les chrétiens, à leur tour, se pointèrent, avec leur abracadabrante certitude que le monde avait été créé en six jours. Mercure, Mars, Jupiter, Neptune, Bacchus, Vulcain n'auraient jamais eu l'idée de proclamer pareille ineptie. Ni, non plus, de croire en un seul Dieu, laissant les autres sur le carreau. Justement, pour célébrer ces dieux, les Romains, bâtisseurs dans l'âme (on connaît le proverbe qui sera énoncé des siècles plus tard : « Au bout du monde il y a un mur et derrière ce mur il y a un Italien »), se mirent à édifier temple après temple : floraison de pierres à laquelle s'ajoutait la construction de maisons. Montmartre prenait tournure.

En bas, dans la plaine, Lutèce n'était pas en reste. Les huttes de branchages, de paille, de boue, plantées sur la plus vaste des trois îles marécageuses (à présent l'île de la Cité) où s'abritaient les premiers Parisiens, avaient fait leur temps. Sur les bords de Seine, des rues, des places étaient tracées ; des monuments, des fabriques, des murs d'enceinte, des habitations se dressaient ; des faubourgs naissaient.

Au IIIe siècle, le premier évêque de Paris, saint Denis, fut arrêté avec deux de ses compagnons, Éleuthère et Rustique. Leur forfait ? Par leur conduite généreuse et aimable, ils séduisaient. On les admirait ; on les aimait. Conséquence : les idolâtres, passant d'une exaltation à l'autre, se déprenaient de leurs anciens dieux. Les païens invétérés, une fois encore, virent rouge. Comme ils n'avaient pas dit leur dernier mot, les trois hommes coupables des crimes de foi en Jésus et de bonté furent traînés sur la Butte et décapités sans aucune forme régulière de procès. D'où un des noms de Montmartre : mont des Martyrs. Mais Denis, mû par l'ineffable, n'était pas à un miracle près. Il se saisit de sa propre tête qui avait roulé à ses propres pieds et, la tenant entre ses bras comme on tient une offrande, il marcha lentement pendant quatre kilomètres jusqu'en un lieu où sera édifiée son église. Du ciel, les anges piquèrent pour l'escorter; du sol, des âmes s'élevèrent pour se convertir de plus belle. On sanglotait, mais les sanglots avaient ces sons que répand le plaisir. Le christianisme marquait des points.

De conversions en conversions, les Romains eux-mêmes furent touchés. Sous Constantin le Grand, le christianisme fut déclaré religion de l'Empire. Nous étions en 323. Trente-cinq ans après, son neveu Julien — épris de Lutèce, de son climat, de ses eaux (il logeait au Palais des Thermes), des vignes et des figuiers qui y prospéraient — était si croyant qu'il estimait les Parisiens encore trop imprégnés par les rites païens. Cependant, il appréciait « leurs mœurs austères ». S'ils adoraient Vénus, c'était pour louer les bienfaits du mariage, « s'ils usent des dons de Bacchus, explique-t-il dans ses écrits, c'est parce que Bacchus est le père de la joie et contribue avec Vénus à donner de nombreux enfants ». Seize siècles plus tard, Arletty, qui allait sur ses 90 ans, ne me dit pas autre chose. Comme nous avions généreusement bu au cours d'un repas et que je le lui faisais remarquer avec un sourire que la tendresse dessinait et que ses yeux ne voyaient plus, elle lança de sa voix magnifiée par la promptitude et l'humour : « Parfait ! Le vin met l'homme sur la femme ! » Avait-elle lu le *Misopogon* de Julien ?

De détruire des temples païens, de les métamorphoser en églises chrétiennes, de faire une basilique d'un autel à Jupiter, de se convertir à tour de bras et sans avoir recours à la force n'empêchaient aucunement l'Empire de battre de l'aile. Les lendemains se faisaient de moins en moins sûrs, ce qui, on l'aura peut-être noté, n'est pas l'apanage de ces ténébreuses années. En sus, la décadence de Rome donnait le branle aux hésitations de conscience tandis que frémissait, déjà, un vague sentiment de culpabilité.

Forts de ces faiblesses, les Barbares accoururent. Aux têtes rases romaines succédaient des Nordistes chevelus et des Mongols qui n'avaient pas le goût de parlementer. Aux dialogues de sourds, ils préféraient l'action. Paris possédait à l'époque des ceintures de murailles, des tours, des guérites. À la dissuasion de ces remparts, parapets et créneaux, s'ajoutait la délicate et néanmoins indomptable énergie d'une sainte. Elle se prénommait

Geneviève. Elle était née à Nanterre. Elle menait paître chaque matin le troupeau de son père au mont Valérien où les prairies étaient grasses. Elle multipliait les miracles et se montrait si charitable que sa mère, excédée par ses largesses, un jour la gifla. Elle en perdit la vue sur l'instant. Dieu l'avait sanctionnée ; il n'approuvait pas, paraît-il, l'injustice. Le pardon non plus ?

« La bergère de Nanterre » — le bon peuple l'appelait ainsi — fut-elle horrifiée par l'affirmation parvenue à ses oreilles selon laquelle l'herbe ne poussait plus où passait le cheval d'Attila ? Redoutait-elle la famine pour ses moutons ? Quand le chef hunnique qui, sans désemparer, venait de dévaster Metz, Reims, Cambrai, Besançon, Langres, Auxerre, fut annoncé à proximité de Lutèce, elle se hissa sur une tour et prononça un discours si apaisant, si doux, si convaincant, que les habitants, qui s'apprêtaient à décamper ou à se battre jusqu'à la mort selon leur caractère, l'écoutèrent.

« Je vous assure, mes compatriotes, mes frères, mes sœurs, disait-elle, Attila contournera notre cité. Laissez vos armes, ne fuyez pas, priez. Il ne nous attaquera pas. » Y eut-il un enchaînement de cause à effet ? Les signes de croix, les invocations, les mea-culpa, les génuflexions s'additionnant, les Huns changèrent de direction. « La bergère de Nanterre » avait eu raison du « Fléau de Dieu ». La déroute des champs Catalauniques s'annonçait pour les hordes qui répandaient « sang et cendres ». La Gaule, bientôt, serait délivrée des envahisseurs tartares.

Hélas, Montmartre n'avait pas de fortifications ni de Geneviève pour défense. Longtemps, Vandales, brutes du Nord, d'Ouest et d'Orient pillèrent, ensanglantèrent, saccagèrent un lieu de plus en plus déserté. Comment faire croître quoi que ce soit sur le fumier du malheur ? Il fallut l'agrandissement de Paris, déclaré capitale du royaume par Clovis, pour que cesse l'horreur. Geneviève allait sur ses 90 ans comme Arletty. Que cesse l'horreur ? Le verbe « cesser » est sans conteste impropre : où l'homme vit, les vents méchants et les sombres jours ne disparaissent jamais. Il suffit de voir les visages navrés — de l'air de dire : « Mais qu'ai-je donc fait au ciel ? » — des gens qui ont toujours évité de marcher sur les pieds du voisin, pour comprendre que la foire d'empoigne familiale, anecdotique, internationale, catastrophique, se perpétue insolemment. L'horreur tire, inlassable, son épingle du jeu ; on lui reconnaît même un essor grandissant. Certains rois, fils de rois, neveux, petits-fils, cousins, épouses (si le livre des records avait existé jadis, quelle place aurait eue Frédégonde, orfèvre du mal, tueuse émérite !), conseillers, ministres, autocrates, tyranneaux, faux culs, propagateurs de bonnes paroles, idéologues pervers s'y sont complu. On monte sur les grands chevaux de la vertu, mais il est possible que la noblesse des sentiments ne soit pas l'unique mobile de la cavalcade. En somme, les raisons d'enquiquiner autrui n'ont jamais manqué aux puissants de ce monde comme aux plus miséreux, concédons-le. Mais malgré les complots, les incompétences, les trahisons, les roueries, les disettes, les invasions, les incendies, les lâchetés, les crimes en tout genre qui florissaient, le royaume s'affermissait.

Montmartre n'était pas exclu des améliorations ni des vicissitudes : le commerce apportait croissance, perspective d'un futur meilleur ; les envahisseurs déboulaient, malheur au poing. De la colline, ils avaient beau jeu pour observer ce qui se passait dans Paris. Normands (dévastateurs entre tous), Danois, Allemands se montraient les plus assidus. Lorsqu'ils quittaient leur campement, ce n'était que désolation sur la pauvre Butte. À l'intérieur de Paris c'était d'autres désordres : la délinquance sévissait. Lassé, un des monarques décida que les gens du guet seraient « responsables des vols qui auraient été faits du coucher au lever du soleil s'ils n'arrêtaient pas les voleurs ». À cet égard, il semblerait que de nos jours le mot responsabilité n'a plus grand sens, ironisent les connaisseurs. Le mot honneur non plus, du reste, « frappé de ridicule », renchérissent-ils. Mais relisant derechef ces pages, m'est avis qu'il serait préférable de s'en tenir à chantonner l'éternelle antienne : « Rien de nouveau sous notre ciel ». Il y a belle lurette que l'homme a plus d'un sale tour dans son sac. Les mots qui élèvent, dans ce qu'ils engagent si on les prend dans leur acception, il les filoute. Renvoyons donc dos à dos ronchons nostalgiques, contempteurs du passé et adorateurs des temps modernes. Ouvrons le parapluie.

L'expansion du commerce, disions-nous. Cela implique des voyages, des visiteurs. La population montmartroise n'était pas nombreuse. Mais des marchands s'arrêtaient sur la Butte ; des commémorations, des fêtes, des processions égayaient ou sacralisaient des moments. On avait le souvenir du supplice des saints Denis, Éleuthère et Rustique. On encensait Dagobert Ier qui avait décrété, dès le VIIe siècle, que Montmartre serait terre d'asile. On rappelait la ténacité du comte de Paris, Eudes, fils de Robert le Fort, gravissant la pente en l'an 886 « afin de ranimer le courage » des Parisiens assiégés par ces satanés Normands. Et comme Paris, quoique affligé par les guerres, les troubles, les rivalités princières, les famines, les épidémies, les abus de pouvoir, les pillards, les crocheteurs, les chauffeurs, les gibiers de potence de tout acabit, continuait de s'étendre, comme on y construisait à tour de bras, Montmartre commençait à se bâtir une réputation qu'un vieil adage résume : « Il y a plus de Montmartre à Paris que de Paris à Montmartre », ce qui signifie qu'une énorme quantité des pierres de la Butte a servi à édifier

Paris. En résumé, pour la majesté de la capitale, Montmartre a creusé ses cavernes au plus profond, s'est dépouillé de son gypse de façon si exagérée et dangereuse que certains ombrageux soutiennent que la Butte n'est plus qu'un gruyère et qui plus est friable. « Ça glisse, ça s'affaisse, tonnent-ils, avec cette colère propre aux floués. Dans moins d'un siècle tout s'effondrera. » Il ne nous reste plus qu'à prier, tudieu !

Est-ce pour cela, pour s'attirer la protection du Seigneur, de ses parents, des saints, des bienheureux que Montmartre posséda une collection de reliques à stupéfier l'incrédule le plus endurci ? On rêvait à l'immensité de Dieu à la seule vue d'une écharde de la vraie croix, d'un fragment de tissu qui avait touché la peau d'un élu. On effleurait du regard un bout de mâchoire de saint Denis, une côte de saint Maur évêque de Vierzon, une dent de sainte Irmine, la phalange d'un doigt de sainte Beuve (rien à voir avec l'écrivain dont de vieilles Bretonnes encadrèrent parfois le portrait comme une image pieuse dans certaines fermes d'Armorique), on reluquait les ossements des onze mille vierges de Cologne, et on se sentait en mesure d'affronter les extravagances du destin ou le cours quotidien des choses.

Habitait autrefois à Montmartre un devin si lamentable qu'une locution circulait à son propos : « Il devine les fêtes quand elles sont venues. »

Burchard de Montmorency le consultait-il ? Présumons-le car l'inaverti Burchard (pardon pour la privauté envers un membre d'une famille qu'Henri IV tiendra pour « la première de France après la maison de Bourbon ») ne dut pas apprendre de sa bouche qu'un jour viendrait où la spéculation immobilière ferait florès. Montmartre lui appartenait. Au premier tiers du XIIe siècle, il l'offrit à Louis VI dit le Gros, époux d'Adélaïde de Savoie, grand roi, celui-là même qui aux portes de Paris mata Henri V, l'empereur germanique, et galvanisa ses troupes au cri de « Montjoie Saint Denis ! ».

Louis VI aimait les arts. Sous son règne, le monde civilisé, unanime, sacra Paris « Ville des Lettres ». De toutes parts on venait y étudier et enseigner. C'est Louis VI le Gros qui fonda l'abbaye de Montmartre. La réputation de sainteté que se firent les religieuses fut telle que les dons affluèrent. Une fortune colossale fut amassée. Mais avec la fortune vinrent le relâchement, le désordre des mœurs. Et comme Paris, pareillement, s'abandonnait à la débauche, le mal des Ardents, jugulé depuis deux cents ans, réapparut.

Comment vaincre la puanteur de ce charbon (de ce seigle ergoté) qui gangrenait l'extrémité des membres et paraissait les transformer en brasier par la douleur qu'il diffusait ? « En dissipant excès, débordements, dépravations, inconduites et en faisant pénitence », prêchait le Clergé qui était l'essentiel recours face à l'impuissance de la médecine. Dans de vastes élans de dévotion, Notre-Dame-des-Ardents fut édifiée à Paris autour des années 1130 ainsi qu'une demi-douzaine d'autres églises comme Saint-Pierre-aux-Bœufs, Saint-Jacques-la-Boucherie, la léproserie de Saint-Lazare. On y priait avec ferveur. Cependant, ce furent encore les reliques de Montmartre qui attiraient le plus de pèlerins. Dûment chapitrées et effrayées, les religieuses s'étaient amendées. Elles donnaient l'exemple. Morceaux de la tête de saint Arnoul, de saint Ignace, de sainte Far, de sainte Catherine de Suède, de sainte Ursule, tronçons de radius, de tibia, de cubitus, de péroné de saint Fructueux, de saint Austremoire, de sainte Euphrosyne, de sainte Thècle, récipient contenant du sang de sainte Barbe, corps entier (non désossé) de saint Valentin bravaient le vice et, par conséquent, le mal des Ardents. Les restes vénérés des martyrs ne s'en tenaient pas là. Une côte de sainte Marguerite donnait fécondité aux femmes les plus réfractaires à l'enfantement. Un orteil de saint Loup empêchait les incendies. N'avait-il pas fait ses preuves en sauvant des flammes l'abbaye ?

La guerre de Cent Ans, la guerre civile opposant Armagnacs et Bourguignons outrepassèrent de mille coudées les ravages causés par le mal des Ardents. Cela veut-il dire que libertinage, luxure, dérèglements, bamboche et leurs conséquences sont de moindres maux ? On n'en finirait pas de citer les abominations qui accompagnaient la vie des Parisiens en cette période calamiteuse : des chiens, qui déterraient les cadavres dans les cimetières pour se nourrir, aux épidémies et à des famines comme celle de 1421 réputée la plus atroce qu'ait connue l'histoire de France. Les seigneurs de ce monde ne dégotaient pas d'argent pour empêcher qu'expirent dans les rues des dizaines de milliers de miséreux ; pour se battre, ils en trouvaient. Est-il loisible de supposer qu'en tuant on se prouve qu'on existe et que l'histoire bégaie ?

Et Montmartre dans ce chaos ? Sa population souffrait comme partout ailleurs. Quand Jeanne d'Arc, à la veille d'être blessée d'un trait d'arbalète à la porte Saint-Honoré, s'y rendit, elle vit là des loups et un peuple de fantômes. Montmartre s'était muté en astre quasiment mort.

« Quand tu ne sais pas où tu vas, retourne-toi pour savoir d'où tu viens », conseille le proverbe africain. Assurément, quelles que soient nos origines, nous venons de beaucoup de détresses et ce n'est pas trop s'avancer que de croire que le bonheur de l'homme ne fut pas l'objectif primordial de Dieu quand il conçut l'univers. On pleure en naissant ; on fait de même en mourant. Entre ? Force malheurs, serait-on né sous une bonne étoile et avec le vent en poupe. Monsieur de La Palice eût-il mieux dit ? Nonobstant, d'Allemagne, nous arrive un autre proverbe : « C'est toujours avant l'aube que la nuit est la plus noire. » La nuit avait été si noire en ces années, qu'il semblait difficile de s'enfoncer davantage dans les abysses du terrible. Le fait est que de Louis XI à François Ier, si l'injustice continuait de le disputer à la cruauté et au bon plaisir des plus forts, l'urbanisme, l'assainissement, les sciences et les lettres progressaient. Doucettement, la misère reculait. Louis XI créait le service des postes, l'école de médecine ; François Ier par l'édit de Villers-Cotterêts promulguait que les actes officiels, dorénavant, seraient écrits en français et non en latin. L'imprimerie remplaçait la calligraphie. La construction des premiers égouts était appréciée des nez car les eaux stagnantes transformaient les rues en cloaques, en nids à puanteur et à contagion. La transition Moyen Âge-Renaissance s'opérait.

C'est aussi sous le règne de François Ier, le 15 avril 1538, que fut fondée, dans la crypte du martyrium du monastère des Dames de Montmartre, la Compagnie de Jésus. Page de Ferdinand V roi de Castille, le Biscaïen Ignace Lopez de Loyola boitait bas depuis le siège de Pampelune en 1521. Cette blessure de guerre l'éloigna du métier des armes. Mondain, cédant volontiers aux attraits de la galanterie, rien ne le prédisposait à une existence de mystique fou. Sur son lit d'hôpital, des lectures édifiantes comme *La Vie des saints* enflammèrent son âme ardente. Il se soumit bientôt aux privations et à l'ascétisme le plus strict, rattrapant le temps perdu jusqu'à attenter gravement à sa santé. On l'hospitalisa de nouveau. Il avait 33 ans. Convalescent, il reprit des études, combien négligées, à Barcelone, Alcala, Salamanque et à Paris où il fut élevé au rang de maître ès arts. Il se fit mendiant couvert de repoussants haillons, de pustules, encourant les quolibets et les jets de pierres des gamins qu'il rencontrait. Cette pénitence consommée, il s'adouba lui-même « chevalier de la Vierge » et affronta un Maure qui avait eu le toupet d'affirmer qu'il était impossible d'être vierge et mère. On n'a pas idée d'être si mal embouché.

Ils étaient sept dans la crypte du martyrium, au milieu des ossements, des fantomatiques lumières des bougies : Ignace, bien sûr, François Xavier de Navarre, les pères Lefèvre — qui célébra la messe ce jour-là —, Alphonse Salmeron, Nicolas de Bobadilla, Rodrigues, Diego Lainez que l'on supposait juif et qui fut un organisateur sagace quand la petite phalange des commencements prit de l'ampleur.

Armés des vœux de pauvreté, de chasteté, de vie apostolique et d'obéissance à Rome (le pape leur avait attribué une église consacrée à Jésus, d'où le nom choisi par Loyola pour la Compagnie), ils partaient conquérir la planète, sous l'aile du grand pavois du Christ. La tâche ? Convertir les hérétiques. Ils avaient du pain sur la planche. Ils le pétrirent et qu'importe pour les êtres qui en pâtirent.

Quatre siècles et demi après, je l'ai encore vue cette scène du serment de l'an 1534, à deux pas de la place du Tertre, avant que disparaisse le musée qui la reconstituait. Chaque protagoniste était en cire, grandeur nature, dans un éclairage sinistre. Le commentaire ? « La société des Jésuites est une épée dont la poignée est à Rome et la pointe partout. » Le souvenir que j'en conserve ? Un rétrospectif malaise. La voix de ces soldats du Christ était peut-être gorgée d'aurores, mais l'assemblée n'était pas une assemblée d'anges. J'avoue pourtant mon manque d'objectivité. Il est flagrant. Que voulez-vous ! J'ai pour devise : « N'emmerde personne » et Ignace et ses compagnons pensaient eux qu'il convenait d'agir de plus en plus sur les individus au nom de la monarchie absolue, du droit divin et de l'obéissance aveugle qu'ils préconisaient. Ils étaient « directifs » ; j'en ai l'aversion.

Cinquante ans s'écoulèrent. Les chiens déterrèrent de nouveau les corps des cimetières, on bouffait du rat, on broutait l'herbe des rues, les os des morts servaient à faire du pain, trente mille cadavres qui ne pesaient pas lourd furent conduits en terre quand les Ligueurs, contraints et forcés, s'enfermèrent dans Paris.

Au-dehors, Henri IV mettait le siège. D'un côté des seigneurs et des moines hallucinés qui haranguaient un peuple héroïque dans le but de défendre le catholicisme contre les calvinistes ; de l'autre, Henri de Navarre qui, s'il aima Jeanne d'Albret, sa mère, n'avait pas sa rigueur religieuse. Chef du parti protestant, à la mort de Condé, il se reniera au point d'assister sans manifester grande émotion aux supplices de ses amis Cavagnes et Briquemaut, coupables de fidélité en leur croyance. Plus tard, il rétracta son abjuration et reprit le commandement de l'armée calviniste. Mais comme « Paris vaut bien une messe », il abjura une fois encore solennellement le protestantisme. Les affres de la conscience ne pèsent pas lourd devant les affaires d'État. Henri IV n'inventait rien. Pourquoi alors faire mine de tomber des nues et jouer les offusqués, de nos jours, quand un politique, un chef d'État, sont pris en flagrant délit de mensonges ? Ne le sécrètent-ils pas comme certaines glandes le venin ?

C'est au cours de ce siège de l'an 1590 que Henri IV plaça des pièces de son artillerie sur la Butte où il installa le quartier général de son armée. Et pendant que sur les bords de la Seine la mort précipitait ses cadences, le Béarnais accélérait d'autres cadences auprès des religieuses du couvent où il avait ses appartements. Le mal des Ardents reculait, l'ardeur du priapique redoublait ; sa réputation le précédait, il la justifiait. « Ma brebis a enfanté un lion », avait crié son grand-père maternel à sa naissance. Le lion rugissait.

Un matin, au plus haut point de Montmartre, il tourna le dos à Paris, se courba, plaça sa tête entre ses jambes, regarda les maisons de la capitale dans cette posture et s'exclama : « Ah ! Que de nids de cocus ! » La conquête du trône de France ne l'aurait-elle pas requis, se serait-il attardé dans chacun d'eux ? Son insatiable sexualité, si elle faisait scandale, n'effarouchait pas tout le monde. Que le Vert Galant puât l'ail et répugnât à se laver n'y changeait rien.

Dix-sept fois celui dont la réputation de bonté ne fut créée et propagée qu'à partir du XVIIIe siècle échappa aux bras vengeurs de ses ennemis. « Méfiez-vous, sire ! Vous êtes haï à cause des charges dont vous accablez le peuple. Vos prodigalités, vos gaspillages l'exaspèrent », l'avertissaient ses proches quand ils pouvaient se le permettre. Le 14 mai 1610, rue de la Ferronnerie, dans son carrosse, sa bonne fortune l'abandonna. Doué pour le fanatisme, éperonné par les exhortations des Ligueurs, François Ravaillac, qui aimait à dire : « Que toujours en mon cœur Jésus soit le vainqueur », tua le roi de deux coups de couteau. La mort fut instantanée. On crut l'assassin jouet et instrument d'une intrigue. Il nia obstinément. Pourtant, ses bourreaux n'épargnèrent pas leur peine. Supplice des brodequins, tenaillement, versement de plomb fondu et d'huile bouillante dans les plaies, main droite brûlée au feu et au soufre et pour finir écartèlement, place de Grève, par quatre chevaux auxquels se joignaient des spectateurs en délire, se succédèrent. Quand Ravaillac expira, même si un des chevaux épuisé dut être remplacé par celui d'un gentilhomme présent, « il n'était pas démembré ». Son cadavre chaud fut laissé au peuple qui le dépeça. Indiscutablement, les foules ont toujours su se distraire.

Avant de commettre son forfait, au nom de « Notre Seigneur Jésus-Christ et de la Vierge Marie », le régicide avait assisté à la messe en l'église Saint-Benoît, l'ordre des religieuses de Montmartre. Le jour où sa sœur nommée Scolastique mourut, Benoît avait vu son âme voler vers le ciel sous la forme d'une colombe. L'âme de Ravaillac et celle d'Henri IV n'apparurent à personne.

Marie de Médicis régente, la mère abbesse Marie de Beauvilliers, en 1611, entreprit des travaux afin de restaurer le couvent à l'endroit où s'élevait la chapelle des Martyrs de Montmartre. Une catacombe fut mise au jour. Le bouche-à-oreille prouva, illico, son efficacité. Sans radio, sans télé ni presse à sensation, le retentissement donné à la découverte fut immense. « On a retrouvé le véritable oratoire de saint Denis et des premiers fidèles », répétait-on dans un état voisin de l'hystérie. Plus que jamais les pèlerins convergèrent vers la colline propice aux miracles. On y chantait des alléluias que l'on entendait jusqu'à

Paris. On couvrait de dons les bénédictines. La reine Marie de Médicis, en personne, vint se prosterner et prier devant le tombeau des Martyrs. Alentour, le petit commerce fructifiait.

Onze ans plus tard, la communauté des Dames de Montmartre se scinda. Il y eut le monastère d'En-Haut qui couronnait la Butte ; celui d'En-Bas où était « le Prieuré ». Chaque communauté avait sa sœur supérieure. En 1680, les deux monastères furent de nouveau réunis. Mais réunis ou séparés, l'affluence était toujours la même, et par la dévotion et par le nombre. Chaque année, le chapitre de Notre-Dame se déplaçait. De grands prédicateurs bouleversaient, par leur talent et la piété, les foules recueillies. Les rois et les reines grimpaient à pied la pente comme le petit peuple : le haut lieu les rapprochait du ciel.

Les pèlerinages se prolongèrent jusqu'en 1790. La contagion d'autres convulsions les fit cesser. La France était en révolution. Montmartre n'échappait pas à l'effervescence. Quel barrage pouvaient dresser le saint Clou de la Croix du Christ, une incisive de saint Trésin, un os de saint Menou, le souvenir du réconfort que reçurent les gens de Paris à l'abbaye par leurs prières et celles des nonnes quand ils se sentirent orphelins après que François Ier fut fait prisonnier à Pavie où neuf mille gentilshommes périrent, souvenir entretenu par la tradition ? Oui : quel barrage efficace, face au déferlement des idées nouvelles et des colères domptées soudain libérées ? Aucun.

Les reliques furent jetées avec un ostentatoire mépris dans des caisses que l'on ensevelit dans le jardin du couvent. On les récupéra sous la seconde Restauration, après juillet 1815. Le Clergé répartit leur contenu dans diverses églises de France. Que le maximum de fidèles en profite ! La République était passée par là, avec son sens de l'égalité.

Mais, pour l'heure, les bons sentiments avaient des régurgitations de bile. Les révolutionnaires ne se contentèrent pas d'épancher leur hargne sur des reliques. Ils dévastèrent le couvent. Seule l'antique église Saint-Pierre tint debout. Ils mirent en pièces le martyrium avec de tels transports de rage que l'on ignore aujourd'hui où il se trouvait. Des religieuses furent menées à l'échafaud. On ne sait si la paix intérieure de certaines désobligea les fielleux pour qui faire suer ou torturer autrui sont les grandes joies de la vie, on sait en revanche que la mère abbesse en exercice — Mme de Montmorency-Laval, aussi chargée d'ans que dure d'oreille — fut emprisonnée. Le 21 juillet 1794, Fouquier-Tinville, à la fureur jamais éventée, produisit l'acte d'accusation. « La femme Laval, ex-abbesse de Montmartre, a été une des plus cruelles ennemies du peuple. Elle a refusé de prêter serment à la nation, croyant que son nom et son état de religieuse devaient l'empêcher de reconnaître jamais la liberté et l'égalité des hommes entre eux. » Il requit la peine capitale. Comme Mme de Montmorency n'entendait rien, elle ne répliqua pas. Le président, nommé Scellier, constatant son infirmité, approuva néanmoins le procureur sans plus de discussion. Il souligna que la coupable avait conspiré « sourdement ». On ne peut avoir plus d'humour. Le 25 juillet 1794, la dernière abbesse de Montmartre eut la tête tranchée à la barrière du Trône-Renversé. Au mois de mai suivant, Fouquier-Tinville, qui s'inventa une particule sous Louis XVI régnant, qui supprima Tinville de son nom durant la Terreur (l'opportuniste ne néglige pas les plus futiles détails, crénom de Dieu !), comparaissait à son tour devant le Tribunal révolutionnaire. « Je demande que cet individu cuve dans les enfers le sang qu'il a versé », fulmina un autre accusateur public, espèce interchangeable. « Je n'ai été que la hache de la Convention ; punit-on une hache ? » interrogea, indigné, l'accusé. Elle fut punie. La tête de Fouquier-Tinville, à son tour, vint rougir la guillotine.

Vingt-cinq moulins, au dire de certains, douze, selon d'autres, s'encalminaient dans la verdure de Montmartre au XVIIIe siècle. Leurs ailes avaient beau tourner au gré des vents, leur base s'ancrait solidement dans un territoire que leurs propriétaires imaginaient doué pour la joie de vivre. Avaient-ils lu *Don Quichotte*? « La pire des folies serait bien de voir le monde tel qu'il est plutôt que de le voir tel qu'on voudrait qu'il soit ? » En tout cas, du haut de leur machine à moudre, les meuniers s'obstinaient à le considérer tel qu'ils le souhaitaient. Et il fallait avoir le cœur bien accroché pour s'entêter ainsi dans la belle confiance ! Aux pourfendeurs révolutionnaires avait suivi l'écorcherie napoléonienne pour la plus allègre jubilation de nos chers cousins anglais si enclins à allumer la mèche des discordes et à souffler sur les braises. À l'euphorie des victoires, se substituèrent les revers. Et quels revers ! Ne vit-on pas, en 1814, des Russes vociférant, commandés, soit dit en passant, par un général comte de Langeron, succéder sur la Butte à une cavalerie française fuyante ? L'apocalypse était imminente. La panique s'empara de la plupart des Montmartrois ; ils déguerpirent.

Montmartre possédait en cette période dix canons. Des conscrits, des gardes nationaux, quelques habitants irréductibles — parmi lesquels des meuniers —, possesseurs d'une arme et de beaucoup de bravoure, se groupèrent autour de leur sommaire artillerie.

Aux Russes qui criaient victoire, ils opposèrent leur vaillance. Une famille de meuniers (les Debray) dirigeait ce dernier carré de l'héroïsme et du stoïcisme. Tour à tour, trois des frères furent balayés par des rafales qui n'avaient rien de commun avec celles des vents, leurs alliés de toujours. L'aîné des Debray ne faiblit pas devant ce carnage.

Son fils demeurait auprès de lui de même que ceux qui refusaient encore la défaite. Comme François Ier l'écrivit jadis à sa mère, Louise de Savoie, après le désastre de Pavie : « Madame, tout est perdu, fors l'honneur », les derniers résistants de Montmartre pouvaient s'enorgueillir de leur conduite. Et quand, en fin d'après-midi, l'ordre d'arrêter le combat arriva de Paris, ils eussent pu obtempérer sans déchoir.

Mais l'aîné des Debray était de la race des têtus ou des couillons selon notre vision des comportements humains. Les Russes ne tiraient plus. Ils avaient eu connaissance de l'ordre de cesser le feu donné aux Français. Comme ils s'apprêtaient à investir l'ultime îlot de résistance, le meunier, qualifions-le d'opiniâtre et de cabochard, leur expédia à bout portant un boulet; il coucha plusieurs assaillants. Enragés, les valides précipitèrent leur course. Parvenu face aux Montmartrois, l'officier russe qui emmenait le groupe demanda : « Que celui qui a tiré se livre, sinon vous serez tous fusillés. »

En guise de réponse, l'indomptable Debray fit feu sur le chef ennemi qui s'écroula. En un clin d'œil, il fut lui-même criblé de balles et son fils (il survécut) transpercé par une baïonnette.

Les Russes décidèrent alors d'effrayer au paroxysme tout habitant resté sur la Butte. Ils coupèrent en quatre le corps de Debray et attachèrent les morceaux aux ailes de son moulin, ce qui fut une aubaine pour les oiseaux et un supplice de Tantale pour les chiens affamés. Le surlendemain, son épouse réussit à récupérer les restes du supplicié et à les ensevelir après les avoir enveloppés dans des sacs de farine. Est-ce une légende ? Un historien comme André Maillard le soutient. Debray n'était-il pas veuf depuis deux années ? Cela dit, une sauvagerie sans nom s'installa.

Il fallut un mois aux Russes pour s'élever au rang d'archétype des steppes, réfractaires à la mansuétude : le mois que dura leur occupation. Quand ils partirent, Montmartre semblait un vaisseau fantôme dont les ailes des moulins simulaient les voiles.

Nantis du proverbe : « Il vaut mieux aller aux moulins qu'aux médecins », d'autres meuniers remirent en marche leur machine à broyer essentiellement le grain : le moulin de la Lancette qui avait appartenu aux dames de l'abbaye, le moulin de la Galette (« Clocher de la paroisse des fous, de quelque côté que vienne le vent c'est toujours de la fantaisie », dira Octave Charpentier), les moulins de la Béquille, des Potences, du Bout-à-Fin, du Blute-Fin, de la Poule, des Brouillards, du Paradis, le Ture-Lure, autant de silhouettes héraldiques qui se servaient d'Éole sans s'abandonner à ses caprices et à ses volontés, ordonnerait-il des poussées à décorner les bœufs. Mais si l'on domestique les vents, on ne freine pas le progrès. Que reste-t-il à présent de ces tours, de ces ailes sinon des bouffées de nostalgie quand on regarde de vieilles images ou les moulins restaurés, seuls survivants que vent coulis, saute de vent, bourrasque n'actionnent plus ? Est-ce à croire que Paris n'a plus besoin de farine ?

Les fontaines, de même, résistèrent longtemps aux exploitations des carrières qui, hélas, finirent par les tarir. Elles s'appelaient de la Bonne Eau ou de la Bonne Fée (pourquoi avoir abrégé le nom de la rue où celle-ci coulait en rue de la Bonne : la mode des amputations de mots sévit partout), de la Fontenelle, du But... Quant à celle où saint Denis lava lui-même sa tête après qu'on la lui eut ôtée, elle ajoutait, à l'utilité inhérente aux fontaines, la propriété de guérir les fièvres, toutes les fièvres puisque les jeunes filles qui buvaient de cette eau resteraient fidèles à leur futur mari. On venait de loin se désaltérer à son canon et remplir des bouteilles.

Il y eut « les cents jours » Waterloo, le retour de Louis XVIII, sa mort, le règne du comte d'Artois sous le nom de Charles X, la révolution de Juillet, le serment du duc d'Orléans devenu Louis-Philippe Ier. Il y eut le prince de Joinville ramenant de Sainte-Hélène, le 15 décembre 1840, les restes de Napoléon, le renversement du roi en février 1848, l'insurrection de juin la même année, la présidence de la République offerte à Louis Bonaparte, son accession au titre d'empereur, la suppression des libertés publiques, le meurtre de Victor Noir à Auteuil par le prince Bonaparte, la capitulation de Sedan, la chute de l'Empire. Il y eut, comme à l'accoutumée, d'interminables balades dans l'horreur, dans l'imposture, dans les défis à la vilenie des hommes parce que d'autres hommes auront continûment des envies de justice et d'amour quitte à commettre sous ces nobles prétextes d'autres vilenies. Pourtant, malgré la carte blanche donnée — cela se produit — à la déloyauté et à la violence, l'industrie, le commerce, l'urbanisme se développaient irrésistiblement.

Et Montmartre dans ce tourbillon ? Comme à Paris et en d'autres grandes villes, la révolte couvait. Une des dures manifestations eut lieu au cimetière sur la tombe du docteur J. B. Baudin, dévoué aux affaires sociales, représentant du peuple à l'assemblée législative, tué sur une barricade faubourg Saint-Antoine le 2 décembre 1851. Ce jour-là, Montmartre sentit la poudre. Mais ce ne fut que roupie de sansonnet, pâle répétition. Vingt ans après, la poudre parla.

Le 28 janvier 1871, le gouvernement de la République livra Paris aux Prussiens, sans doute pour en limiter la destruction, Paris qui, malgré le froid, la faim, les bombardements, « les longues nuits aux tranchées, les petits-enfants s'éteignant par milliers », avait supporté le siège. Le lendemain, le drapeau allemand flottait sur les forts entourant la capitale.

Écœuré par des généraux qui ne parlaient que de se rendre mais refusaient de perdre leur poste et leur superbe (ils ne redevenaient combatifs que face à ceux qui luttaient contre l'assaillant : aux ouvriers, aux petits artisans de leur pays, ils préféraient les Prussiens), outré par le mépris dont on entourait des héros comme Garibaldi (à Bordeaux, l'assemblée repliée injuria le vieil homme à la chemise rouge sous son vaste manteau noir parce que, député de Paris, il laissa entendre : « L'ennemi pour vous, messieurs, ce n'est pas l'Allemand mais les défenseurs de la capitale »), exaspéré par les fausses nouvelles, les tensions, l'asphyxie économique, les mises en demeure des créanciers, les quotidiennes galères, « la fièvre du siège », le peuple était en ébullition. Le 1er mars, les Allemands entraient dans une ville aux rues désertes, empennées de crêpe noir. Au soir tombant, les réverbères ne s'allumèrent pas. Quant aux statues des places, elles avaient le visage voilé.

Chef du gouvernement, M. Thiers exigea sans plus de discussion qu'on cédât aux soldats de Bismarck « les quatre cents canons de la garde nationale parqués place Wagram et à Passy ». On battit le rappel, le tocsin sonna. Les acharnés de la dignité enlevèrent les canons avant que les capitulards s'en emparent ; 170 furent hissés à Montmartre. Les hommes de Thiers voulurent les récupérer.

Maire du XVIIIe arrondissement, Clemenceau,

qui dira un jour : « Le suffrage universel ? Vous croyez que c'est un métier de ne pouvoir rien faire sans consulter huit millions d'imbéciles ? », essaya d'expliquer qu'il était préférable d'obéir. « Les canons appartiennent à l'État, dit-il. Paris doit reconnaître les droits de l'assemblée et ne doit pas s'insurger contre la France. » Le comité populaire et militaire de la rue des Rosiers, qui se trouvait à l'angle des rues du Chevalier-de-La Barre et du Mont-Cenis, refusa. On était sur un volcan. Le 18 mars 1871, Thiers et les siens passèrent outre le refus ; ils dépêchèrent des troupes. Deux de leurs généraux (Lecomte et Clément Thomas) furent pris, enfermés au Château Rouge, « quartier général du bataillon de Montmartre », et fusillés. Les soixante-douze journées de la Commune commençaient. « Les mousquetaires de la sociale », siégeant sur la Butte, en avaient été les détonateurs.

Le 2 avril 1871, les retours de flamme annoncèrent le pire. La guerre civile s'installait dans toute son abomination. Communards et Versaillais s'affrontaient. Le 29 mai tout serait fini au détriment des utopies. L'agonie des illusions est monnaie courante ; d'aucuns ne s'y feront jamais.

Dans la lutte fratricide, la journée cruciale fut celle du 23 mai. Montmartre était une menace pour Paris avec ses cent soixante-dix bouches à feu. La brigade Pradier du 1er corps (par le cimetière puis par la batterie du moulin de la Galette), le 5e corps dirigé par le général Clinchant (par un autre versant du cimetière), la division Laveaucoupet (par les rues du Mont-Cenis et des Saules) attaquèrent. En fin d'après-midi, une compagnie du 10e bataillon de chasseurs plantait le drapeau tricolore sur la tour Solférino. Le lendemain, Laveaucoupet et ses hommes étaient sur les hauteurs de Montmartre et « travaillaient aux canons » pour disperser les ultimes foyers de résistance de Paris. « Nous étions maîtres de la grande forteresse de la Commune, du réduit de l'insurrection, position formidable pour les insurgés », se félicitera le maréchal de Mac-Mahon, duc de Magenta, commandant en chef de l'armée de Versailles.

Mais à tout seigneur tout honneur (ou tout horreur) : Sa Majesté la Violence n'était pas quitte avec la répression. Elle tenait à garder la main heureuse. N'en doutons pas : Paris ne plaisante pas avec les saisons, sinon en usant parfois de mauvaises plaisanteries qui font des journées d'été pluvieuses et froides et des janviers plus hivernaux encore qu'ils se devraient d'être surtout quand rôde la guerre et que s'installent les privations. Paris ne badinera pas non plus à l'heure des vengeances. Les rêves en prendront pour leur grade.

Cela dit, il n'y avait pas que de nobles et inoffensifs rêveurs chez les fédérés. En partie ou entièrement, les Tuileries, le Palais-Royal, la bibliothèque du Louvre, l'Hôtel de Ville, le théâtre de la Porte Saint-Martin furent détruits. Indicateurs de police, provocateurs se joignirent-ils aux réjouissances ? Le bric-à-brac des cœurs et des noirceurs trouve toujours à s'employer. « Il faut de tout pour faire un monde », affirment, sentencieux, les gens avertis.

Comme à l'habitude, si l'on détruisait on construisait aussi. Avec l'église Saint-Pierre, abbatiale et paroissiale, Montmartre possède un des édifices religieux les plus anciens de Paris qui fut pillé, fermé au culte et appelé « Temple de la Raison » les brèves années où Montmartre se nomma mont Marat. « La raison a ses raisons », n'est-ce pas ?

À cette église si discrète et qui porte haut la foi, il fut décidé d'adjoindre une autre église qui frapperait les foules par sa dimension, sa magnificence, l'emplacement où elle se dresserait. Violette et Parthénon. Après bien des tergiversations, Montmartre fut l'élu. Marseille avec Notre-Dame-de-la-Garde, Lyon avec Notre-Dame-de-Fourvière n'avaient-elles ou n'auraient-elles pas sur leur colline semblable nef les dominant de leur tutélaire majesté ? Paris ne pouvait demeurer en reste. Mais pourquoi imaginer une construction si ambitieuse ? Parce que l'époque était au repentir. Il fallait faire grand ! Dans l'antique ! La France avait tellement à se faire pardonner ! De l'impiété aux mauvaises mœurs, de la morale bafouée aux assassinats ! Les Communards n'exécutèrent-ils pas, après d'autres religieuses et d'autres prêtres,

Mgr Darboy archevêque de Paris ! De surcroît, l'issue de la guerre de 1870 constituait l'indéniable preuve que le divin s'en mêlait pour châtier un peuple frivole et belliqueux, fanatisé et sanguinaire. C'est au Sacré-Cœur de Jésus, culte né en France, que la basilique serait dédiée. Les travaux débutèrent en janvier 1876. La consécration de l'église romano-byzantine aux cinq dômes eut lieu en octobre 1919. La dépense excéda de 38 millions de francs (45 au lieu de 7) le devis initial. Les contribuables n'eurent pas un franc à débourser. Les fidèles de toutes conditions y pourvurent. Cela nous change de notre époque où l'État est mis à toutes les sauces et où la population s'en félicite comme si ce n'était pas son argent que l'on distribue.

Comment s'était-on prononcé pour Montmartre ?

En cette matinée d'octobre 1872, Paris faisait son miel des connivences essentielles. La beauté fourbissait ses armes mais sans emphase pour une aussi vaste cité : une délicatesse de chef-d'œuvre qui ne se pousse pas du col et que voilent des volutes de gaze. Cette beauté de la capitale défiait les corruptions du monde comme les moments de bonheur masquent la fatalité. À la brume légère, se joignait la fumée, miraculeusement légère aussi, des cheminées des maisons.

Mgr Guibert, successeur de Mgr Darboy à l'archevêché, roulait dans une voiture. Il avait le cœur en berne. Il était acquis que la basilique du Sacré-Cœur serait édifiée. Mais que d'oppositions à vaincre ! Par vagues ! La prudence ou les outrances des hommes politiques selon leur credo ! La véhémence caricaturale des anticléricaux ! Les susceptibilités à ménager dans les rangs catholiques ! Et le choix du lieu ? Où la construirait-on ? Place de l'Opéra ? Sur la colline de Chaillot ? Rue de Rivoli, comme l'exigeaient les maniaques des revanches, parce que les Communards y avaient incendié l'hôtel du ministère des Finances ? Quel maladroit symbole si l'on agissait de la sorte !

Malgré sa ténacité, ses dons de diplomate, le prélat s'autorisait des bouffées de découragement. Certes, il surmonterait cette lassitude et la trempe de son caractère ferait que rien n'y paraîtrait. *Fluctuat nec mergitur* : n'était-ce pas la devise de la ville dont il était le pasteur ?

Le cocher, sur son ordre, prit la direction de Montmartre.

Mgr Guibert regardait par la portière tandis que la rue cahotait vers les hauteurs. Et soudain, comme en une révélation, les hésitations battirent en retraite. Les ailes des anges le transportaient. À chaque tour de roue, il tombait sur une évidence. « Comment, s'interrogeait-il, n'avoir pas déterminé d'emblée que c'est là, au sommet de la colline sacrée où coula le sang des premiers martyrs, où le christianisme naquit en France, que le Sacré-Cœur de Jésus devait régner et veiller sur la capitale ? » Il fit à pied les derniers mètres qui mènent au tertre. Un halo surnaturel ouatait la rumeur de l'immense agglomération. Le soleil ricochait sur les toits de zinc luisants de rosée. Un instant encore, il s'émerveilla de la représentation que lui donnait Paris. Il communiait avec la terre et le ciel. Les clés du paradis lui appartenaient. Puis il reprit place dans la voiture. Le chant qui le soulevait, il fallait qu'il le partage. De retour, il fit part de sa décision. Le souffle des grandes certitudes l'inspirait. On approuva son choix. La basilique avait trouvé où s'enraciner.

Eh bien, cette sensation d'émerveillement me parcourut, de même, au printemps 1964 quand, pour la première fois, autrement que par des lectures, j'abordais Montmartre. J'étais avec ma femme et je voyais naître sur son visage d'identiques approbations.

Des hauteurs de Belleville à la cime de la tour Eiffel, un paysage à n'usurper aucun éloge se proposait à nos yeux. Offerte par le Touring Club de France, une table d'orientation repérait les morceaux de bravoure du spectacle : Saint-Laurent, Saint-Ambroise, les deux tours de Saint-Vincent-de-Paul, Notre-Dame, Saint-Eustache, le Panthéon, Saint-Sulpice : les bienheureux et les héros tiraient la couverture à eux. L'escalier du Sacré-Cœur dévalait à nos pieds. Le funiculaire était au repos. Des maisons, des maisons, des milliers de maisons. Effet d'optique ? Tout était proche.

Un homme jaillit du lacis des ruelles, un homme très maigre : une veste, un pantalon, une chemise sans rien dedans sinon, sur sa crête, une rafale de cheveux blancs sous un béret. Il ne nous prêta aucune attention. Le monde n'existait pas pour lui. Il fixait un point qui mobilisait son intérêt, bien au-dessus des toits, des dômes, des antennes de télévision, des verrières, des cheminées d'usines, des clochers, des trompe-l'œil, des gratte-ciel, des contingences. « Dieu reviendra », marmonnait-il en marchant. Ses pas s'éloignèrent ; l'illuminé sortit de notre champ de vision. Nous demeurâmes seuls dans un calme provincial.

Plus tard, il y eut les bruits du petit matin : les éboueurs et leurs camions de la S.I.T.A., des bonjours, des fenêtres qui s'ouvraient, des trottinements de chiens pressés de se repaître d'odeurs et de répandre leur urine. Plus tard encore, sur la place du Tertre on traîna des chaises et des tables aux terrasses des cafés. Les croissants chauds ne tarderaient pas. Il suffirait de nous installer. Les bruits donnaient plus de qualité au silence ; ils le façonnaient. Suzanne, ma femme, était belle comme une apparition. Tout en elle, sa volonté de savourer l'instant comme le savent si bien faire les chats, me disait qu'elle possédait le don de vie. Je songeais à une interrogation que Joseph Delteil prête à Jésus dont il devait être, sans nul doute, familier : « À part la maladie, la guerre, la mort, ça va ? » Eh oui, Jésus, ça allait ce matin.

En 1436, à l'angle nord des rues Saint-Rustique et Saint-Denis, habitait le seul épicier du village, Jéhan Doulcet... Rue Saint-Rustique, l'Auberge de la Bonne Franquette, ancienne maison aux billards de bois, fut fréquentée par Diaz, Degas, Sisley, Cézanne, Lautrec, Renoir, Zola, Picasso. Son jardin servit de modèle à Van Gogh pour sa guinguette. Il la peignit en octobre 1886. À deux pas, « Le Bigoudi » s'affirmait le seul coiffeur de la Butte, comme en 1436 Doulcet pour l'épicerie... Le 24 décembre 1898, pour la première fois, une voiture à pétrole, pilotée par son constructeur, Louis Renault, atteignit la place du Tertre, marquant ainsi le départ de l'industrie automobile française... Rue Lepic est une rue où l'envie me prenait de lever mon chapeau à chaque instant tel un mousquetaire devant sa reine ou son roi. Je n'ai jamais porté de chapeau. Jehan Rictus, Théo et Vincent Van Gogh, Degas, Forain, Félix Ziem, Jean-Baptiste Clément, maire du XVIIIe arrondissement de Paris durant les soixante-douze jours de la Commune, Armand Guillaumin, Charles Léandre y habitèrent... Léon Daudet tenait la rue Cortot comme une des plus sinistres qui soient. Il affirma y avoir senti la présence de Bonnot et de sa bande au printemps 1912, alors qu'il s'y promenait en fidèle de la Butte. Rose de Rosimond avait au numéro 12 sa maison, devenue le musée du Vieux Montmartre. Comédien, il jouait Molière et mourut comme lui à l'issue d'une représentation du *Malade imaginaire.* Molière n'eut pas de sépulture en terre chrétienne ; de Rosimond, oui. Treize ans s'étaient écoulés entre les deux décès. André Utter, Suzanne Valadon, Utrillo, Heuzé, Gauguin, Othon Friesz, Dufy, Eugène Vigo, Émile Bernard, Demetrius Galanis, Léon Bloy séjournèrent là. Utrillo échappa aux balles de revolver de Pierre Reverdy excédé par la conduite insupportable du peintre. Auguste Renoir eut en cette rue un atelier. Revoyait-il son enfance quand un voisin lui permettait de porter son carnier et que le gamin de dix ans et l'adulte partaient à la chasse à Montmartre et dans le village des Batignolles ? Sa réputation, déjà, faisait que les mères lui présentaient leur fille afin qu'il les choisisse pour modèles. « Pourvu que leur peau ne repousse pas la lumière ! » pensait-il. Il observait aussi leurs mains. Il voulait voir des mains habituées à peler les légumes, à laver, à cuisiner. Il s'en prenait à Stendhal qui trouvait les femmes peintes par Raphaël trop lourdes et trop communes, précisément, parce qu'elles avaient des mains de ménagères... L'impasse Traînée n'est plus. Elle porte le nom de Francisque Poulbot. Sans se montrer affecté de regrets exagérés ni minimiser l'œuvre de celui qui sut traduire l'innocence, le débraillé, la débrouillardise, l'espièglerie et l'insolence des gamins de Montmartre, on déplore parfois que change le nom des rues... Pour Cézanne, « peindre d'après nature ce n'était pas copier l'objectif mais réaliser ses sensations ». J'y songeais à cette ligne de conduite, rue Tholozé, en me remémorant Henri Calet. Il affirmait que de cette rue l'on jouit de la plus belle vue sur Paris. Je n'étais pas à même de me montrer si affirmatif. Je manquais d'expérience et de comparaison. Je remis donc à une autre fois « la réalisation de mes sensations ». Mais de là à y parvenir à coup sûr, c'est une autre paire de manches... Rue des Martyrs, Géricault amenait des cadavres dans son atelier. Les esquisses pour *Le Radeau de la Méduse* l'exigeaient. Sur son toit, il installa la tête d'un cambrioleur mort à Bicêtre que des médecins lui avaient donnée. Il paraît que les voisins protestèrent... Combien de fois, quittant notre appartement de la rue Caulaincourt, aurons-nous, Suzanne et moi, arpenté Montmartre depuis ce premier matin du printemps 1964 ! Les haltes étaient inéluctables. De petites voies privées, des envols de lumière, des passants, l'originalité d'une terrasse, une plaque sur une façade, des coins d'ombre sollicitaient nos attentions. Le pittoresque et aussi l'histoire, la littérature, la peinture, la musique, la poésie nous rattrapaient. Rue Girardon, avait vécu Céline. En face tonnait Gen Paul au caractère versatile et irritable. En face aussi Marcel Aymé au « laconisme halluciné » selon le mot de Nino Frank. Les trois se réunissaient pour faire de la musique. Ils avaient créé une chorale. Nous prêtions l'oreille. Vainement. Le trio s'était tu.

Une ville est un livre d'images ; on le feuillette en marchant. Nous avions feuilleté Montmartre en lisant ; on continuait en déambulant. Ici Jacques Vaillant mâchait du savon afin d'avoir la bave aux lèvres. Les touristes le croyaient en proie au delirium tremens. Ils s'apitoyaient ; les plus fortunés achetaient un dessin, une toile. Place du Tertre, d'autres touristes marchandaient des tableaux qui ne nous semblaient pas de qualité. Mais après tout ! Pourquoi juger ? Manet refusa une année d'exposer avec les impressionnistes car Cézanne était également invité : il ne voulait pas « se commettre » avec lui. Et n'était-ce pas le même Manet qui, à Montmartre, dit un soir à Monet : « Comme vous êtes l'ami de Renoir, vous devriez lui conseiller de renoncer à la peinture ! Vous voyez bien qu'il n'est pas fait pour ça ! » Quant à Cézanne, chez le Père Tanguy, ex-plâtrier, ex-charcutier, broyeur de couleurs à qui les impressionnistes doivent tant, il marmonna, après un déjeuner, à l'intention de Van Gogh : « Franchement, vous faites une peinture de fou. » Puis il s'enferma dans un mutisme rébarbatif...

Toulouse-Lautrec est partout. D'aucuns soutiennent que ce vagabond des atmosphères confinées devint peintre pour lutter contre un destin contraire qui en avait fait un infirme. Renoir ne partageait pas cette opinion. Quand il vit ses dessins d'enfant, il s'écria : « Tout Lautrec est déjà là ! », comme Picasso, d'ailleurs, qui signait de son vrai nom P. Ruiz, à La Coruña, en 1894-1895. Il avait treize et quatorze ans. Le génie du Malaguène aussi était déjà là... Utrillo, à l'instar de Lautrec, est également partout : « Une cuite et un chef-d'œuvre par jour », ironisait-on à son propos répétant le mot du critique d'art Tabarant... Rue Ravignan, c'est le « Bateau-Lavoir ». Après avoir habité la « Maison Rose » à l'angle de la rue des Saules et de la rue de l'Abreuvoir, Picasso s'y installa en 1904. Max Jacob, André Salmon, Juan Gris, Van Dongen, Mac Orlan, qui proclamait : « J'écris pour ne pas devenir un assassin », y logeaient aussi. En 1908, Picasso offrit là un banquet historique pour fêter Rousseau. Tout le Montmartre des artistes était présent. Et des visiteurs : Marie Laurencin, Apollinaire, Braque. Ému aux larmes, le Douanier Rousseau joua du violon... Rue Caulaincourt, Poulbot, l'homme le plus charitable et le plus facétieux du monde, créa *Le Tubard*, organe officiel du « Caulaincourt plomb hippique ». C'est dans son atelier qu'il organisait des courses pour chevaux de plomb. Il fallait bien que les joueurs connaissent les résultats !... Rue du Mont-Cenis vécut Hector Berlioz. Il mourut en 1869. Des années auparavant, Nice l'avait délivré d'une peine de cœur qu'il imaginait irrémédiable.

« Voilà, écrivit-il, que j'aspire l'air tiède et embaumé de Nice à pleins poumons ; voilà la vie et la joie qui accourent à tire-d'aile et la musique qui m'embrase, et l'avenir qui me sourit. J'écris l'Ouverture du *Roi Lear*, je chante, je crois en Dieu »... Plus loin, Degas peignit ses blanchisseuses, profession que Courteline, joueur de manille, de bridge et querelleur incorrigible, estimait fort. Ne fit-il pas campagne pour que la reine des blanchisseuses, élue chaque année, ait, à l'occasion de la mi-carême, « le droit de gracier un condamné à mort » ? Courteline chérissait Montmartre au point de prétendre y être né. Roland Dorgelès eut la même ambition. « J'ai vu le jour, affirmait-il, entre le moulin de la Galette et le Sacré-Cœur vingt ans plus tard que ne l'indique mon bulletin de naissance. » L'un était tourangeau ; l'autre amiénois. Et votre serviteur ? Épris de Montmartre, vais-je aussi falsifier mon état civil ? Au vrai, je pense plutôt au mot d'Alexandre Vialatte : « Pascal aimait tellement l'Auvergne qu'il choisit d'y naître. » Mon Auvergne à moi, c'est le comté de Nice, ce comté qui fut rattaché à la France en 1860 comme Montmartre qui accepta enfin, la même année, de quitter son statut de commune de banlieue pour être réunie à Paris. Par cette coïncidence, l'Histoire ne m'adressait-elle pas un clin d'œil ? Une de mes cordes sensibles était touchée, jarnicoton ! comme aurait juré Henri IV dans le boudoir des Dames de l'Abbaye...

Et puis, l'esprit du lieu est si puissant sur la Butte, il se livre à de telles acrobaties pour maintenir l'équilibre entre la permanence et les arrogances du progrès, entre les leurres et la désespérance, il jette à pleines mains de si convaincants mirages, de si âpres sortilèges, les harpes du souvenir et les gueules de bois des fêtes évanouies y jouent de si émouvantes partitions, que je m'y trouve aussi chez moi. Est-ce parce que l'on se sent sur terre comme l'oiseau sur la branche, que l'on aime à s'amarrer en des lieux qu'imprègne la poésie, là où sévissent des soifs que rien n'étanche ?

À Montmartre, Suzanne et moi avons eu très vite deux maisons. Le nid d'aigle où nous habitons, bien sûr, où notre regard va de l'Observatoire de Meudon aux abords du Bourget avec comme points d'orgue la tour Eiffel, l'Arc de triomphe, le mont Valérien, la Défense, les collines d'Argenteuil, de Sannois, de Montmorency. Beaucoup de couchers de soleil y sont fastueux. Comme les clartés indécises de l'aurore, l'or de certains matins, les noirs excès des orages, les jeux d'ombre et de lumière, bref, toutes les virtuosités et les improvisations du vent sur l'écran infini du ciel proposent aussi leur part d'émotion, nous ne demeurons jamais insensibles aux versatiles parements de la nature.

J'ai songé parfois à installer sur notre petit

balcon quelque rudimentaire appareil d'optique pour approcher les étoiles. Il aurait permis bien des indiscrétions puisque le nid d'aigle a ses entrées directes sur les logements qu'il domine. Le projet ne s'est jamais concrétisé : j'use tellement de temps, déjà, à m'épier moi-même, me disais-je.

Le Lapin Agile est notre deuxième maison. C'est le plus ancien cabaret artistique de Paris. Il est l'héritier d'une tradition qui n'est pas que de France.

Depuis toujours, au cabaret, le gueux côtoie le cousu d'or, le mauvais sujet l'honnête ouvrier, le souteneur le cave, la prostituée la dame en quête de sensations fortes. Écrivains, peintres, artistes s'y sont souvent plu : Socrate et Platon à Athènes, Virgile dans la campagne romaine. À Londres, un cygne indiquait l'existence de tels établissements. C'est dans l'un d'eux que Shakespeare conçut son *Henri VI*, comme Goethe à Leipzig écrivit *Ballade à la puce*. Ben Johnson, Luther, Hoffmann en furent des clients assidus. Théophile, Voiture, Tallemant des Réaux, Thomas Corneille, Ronsard, Crébillon, Cyrano de Bergerac, Molière, Retz, Piron, Marmontel, l'abbé Prévost, Hugo, Dumas, David d'Angers, Armand Carrel les fréquentèrent également. Ils avaient nom La Fosse aux lions, L'Épée royale, Le Sabot, La Mère Saget. S'ils existaient encore, les murs de La Pomme de Pin résonneraient de la voix de François de Montcorbier ou des Loges dit Villon, né l'année où Jeanne d'Arc brûla vive. « Frères humains, qui après nous vivez / n'ayez contre nous les cœurs endurcis (...) Ne soyez donc de notre confrérie, mais priez Dieu que tous nous veuillent absoudre ! » C'est à La Pomme de Pin, de même, que Rabelais écrivit *Gargantua* et Racine, au Mouron Blanc, *Les Plaideurs.*

Dans *Les Mystères de Paris*, le cabaret s'appelle Le Lapin Blanc. Il est situé rue des Fèves. Eugène Sue fit sa gloire. Un lapin blanc assis sur son derrière et mastiquant une feuille de chou en était l'enseigne. « L'influence des cabarets est funeste, s'indignaient les gens sensés. Ces lieux rendent l'épargne impossible. Ils détruisent les ménages, ils rongent l'intelligence. L'étudiant y perd ses forces et ses facultés, l'ouvrier le goût du travail, les enfants le respect de leur père. » Disciple de Charles Fourier, à la recherche comme le maître de l'harmonie parfaite, Alphonse Toussenel n'y allait pas par quatre chemins : « Le cabaret est une lèpre qui s'attache comme la vermine aux populations misérables. » Rassurons-nous ! Rien de semblable au Lapin Agile d'aujourd'hui. Plus d'artistes qui « fraudent leur génie ». Plus de truanderie. Plus de bagarre. Est-ce l'absence de frissons que suscite le risque ? Est-ce le manque de destinées ouvertement pathétiques (romanesques) sous les fards de la désinvolture — masques qui tombent au petit matin — qui font que Mac Orlan, Dorgelès, Carco comme Salmon et d'autres se sentirent « enveloppés de tristesse » quand ils retournèrent au Lapin Agile ? Ne sont-ce pas plutôt les années enfuies qui leur mettaient la main au collet ? Ils ne retrouvaient plus leurs propres traces. Ils se demandaient comment ils avaient pu tant faire les fous entre ces murs sombres chargés d'une histoire qu'ils avaient écrite en partie. Il n'est pas toujours bon de remuer son passé.

Je ne dirai pas du Lapin Agile ce que les amoureux du tango affirment de Carlos Gardel (il se produisit au Lapin) : depuis sa mort le 24 juin 1935 à Medellín, « il chante de mieux en mieux ». Mais ce que j'éprouve, c'est un grand bonheur quand je suis en ce lieu mythique. Les chansons sont étrangères à la barbaque industrielle dont on nous gave. L'amitié y règne comme aux époques de Berthe, de Frédé, de Paulo, d'Yvonne Darle. Et aux petites heures, il n'est pas rare que quelques fantômes badins ou poignants me fassent la causette. Ils se racontent. La nostalgie a de ces sortes d'arguments. Ils sont très vivifiants.

En l'an 1795, quand octobre se disait brumaire, les époux Monroy acquirent un terrain à Montmartre, face au vignoble qui subsiste aujourd'hui. Trente ans plus tard, ils firent construire une maisonnette qui, en 1869, devint Le Cabaret des Assassins. Était-ce vanterie ou désir de céder aux engouements ? Cette année-là, le nom de Jean-Baptiste Troppmann était sur toutes les lèvres. Mécanicien-tisseur à Roubaix, il avait assassiné, dans les environs de Pantin, pour les voler une maman (enceinte) et quatre de ses garçons après avoir occis le mari et le fils aîné. Il avait vingt ans ; il rêvait de l'Amérique ; il n'avait pas trouvé meilleur moyen pour payer son billet. Le crime fut si horrible, il féconda tant de délires, que des trains spéciaux conduisaient le dimanche les curieux sur les lieux de la boucherie, là où s'élève à présent la bibliothèque Elsa-Triolet. On vendait des objets et des bouts de tissu ayant appartenu aux victimes. On les tenait pour des reliques. On fit des pèlerinages dans l'espérance de miracles. On compta jusqu'à cent voitures de maître par jour d'où sortaient de grands bourgeois horrifiés et recueillis. Il faut bien passer le temps. Des cartes postales furent éditées, des complaintes chantées. Et le jour où Troppmann fut guillotiné (le gendarme de marine Ferrand l'avait arrêté au Havre dans un bistrot appelé La Femme sans tête), un raout fut offert à la prison de la Petite-Roquette. Présent à l'exécution, Tourgueniev y participa, ce qui lui valut des reproches de Dostoïevski.

Le lendemain, les quotidiens battirent les records de vente : cinq cent mille exemplaires rien que pour *Le Petit Journal* dont un journaliste s'était fait engager comme aide-bourreau. Il faut ce qu'il faut pour avoir un bon papier. Le cabaret devait-il sa dénomination à Troppmann et à quelques autres adversaires de la nuance ? N'écrivit-on pas, en cette période, *La Marseillaise des assassins* ? Une majorité penche pour cette explication d'autant qu'un tableau du type grand guignol, montrant Troppmann dans ses œuvres, avait frappé l'imagination des foules. En revanche, certains revenaient à l'étymologie arabe du mot assassin : haschich, haschischin. On tuait fréquemment lorsqu'on était sous l'emprise de cette herbe. Et à Montmartre, une jeunesse qui aurait pu être belle en abusait. Sous les flonflons de la fête grouillaient des dérèglements que les drogues exacerbaient.

Adèle Ducerf débarqua. Elle succédait aux époux Salz. Excellent cordon-bleu, Mme Salz était aux fourneaux. Le mari, lui, dans la journée, était employé de mairie. La nuit, le rond-de-cuir se frottait à la canaille dans le cabaret dont il avait pris la gérance. Aux murs des gravures de Charlotte Corday, de Ravaillac, de Papavoine-le-sanguinaire, de Lacenaire le dandy à vocation de criminel (condamné à mort, il demanda au bourreau — dit la légende — la permission de se retourner pour voir tomber le couteau sur lui. Une première fois la lame se bloqua. Il ricana) et une reproduction de la tête tranchée de Troppmann rappelaient qu'on était peut-être là pour rigoler mais sous surveillance patibulaire. De la frousse garantie pour les gogos.

Donc Adèle Ducerf arriva. Danseuse de cancan, elle n'avait pas dilapidé l'argent gagné. La cigale était fourmi. La retraite venue, en l'an 1886, elle dirigea le cabaret. Il périclitait. Mme Salz était lasse d'être réveillée la nuit et d'abandonner son lit pour nourrir des bandes de soiffards qui tapaient à la porte à n'importe quelle heure. Et puis, progressivement, on s'était mis à préférer les fleurs et les petits oiseaux au sang qui se glace et aux cheveux qui se hérissent. Les modes changent. D'ailleurs, déjà, Salz l'avait perçu. Instaurant un dîner hebdomadaire sous l'égide de Jules Jouy (« le précurseur des chansonniers montmartrois »), il avait donné le nom de Ma Campagne au cabaret initialement dit des Assassins. Intuitive, Adèle Ducerf accentua encore le côté familial du repaire naguère malfamé : la cuisine y était bonne, le vin blanc frais, des garçons pouvaient rencontrer des filles sans que les marlous ne dictent leur loi. Et comme artistes et clients du célèbre Chat noir, quittant dans la journée le bas du XVIIIe arrondissement pour le haut, y avaient pris leurs habitudes, Ma Campagne ne désemplit plus. Quel bonheur de pouvoir chanter à tue-tête : « Adèle ! T'es belle ! J'en pince pour tes gros nichons. / T'es ronde, t'es blonde, et j'aime tes airs folichons ! » Le ton était donné. Verlaine, Villiers de L'Isle-Adam, Albert Samain, Jean Ajalbert venaient se divertir et s'oxygéner là. On y voyait Clemenceau, le duc de Morny, Lesseps, Delaunay-Belleville et même le colonel Joffre de retour de Tombouctou où il avait servi. Quant à Alphonse Allais, Mac-Nab, Charles Cros, Caran d'Ache, Jouy,

Steinlen, Forain, Maurice Rollinat, Marie Krysinska (musicienne et myope), Adolphe Willette, Henri Pille, ils y avaient leur rond de serviette. La plupart collaboraient à la revue *Le Chat noir* qu'avait créée Rodolphe Salis « le diabolique », selon Willette. On y lisait que « ce vieux pochard de Noé » avait en vérité échoué son arche sur le plus haut point de la Butte, ce qui faisait de « Montmartre le berceau de l'humanité ». Ce ne sont pas les « Harengs saurs épileptiques », membres du club fondé par Paul Signac, qui auraient dit le contraire. « Montmartre est le cerveau et le centre du monde » : telle était la conclusion du manifeste. On ne faisait pas dans la demi-mesure. Ma Campagne profitait de la vogue.

Adolphe Willette, Pierrot émerveillé assis sur un croissant de lune, conçut « Le Chat noir » qui fut l'emblème du cabaret appelé ainsi par Salis en l'honneur d'un chat qu'il considérait comme son porte-bonheur et qu'il appelait « L'Amoureux ». Louis-Alexandre Gosset de Guines, à qui Nadar conseilla de prendre André Gill comme pseudonyme, dessina, lui, un lapin républicain, espiègle et leste, s'évadant d'une casserole de cuivre, une bouteille de rouge à la patte. L'enseigne devint si connue qu'au fil des jours on ne dit plus Ma Campagne mais Le Lapin à Gill puis Le Lapin Agile. Un nom naissait à la gloire.

De cette gloire André Gill profita quelques années. Son irrévérence autant que son trait et son don d'invention firent de lui un homme redouté des uns, encensé par d'autres. En deux mille cinq cents dessins, il exprime l'histoire de son temps. Ici la tendresse à l'endroit de Garibaldi, Jules Verne, Courbet, Dickens, Hugo, Vallès, Blanqui. Ailleurs la charge contre Napoléon III, Thiers, Gambetta, Trochu, Auguste Casimir Perier. Et toujours le génie, même si un homme comme Lamartine, pourtant loué dans l'article qui lui était consacré, refusa que l'on reproduise sa caricature. « Je ne puis pas autoriser sur ma personne une dérision de ma figure humaine, écrivit-il à André Gill. Si elle n'offense pas l'homme, elle offense la nature et prend l'humanité en moquerie. Je vous l'ai dit, quand vous m'avez fait l'honneur de venir chez moi à ce sujet. Ma figure appartient à tout le monde, au soleil comme au ruisseau. Mais telle qu'elle est, je ne veux pas la profaner volontairement, car elle représente un homme et est un présent de Dieu. » Il ne restait qu'à obéir.

Fondateur avec Émile Goudeau du club des « Hydropathes » — l'eau y était proscrite —, Gill respecta à la ligne cette règle. Fou d'alcool et d'autant plus fou à cause d'une poignante hérédité, il fut interné à Charenton. « Mon cerveau est comme une persienne ; il y a des trous », se lamentait-il. Il mourut à l'asile en 1885. De son vivant, il se fâchait souvent contre ceux qui le dévisageaient. « On se découvre devant les morts ! » ordonnait-il, prêt à faire le coup de poing. La mort le rattrapait. Il avait 45 ans.

« Sales bourgeois !... » « Crétins chroniques !... » « Qu'est-ce que vous foutez là ? Vous n'avez pas de maison ?... » On raconte qu'au Chat noir Émile Goudeau, l'animateur maison, et Rodolphe Salis, le maître des lieux (qui se donnait du « gentilhomme-cabaretier »), rivalisaient d'inconvenances envers leurs clients. Ils leur promettaient des coups de pied au cul. De quoi descendre tout de suite son pantalon pour ajouter à l'allégresse. Ce comportement agressif était, paraît-il, inédit. Il plaisait beaucoup. « Tout nouveau tout beau », comme dit une voisine qui n'est jamais en manque de pensées profondes. Loin de moi la volonté de hisser au pinacle notre fin de siècle, mais on a fait mieux. Le cochon de payant a non pas poli (le mot prêterait à confusion) mais apporté de grosses retouches à ses façons. Il les a améliorées. Il n'attend plus que le comique de service lui assène des injures. Il s'injurie lui-même. « Allô ? Ici l'enfoiré Untel. » Ainsi se présentait l'auditeur, il y a peu, dans des émissions de radio, déclinant vite son identité à l'antenne afin que nul n'en ignore. Il s'amenait à résipiscence, n'aurait-il commis aucune faute. À la morgue du meneur de jeu, il répliquait par des frétillements masochistes. Ah, on peut affirmer qu'on rigole ferme à l'approche de l'an 2000 et au-delà ! D'un naturel timide,

Aristide Bruant aurait appris au contact de Goudeau et de Salis les avantages de la goujaterie. L'injure faisait recette. Injurions et empochons !

Adolphe Willette démentit ce racontar. Selon lui, ni Goudeau ni Salis n'apostrophaient le public avec grossièreté. Et Bruant n'eut besoin de personne pour peaufiner son catéchisme d'ours mal léché. Comment ne pas croire le doux, le pur Willette ? Il n'avait nulle raison d'épargner Salis qui l'exploita sans vergogne comme il fut le négrier d'autres « joyeux damnés » des nuits de Montmartre. Gare aux insouciants quand guettent les voraces !

Bruant ne nia jamais sa timidité. « J'arrive à la vaincre à force de me répéter : si tu n'oses pas ouvrir une porte, fous un coup de pied dedans. C'est ce que je fais. » Il expliqua aussi comment il en était arrivé à faire de l'invective une alliée. Dans son cabaret Le Mirliton (l'ancien Chat noir du 84, boulevard de Rochechouart), il se querella une nuit avec un client. Le dialogue qui s'instaura fut si percutant, si cru, si outrageant mais si drôle, que l'assistance fit un triomphe aux duettistes improvisés. Et comme par sa gouaille, son impertinence, son entrain, Bruant eut le dessus et recueillit l'essentiel de l'ovation, il décida qu'à l'avenir il accueillerait les arrivants par cette scie qui devint célèbre : « Oh ! la la !... C'te gueul', c'te binette. Oh ! la la !... C'te gueul' qu'il a... Tous les clients sont des cochons, la faridondaine. » Il allait de table en table répétant sa rengaine ; le public la reprenait, le succès était assuré. À l'évidence, on ne pouvait s'encanailler de meilleure manière !

Ressemblait-il, hors des tréteaux, à ce personnage cavalier débitant de blessants propos et malmenant les spectateurs ? Dans ses confidences, le fils de la cantatrice Tarquini d'Or (né du premier mariage de celle qui fut ensuite, pendant trente ans, l'épouse de Bruant) le montre au contraire peu bavard, amoureux de la nature, très attentionné envers sa compagne. De sa propriété de Courtenay — il était originaire de cette ville du Loiret — Bruant avait fait un refuge pour chiens errants et soignait ceux qu'il ramenait blessés de ses promenades. Tarquini d'Or fils se souvient d'un chien à la patte cassée dont la fracture avait été réduite. Comme l'animal redoutait qu'on le chassât une fois guéri, il boitait dès que Bruant apparaissait et poussait d'attendrissantes plaintes que des caresses apaisaient. Le redoutable César du Mirliton se sentait fondre. Les amis aussi étaient chaleureusement reçus à Courtenay. Quand Bruant s'éteignit, en 1925, la cantatrice et son fils découvrirent dans ses papiers de multiples lettres de remerciements. Il avait aidé de nombreuses personnes ; il n'en avait jamais soufflé mot à ses proches.

De son mari, la Tarquini d'Or, qui chanta plus de cinq cents fois *Carmen* à travers le monde, gardait entre autres de bucoliques souvenirs. La première fois qu'elle le vit, c'était au Mont-Dore en juillet 1895. On le lui présenta. Ils parlèrent de la beauté de la région tout en cheminant. Au bout d'un moment, Bruant dit : « Entendez-vous le pinson ? Ne trouvez-vous pas qu'il a l'accent auvergnat ? Celui du maquis de mon pays d'adoption, Montmartre, est plus gavroche, mais l'un comme l'autre possèdent un chant mélodieux. Les oiseaux ne chantent jamais faux. On ne peut pas en dire autant de tous les hommes », ajouta-t-il, rieur. Où était le Bruant rabroueur, sauvage, acariâtre, bourru ? D'emblée, auprès d'elle, il faisait mentir sa réputation. Plus tard, à Courtenay, alors que tous deux se promenaient, il la prit par les épaules et murmura : « À quoi bon parler ? La nature nous dépasse. On ne se lasse pas de regarder ces belles allées où les grands arbres entremêlent leurs branches, ce qui donne l'impression d'un vitrail à travers le soleil couchant. Cela a dû inspirer nos bâtisseurs de cathédrales ! » Un autre jour, il réagit au chant du coucou : « En voilà un qui se vante de pondre ses œufs dans un nid qui n'est pas le sien. C'est une façon de faire que je n'admets pas. »

Patriote, nationaliste même, Bruant subit à 65 ans le grand malheur de sa vie. Son fils, qui se prénommait comme lui, capitaine dont il était si fier, mourut à Craonne lors d'un assaut, à la tête de ses hommes. *La Chanson de Craonne,* écrite par un poète anonyme et recueillie par Paul Vaillant-

Couturier, est un texte au plus haut point anti-militariste : « Ceux qui ont l'pognon, ceux-là r'viendront / Car c'est pour eux qu'on crève / Mais c'est fini, car les troufions / Vont tous se mettre en grève / Ce s'ra votre tour, messieurs les gros / De monter sur l'plateau / Car si vous voulez la guerre / Payez-la donc de votre peau ! » Et voilà que le fils, militaire de carrière, à l'attachement très fort au sentiment national, irritable comme une guêpe dès que l'on mettait en doute la supériorité de la France, perdait la vie en un lieu sacré qui deviendra le symbole du pacifisme qu'engendra la boucherie de 1914-1918 : « Adieu la vie, adieu l'amour / Adieu toutes les femmes / C'est bien fini, c'est pour toujours / De cette guerre infâme... » Que de meurtrissures soustraites aux regards blessent les êtres ! Mais j'anticipe.

Les propriétaires du Lapin Agile, les deux filles Clermont, dont l'une épousa un M. Savary, l'autre un M. Brunet, décidèrent en février 1913 de le vendre. La folie immobilière s'emparait de Montmartre. Le profit faisait la roue. On démolissait avec un bel optimisme. Mais qu'allait-on construire sur ce lieu dont chaque pierre, déjà, était imbibée de souvenirs faits de beuveries, mais aussi de rires, de chagrins, des soupirs des grisettes, du cynisme et de la brutalité des individus louches, de l'espérance ou du dépit des rapins et des poètes ? Qu'allait-on construire sur ce lieu dont certains, y pénétrant, se croyaient les invités du mystère, de l'aventure, et tremblaient tels des adolescents devant la première femme qui s'offre ? Les filles Clermont qui, peut-être, n'avaient jamais mis les pieds dans le cabaret, qui se contentaient d'encaisser le loyer, se fichaient comme de leur première bouillie de l'émoi des uns, des épreuves idéalisées ou dramatisées par l'inspiration poétique des autres. Quant à Adèle Ducerf, depuis 1902, elle tenait rue Norvins L'Auberge de la Mère Adèle. Lui avait succédé au Lapin Berthe Serbource, source d'eau vive, qui avait le don de bonté. Excellente cuisinière, maternelle, elle était comme ces médecins qui, face à la misère de leurs patients, ne se faisaient pas payer et, en plus, glissaient quelques pièces dans la main d'une mère ou d'un vieillard en larmes. L'offrande de Berthe était un casse-croûte ; le peintre sans commande ou le bohème paumé le retrouvait dans sa poche. Sa fille Marguerite (dite Margot) la secondait ; elle deviendra l'épouse de Pierre Mac Orlan. Quant à Frédé, son compagnon (il l'avait enlevée à M. Lanternois, épicier de son état, rue Norvins), sa générosité n'était pas en reste.

Aristide Bruant eut vent du crime de lèse-tradition qui se fomentait. Par agrément, il allait au Lapin Agile quand son emploi du temps le lui permettait. Il se sentait là comme sur les chemins extrêmes d'une légende. Il refusait que la vieille féerie lui tournât le dos. Un souterrain travail se faisait en lui : la conscience obscure qu'il devait agir. Sa fortune était importante. Partout on voulait voir, en chair et en os, avec son large feutre, son costume de velours, son foulard rouge, ses bottes, son allure souveraine, le poète de la Butte Sacrée, des quartiers de Paris, des chenapans au bon cœur, des filles perdues, des « gonzesses de luxe et de choix ou du régiment des pierreuses qui portent leur croix »... Voir et entendre : en province, son cachet journalier s'élevait à 500 francs-or, voyage et séjour payés dans les palaces, cela va de soi.

Le 15 mars 1913, il achetait aux sœurs Clermont leur bien. Premier objectif : sauver l'antique maisonnette de la destruction. Mais qui allait faire en sorte que les années ne corrompissent pas une image ? Par sa présence, Berthe, depuis plus de dix ans, blasonnait de bienveillance le prestige du lieu. Par elle, par Margot, par Frédé, une apparence de famille était donnée à ceux qui n'en avaient pas ou estimaient n'en pas avoir : les malentendus, les révoltes obstinées de l'adolescence se prolongent parfois. Deux grands cœurs, Berthe et Frédé ! Sans contredit. Mais justement ! N'était-ce pas là un danger ? Bruant avait vu Frédé, dans ses débuts au Zut. Il l'observait au Lapin. Son charisme quand il chantait ou convertissait en maximes et paradoxes, dans des conversations, de justes pensées à la gloire de la nature, des choses simples de la vie, sautait aux yeux. C'était un artiste et, à sa façon, un philosophe, fût-ce de bistrot (mais qui, dans cet exercice, chaire ou comptoir, ne débite pas son contingent de lieux communs, les enroberait-il de mots abscons ?). Subjugués, les gens l'écoutaient; ils se sentaient les invités d'un monde où l'on rôde autour des gouffres avant de s'y engloutir ou d'en réchapper avec une immense faim de candeur et de calme. Tout cela, Bruant l'enregistrait et en déduisait que les spectacles donnés demeureraient branchés sur de beaux sortilèges. Mais soupçonna-t-il dès 1903 à quel niveau Frédé enrichirait l'histoire de ce territoire des pénombres et des fulgurances ? Mesura-t-il combien le cabaret dit artistique vivrait là son apothéose ? Au Lapin, on appréciait les artistes confirmés et la baguette du coudrier frémissait quand de nouveaux venus s'y révélaient. « La poésie, c'est le temps durant lequel un homme oublie qu'il va mourir », notera un jour Georges Perros. Il y eut là des nuits où quelques inspirés oublièrent l'invincibilité du pire.

Pas de doute donc : Bruant croyait ferme au tempérament scénique de Frédé. Cependant, il considéra toujours que son caractère fantasque, désintéressé, imprévoyant, trop « artiste » (comme on le dit fréquemment de manière infondée car beaucoup d'artistes sont de sérieux ou redoutables hommes d'affaires, vigilants sur leurs dépenses, voire grippe-sous), le rendrait inapte à « administrer » le cabaret. Endetté par maladresse ou insouciance, ne deviendrait-il pas une proie facile pour quelques promoteurs et vertigineux rapaces ? Alors c'en serait fini du lieu mythique ! La petite chanson s'éteindrait. Aussi s'il lui laissa Le Lapin en gérance (sans trop d'exigences financières, mais en le priant de payer les impôts dont une telle affaire était redevable), il n'accepta de vendre la maison qu'à Paul (dit Paulo) Gérard, en 1922, neuf ans après l'avoir acquise pour éviter qu'on la mette à bas. Cette vente se fit sans bénéfice tandis que les payements s'échelonnèrent sur six années. C'est dire si le chansonnier très précautionneux, très âpre quant à la gestion de sa fortune, estimait son protégé et chérissait cette vénérable bâtisse située à l'angle des rues des Saules et Saint-Vincent ! N'y a-t-il pas des rues, qui, au seul énoncé de leur nom, entrent en poésie ? Les mots et les noms poètes, ça existe.

Paulo était un des fils de Frédé, lequel, marié très jeune, abandonna le domicile conjugal, laissant six enfants en bas âge dont il s'occupa d'intermittente façon. Femme de ménage dans les écoles de Gagny et de Villemomble, son épouse pourvut au nécessaire. « S'il fallait tolérer aux autres tout ce qu'on se permet à soi-même, la vie ne serait plus tenable ! » ironisera Courteline, habitué du Lapin Agile et ami du maître de céans. L'esprit bohème a bon dos. Hélène, la fille de Frédé, deviendra chanteuse d'opérette ; son fils Fernand, maroquinier ; Victor et Paulo rejoindront leur père au Lapin. Victor y fut assassiné en 1910.

C'était une époque où il n'était pas rare, la nuit (car on n'invente rien), que des voyous tirassent des coups de feu sur la façade du cabaret. Les têtes brûlées ont leurs manies, leurs rites, leurs mélodies. Racket ? Bravade ? Désir de se mêler à la fête ? Susceptibilité ? Impérieuse nécessité de châtier une « fille » désobéissante ? Escarpes, souteneurs se pointaient, pénétraient en hypocrites dans l'établissement, rasoirs et revolvers dans la poche pour les brandir selon leur humeur. Avec courage et ténacité, Frédé s'opposait à ces messieurs.

Le romantisme de la truanderie, s'il embobinait les bourgeois, ne l'abusait nullement. Au contraire. Assainir la Butte, se garder des bandes qui rivalisaient de brutalité et de provocations lui paraissaient indispensables. Parfois même, quand sa force herculéenne n'était pas assez dissuasive, il se résignait à montrer qu'il était armé. Et Victor était d'une identique inflexibilité avec, en plus, affirmait-on, une propension à tourner la tête des femmes. D'aucuns pouvaient s'estimer évincés. La nuit où il fut abattu, ne restaient dans son cabaret que son chien et une serveuse dans la salle du vestiaire. La serveuse, Lolotte, de son vrai nom, Marie Chantomme, elle-même blessée, ne sut reconnaître le meurtrier sur les photos que les policiers de la Sûreté nationale lui présentèrent à l'hôpital

Lariboisière. Le chien n'aboya pas. N'est-ce pas la preuve que la victime connaissait son meurtrier ? On n'en sut jamais davantage. « La loi du browning » avait parlé. À bout portant. À l'entame du troisième millénaire, la trace d'une balle demeure dans le plafond « au-dessus de la caisse » à l'entrée où Victor s'écroula dans une mare de sang.

Frédé porta toujours cette tragédie en lui : une plaie non cicatrisée. Mais il n'abandonna pas Le Lapin : le clown rit malgré les deuils, le spectacle continue, la tradition l'impose.

Symbole du Lapin Agile, Frédéric Gérard, dit « Frédé », était né dans la Seine-Saint-Denis, à Gagny, en 1860. Ce qu'il lisait et entendait sur Montmartre l'appâtait. Il n'y résista pas. Adolescent, il quitta sa famille comme il devait quitter adulte, on l'a vu, son épouse et sa flopée d'enfants. Il aimait la peinture ; il s'inscrivit aux « Arts-Déco ». Mais l'homme vit aussi de pain. À l'instar de ce que l'on découvre parfois dans les biographies des grands personnages d'Amérique, Frédé n'hésitait pas à retrousser ses manches, d'un métier à l'autre. Il obtint d'abord l'essentiel de sa subsistance en vendant du poisson. Son âne « Lolo » portant des paniers, il criait dans les rues de la Butte la devise qu'il colporta sa vie durant : « Le premier devoir d'un artiste est d'avoir bon estomac. » Flattant l'encolure de son cher Lolo, l'air sentencieux, il reprenait de même, l'adaptant, un mot d'Alphonse Allais, grand Montmartrois, son aîné de six ans : «J'aime les ânes parce que ce sont des chevaux qui n'ont pas réussi.» Barbu comme le vieil Homère, coiffé d'un foulard rouge surmonté d'un feutre au large bord en été ou d'une toque de loutre en hiver, chaussé de gros sabots en toutes saisons (il s'annonçait toujours car il traînait les pieds), vêtu de laine et de velours (large pantalon tenu par une ceinture en cuir), tirant sur sa bouffarde, il ne passait pas inaperçu. Vraiment pas. On eût dit, selon les tendances d'esprit, un corsaire, un bandit sorti du maquis corse ou un hors-la-loi d'opérette. Assez court de taille, une impressionnante puissance physique émanait de sa personne. Il en imposait; on l'appréciait.

S'il dessinait bien, si la céramique et la poterie l'occupèrent jusqu'à la fin de ses jours (la forme et les nuances de couleurs de ses œuvres lui plaisaient; il ne le dissimulait pas), il avait, pareillement, des dispositions pour la musique : il chantait, jouait de la guitare, de la flûte, du violoncelle. Ce don l'incita à se produire et à diriger le Zut (où Bruant, répétons-le, le découvrit) situé au numéro 28 de la rue Ravignan.

C'était un local fort exigu, fréquenté par une faune volontiers prête à en découdre : marlous, petites frappes, faux monnayeurs, ivrognes au vin belliqueux, voyous de tout calibre mêlés à des bohèmes occasionnels ou impénitents, journalistes en mal d'engagement, poètes aux muses boudeuses, bourgeois excités par ce milieu interlope, anarchistes. On s'y serrait comme harengs en caque, ce qui n'est peut-être pas une façon de dire car au dos d'une vue maritime une publicité rappelait la principale occupation de Frédé : « Venez, 28, rue Ravignan, vous y trouverez poissons de première qualité. Prix loyal. Bon accueil. Je reçois les commandes et porte en ville. Frédéric. »

En attendant les livraisons du lendemain, Frédé prenait sa guitare et chantait du Ronsard, du Delmet, du Béranger (*Dans un grenier qu'on est bien à vingt ans*), du folklore de France et ses propres compositions où l'écologie, alors doctrine de droite, se taillait une belle part. Dès qu'un immeuble nouveau se dressait, Frédé tempêtait : « Je voudrais que les casernes modernes qu'on construit sur la Butte s'enfoncent dans la glaise avec les ateliers qui sont dessus sans qu'il y eût des blessés, naturellement. » Le public entonnait les refrains, applaudissait, buvait sec, cédait aux hallucinations des veilles, débattait des éternels problèmes qui agitent les hommes rivalisant d'originalités vieilles comme le monde et le goût des palabres. On s'épaulait, on s'opposait. Le feu couvait. Les laves n'avaient pas l'opportunité de se refroidir. Alors on se querellait et, de temps à autre, on en venait aux mains.

Parmi des clients tels Paul Fort, Pierre Louÿs, Alfred Jarry, Jehan Rictus, de nombreux Espagnols

(Ramon Pichot, Casajemas, Soto, les sculpteurs Manolo et Durio) entouraient Picasso. Frédé les portait dans son cœur. Les exilés le lui rendaient bien. En reconnaissance, ils retroussèrent leurs manches, nettoyèrent, mastiquèrent et peignirent les murs de cette arrière-boutique funèbre et vermoulue. Qui a détruit ces fresques ? La tour Eiffel jaillie du pinceau de Pichot ? L'ermite et les femmes bleues nés de Picasso ? Qui a commis le sacrilège ? L'attentat ? Il arrive que l'ignorance passe à côté de l'idée de profit.

L'aventure du Zut cessa une nuit de 1903 quand des ivrognes trop tapageurs, chassés par Frédé, revinrent avec des amis afin de venger l'outrage. Ils étaient furibonds. Devant la menace, on se barricada. Sous le commandement du colosse Frédé : Manolo, Sunyer le peintre, Mac Orlan, Léon-Paul Fargue, Julien Callé, le plus fraternel des hommes (et Picasso, d'après diverses versions), résistèrent. Les heures passaient ; pavés et invectives pleuvaient. Ça sentait l'émeute. Au petit matin, les forces de l'ordre enfournèrent enfin les assaillants têtus et enragés dans le panier à salade. Les agents délivrèrent les assiégés. Mais le Zut fut sanctionné. À la préfecture de police, la boîte était fichée « repaire d'anarchistes ». L'occasion était trop belle pour punir ceux qui aiment à rappeler : « L'anarchiste aime tellement l'ordre qu'il n'en supporte aucune caricature. » La fermeture administrative et sans appel de la boîte fut décrétée. À

Frédé d'aller exercer ses talents de chanteur, de musicien et de philosophe ailleurs. Berthe, sa compagne au grand cœur, l'attendait.

Mais revenons à Paulo. Pourquoi cette confiance, cette affection d'Aristide Bruant à son égard ? Il estimait Brutus, le fils de Mathilde Tarquini d'Or, sa femme. Mais ce garçon de qualité ne remplaçait pas dans son cœur le capitaine Louis Armand Aristide Bruant, cet enfant qu'il avait eu d'une union passagère avec la chanteuse Marioni, morte très jeune. Le capitaine n'était pas revenu vivant de la tuerie de 14-18. Sa disparition accroissait son amour et faisait du Bruant des lendemains de la guerre un être différent de celui des années où le malheur ne l'avait pas si cruellement frappé. Souvent, avant que pointe le jour, aux heures propices à l'insomnie et au découragement, lorsque le cafard, à l'aise comme un poisson dans l'eau, attise les secrètes détresses de chacun, le désespoir le terrassait. En ces moments, où le naufrage paraît proche, quand il s'asseyait au Lapin Agile et s'y accrochait comme on s'agrippe à une épave de peur de couler à pic, il observait Paulo. Il le revoyait enfant jouant avec son propre fils, Aristide, et avec Brutus. Il appréciait sa vivacité. De plus, ce qu'il savait de sa conduite lors des hostilités comblait le patriote qui continuait de vibrer en lui malgré le deuil. Curieux, d'ailleurs, ce mélange d'anarchisme, de socialisme, de bellicisme, d'esprit cocardier exacerbé, de goût du sacrifice (« On avance. La mitraille fait la part de la bataille. On enjambe les mourants. Gloire à celui qui succombe ! ») chez le « chansonnier populaire » ! (Tenant à ce qu'on le considérât de la sorte, Bruant avait inscrit ces mots sous son nom sur la plaque de sa maison rue Cortot : le « chansonnier populaire ».) Curieux ? Est-ce bien sûr pour un homme qui avait eu 19 ans en 1870, un homme chauffé à blanc par la haine du Prussien ? On se fait « le chantre des Joyeux des bataillons disciplinaires, des voyous et des gigolettes », on dégote du « pathétique chez la crapule », on célèbre les truands et les marginaux, on chante « d'une voix d'émeute et de barricade à dominer le rugissement des rues un jour de révolution, une voix qui vous rentre dans l'âme », on s'émeut « de la désolation du bas peuple vautré dans la fange parce que la société égoïste l'y a mis », on répercute « le cri de ceux qui meurent de faim, le cri de ceux qui ont roulé dans le ruisseau parce qu'on les y a doucement poussés, parce qu'ils y sont nés, parce qu'on ne veut pas les en sortir afin de pouvoir encore tonner contre le vice inhérent au cœur de l'homme », et on chérit l'armée, sa discipline ! N'en doutons pas : le rebelle était pour la revanche et pour l'ordre établi. Pour lui, « le mot France était le plus beau du monde », comme le dira un jour Joseph Kessel.

Donc Bruant observait Paulo. N'était-il pas intraitable, fidèle, obstiné comme son fiston ? Grièvement blessé dès octobre 1914, le lieutenant Bruant, à peine rétabli, avait insisté pour repartir au front. Devenu capitaine, il avait succombé à Craonne trente mois plus tard. Mobilisé à 19 ans, en 1914, gazé et prisonnier en 1916, Paulo n'était-il pas aussi exemplaire ? N'avait-il pas refusé de travailler pour les Allemands ? Détenu en camp disciplinaire, n'était-il pas revenu de la terrible épreuve malade et décharné ? Sa mère était morte alors qu'il endurait la tourmente loin d'elle. Démobilisé, torturé de chagrin, un arrière-goût de fiel à la bouche, il avait frappé à la porte de son père. Frédé l'accueillit. Paulo commença à travailler au cabaret. Sa santé en partie retrouvée, il se rendit indispensable, tout bonnement parce que sa nature lui imposait de bien faire le travail qui lui était assigné et qu'il s'assignait, allant même au-delà. Frédé en éprouvait une grande satisfaction, fût-elle entachée d'égoïsme puisque par ses capacités et son assiduité son fils lui permettait de consacrer davantage d'heures à la poterie : n'avait-il pas fait construire un four au Lapin pour cuire ses vases ? De plus, le philosophe-moraliste, aux aguets en lui, prisait cette pensée de Baudelaire qu'il répéta un soir à Bruant : « Le mal se fait sans effort, naturellement, par fatalité, le bien est toujours le produit d'un art. » Comme Bruant le considérait, attendant un commentaire, Frédé expliqua : «Je pense à ça en regardant mon garçon que j'ai si longtemps négligé ! Il est si appliqué, si actif ! Un joyau ! Il met de l'art dans sa vie. » Bruant approuva. Et alors que «sa voix était la plus coupante, la plus métallique qui soit», il s'entendit murmurer : «J'ai parfois la sensation en le voyant faire de retrouver un fils. » Puis se secouant, bannissant son trouble, presque brutal afin de masquer l'attendrissement, il dit à l'inattention de son vieil ami Frédé : « S'il impressionne des durs à cuire de notre acabit, il devrait aussi impressionner le public puisqu'il possède ce don magique : la présence ! » Fort de cette constatation, de plus en plus proche de Paulo qui lui rendait sollicitude et tendresse, il proposa de lui donner des leçons de diction, auxquelles se greffèrent des leçons de chant prises chez Mathilde Tarquini d'Or. Comment rêver mieux ? Studieux, Paulo progressa vite. Bientôt, il ajouta à ses rôles de garçon de salle, d'administrateur, de videur quand de sinistres individus venaient chercher la bagarre, ceux d'animateur et de chanteur. Et aujourd'hui, sur les murs du vieux cabaret on peut lire dans un petit cadre cette dédicace d'Aristide Bruant : « À Paul Gérard, alias Paulo du Lapin Agile, mon seul élève. »

Quand, le 12 février 1925, à l'âge de 74 ans, Bruant, victime d'une crise cardiaque puis d'une hémorragie cérébrale, rendit l'âme, il savait qu'il s'était montré sagace en vendant les murs du Lapin à Paulo.

Un temps, Berthe, la bonne Berthe, par on ne sait quelle lubie, quelle défiance, prit ombrage et accepta mal cette mainmise. Comme elle et Frédé possédaient la licence du cabaret, elle refusait de la céder. Pierre Mac Orlan, son beau-fils, s'évertuait à condamner son entêtement. Il insistait tandis que Frédé se contentait de manifester de l'étonnement devant la conduite de sa compagne. Enfin, en 1928, elle changea d'avis. Paulo, propriétaire de la bâtisse, le devenait également du fonds de commerce.

3 février 1938. Les Japonais s'emparent de Tché-Fou, au nord de Chantoung. Le petit port était défendu par un unique agent de police chinois en uniforme. Les valeureux vainqueurs l'ont fusillé sur-le-champ... Le maréchal von Blomberg, ministre de la Guerre du Reich, généralissime des armées allemandes, démissionne. Il part aussitôt pour l'Italie en voyage de noces. Hitler concentre en ses mains tous les pouvoirs. En mars, ce sera l'Anschluss. Mussolini, le seul à avoir mobilisé lors de la première tentative d'annexion de l'Autriche par l'Allemagne, en 1934, ne bougera pas. Le Führer, ce grand sentimental, pourra ainsi fleurir la tombe de ses parents dans le cimetière de Leonding, près de Linz, en Autriche, où il est né... Sir Arthur Neville Chamberlain se persuade de plus en plus que « des conversations personnelles entre

Hitler et lui pourraient sauver la paix». Dans les prochains mois, il se rendra à Berchtesgaden puis à Godesberg; on peut être chancelier de l'Échiquier puis Premier ministre et se fourrer le doigt dans l'œil... La troisième charrette des procès de Moscou huile de sang ses roulements. « Pour ceux qui ne sont pas de notre avis, quatre murs c'est trois de trop», avait déclaré Félix Dzerjinski dès qu'il dirigea la police politique soviétique au début du règne de Lénine. Le « nous » royal est abandonné. « Notre avis » est devenu « mon avis » : seuls les caprices de Staline... Alvarez del Vayo, ministre des Affaires étrangères de l'Espagne légaliste, s'escrime en vain au conseil de la Société des Nations à Genève ; il est aussi écouté qu'une antilope dans la gueule d'un prédateur...

3 février 1938. Tandis que les femmes italiennes apprennent le pas romain, miss Norma Ellis à San Diego (Californie) réussit l'exploit de sortir de l'eau vingt-deux poissons en dix minutes. Gagnante du concours de pêche, elle fait la « une » de la presse mondiale... Sir Archibald Sinclair — chef de l'opposition libérale — présente à la Chambre des communes « une pétition monstre (804000 signatures) afin d'obtenir une baisse du coût de la vie». En France, le Sénat, sans pétition préalable, vote à main levée l'augmentation de l'indemnité parlementaire... Maryse Hilsz, vêtue « d'un veston de sport lie-de-vin » et d'une culotte de skieuse, atterrit au Bourget après avoir battu,

sur son monoplace blanc, le record de vitesse Paris-Saigon. En revanche, le deuxième gouvernement de Front populaire bat de l'aile. Communistes et socialistes lâchent le « rad'-soc' » Camille Chautemps... Bruno Mussolini, fils du Duce, devient, à vingt ans, le plus jeune capitaine de l'armée italienne... Annabella triomphe dans *La Citadelle du silence*, film de Marcel L'Herbier avec Pierre Renoir, Pierre Larquey, Le Vigan... La découverte de la naxolithe, base du lait Kala-Busta, à usage externe, témoigne d'une nouvelle « victoire du génie français ». La publicité le proclame. Il suffit aux femmes d'acheter à leur pharmacien : « Un flacon de Kala-Busta » (et de l'employer) pour prouver la véracité de la formule « à gorge idéale, beauté idéale ». N'en doutons jamais : « La femme a l'âge de ses seins... » En Allemagne, la presse se déchaîne contre le gouvernement français qui a autorisé l'exposition antinazie de Paris. En France, beaucoup de journalistes, au contraire, approuvent la manifestation. « Que dirait-on si une exposition contre le Front populaire s'ouvrait à Berlin ? », enragent leurs confrères tudesques qui hurlent à la provocation et dénoncent « un inqualifiable attentat contre la paix ! »...

3 février 1938. Ce soir-là, au Lapin Agile, on pense peut-être aux bienfaits du lait Kala-Busta, au « veston lie-de-vin » de Maryse Hilsz, à la faillite de la Société des Nations, à l'abolition successive des clauses du traité de Versailles par le Reich, à

l'Éthiopie, à la Palestine, aux Sudètes, à tous les prétextes utiles pour transformer l'homme en écumoire et aux moyens d'en zigouiller le plus possible, mais rien n'y paraît. On chante. On rit. On vibre aux refrains qui touchent aux nostalgies, aux amours naissantes, aux blessures des ans, aux repues franches. La salle est bondée. On a refusé du monde. Deux jeunes femmes sont parvenues à s'installer sur le banc, à droite de l'entrée, près du rideau rouge devant lequel se produisent les artistes. L'une d'elles porte un petit chapeau à fleurs avec une voilette. Le petit chapeau ne cache pas la mèche blanche qui surprend dans une chevelure très brune. Aucun artifice ; la mèche est naturelle. Les deux jeunes femmes reprennent en chœur les chansons dès que Stello (il partage avec Paulo la fonction de cabaretier-animateur) le demande. Toute l'assistance participe. La jeune femme à la mèche blanche et au chapeau à voilette a une si belle voix que Stello s'approche d'elle ; il la fixe et propose : « Vous allez bien nous chanter quelque chose ? Toute seule... »

Sans se faire prier, elle se lève. Elle entonne *Parlez-moi d'amour.* Campara, le pianiste, la suit aisément, tant elle respecte la mesure et chante juste. Le public lui fait un triomphe. « Une autre ! Une autre ! » Elle sourit et Giacomo Puccini envahit les murs du Lapin : *La Prière de la Tosca,* dans le ton original ! C'est déchirant et superbe. On est transporté, remué aux larmes. C'est la victoire des âmes sensibles. Elles sont branchées sur les nues. Campara plaque l'ultime accord. Un silence. Et tout à coup, les bravos, les cris. On trépigne. Irréelle, telle une apparition, la jeune femme, qui n'a pas ôté son chapeau, salue Elle ne paraît pas étonnée par l'accueil. L'ovation se poursuit. Coiffé d'une casquette de toile bleue, couleur de ses yeux, vêtu d'une chemise à carreaux, un homme s'approche de la chanteuse. Il l'applaudit, la félicite. Comme à regret, les acclamations cessent. L'homme est sûrement un artiste de la maison. La jeune femme à la mèche blanche l'a entendu, tout à l'heure, qui reprenait en chœur des chansons lestes.

— Pour ne gêner personne, comme le spectacle continue, quittons la salle un moment et parlons, suggère-t-il.

Elle accepte. Devant la caisse, il enchaîne aussitôt :

— On pourrait faire des affaires.

— Justement... Je cherche à en faire, répond-elle.

— Je me présente : Paul Gérard, dit « Paulo ». Je suis le patron du Lapin Agile.

— Moi, j'ai deux prénoms : Marie-Françoise, Yvonne. On m'appelle Yvonne. J'ai 35 ans. Je suis née à Bègles. Je suis actuellement représentante de commerce. À 16 ans, je faisais partie d'une chorale à Bordeaux. J'ai toujours aimé chanter. Je n'ai pu en faire un métier. Le destin nous mène vers des directions qui ne sont pas toujours celles que l'on souhaite.

À l'évidence, Paulo apprécie cette réponse autobiographique où la timidité est absente mais aussi — comment dire — la trop grande assurance.

— Et si l'on travaillait ensemble ? lance-t-il.

— Pour quoi faire ? de la représentation ? ironise-t-elle.

— Chanter... Ici... Au Lapin.

Tous deux adoptent une manière désinvolte de traiter un moment décisif de leur existence. Cependant, chez elle, la méfiance occupe une part des pensées. On propage tant de choses sur Paris ! Sur les dangers qui menacent les jeunes femmes ! Les projets répréhensibles peuvent se draper de la plus ostensible honorabilité ! Mais il a un regard si franc ! Et ses yeux sont d'un bleu d'outremer si profond ! Il insiste.

— Chanter ?... Tous les soirs ?... Vous m'engagez ?

— Commençons tout de suite.

Elle revint dans la salle, chanta de nouveau *Parlez-moi d'amour* et *La Prière de la Tosca.* Frédé qui ne quittait presque plus son appartement du Lapin en descendit. « C'est si harmonieux, si chaud, si distingué, que j'ai retrouvé mes jambes de vingt ans », dit-il à la jeune femme. Et c'est ainsi que Marie-Françoise, Yvonne Pargade, épouse séparée de M. Roger Thomas, mère d'un garçonnet de neuf ans et demi, Yves, débuta au Lapin Agile. Paulo lui donna le pseudonyme d'Yvonne Darle qui lui plut. Il la conseilla dans le choix du répertoire. Delmet y voisinait avec Maurice Rollinat, avec Victor Hugo, avec Verlaine mis en musique par Reynaldo Hahn.

Soixante ans plus tard, quand elle mourut, il y avait peu d'années qu'elle avait cessé de donner son tour de chant quotidien au cabaret. Entre-temps, elle avait divorcé de M. Thomas, épousé M. Paul Gérard, vu grandir son fils qui, à son tour, élève de Charles Panzera au Conservatoire national supérieur de Musique commença sa carrière au Lapin Agile avant d'y revenir après avoir chanté aux quatre coins du monde. Frédé, lui, était mort en 1938, six mois après sa découverte de la jeune femme à la voix de cristal qui fréquentait les chœurs des anges, bien au-dessus de notre bas monde mais si proche de lui par les sentiments qu'elle agitait d'une corde sensible à l'autre. Frédé avait 78 ans. Son corps fut couché sur les tables dans la salle du cabaret. Francis Carco, Pierre Mac Orlan, Roland Dorgelès, Pablo Picasso, Charles Dullin, Paul Fort, André Salmon, Max Jacob, Nino Frank, Marcel Aymé, André Warnod, Paul Yaki, Georges Delaw, Jules Depaquit — mais pourquoi poursuivre une énumération, fût-elle prestigieuse ? — vinrent s'y recueillir.

Dieu que la jeunesse passe vite !

CHAPITRE II

Au bout du local du premier Chat noir (celui du 84, boulevard de Rochechouart avant l'installation rue de Laval — rebaptisée Victor-Massé — entre les rues des Martyrs et Pigalle), était un réduit où n'accédaient que les habitués pour ne pas dire les initiés. On récitait là des vers, lisait des fragments de romans en gestation, évoquait des souvenirs, ressassait de tenaces griefs, maniait la contradiction, intronisait la Muse « Insouciance française », ne mâchait pas les mots, montrait par des sourires blessés qu'on en savait long sur les hommes, étincelait d'intelligence, se régalait de potins et de traits d'esprit, dessillait des yeux, en embrumait d'autres, refaisait le monde avec une absence souveraine de sens du ridicule comme souvent en pareil cas. Des peintres y accrochaient leurs toiles.

Trente-cinq ans auparavant, en 1850, M. Dinocheau, qui se donna le titre de « Restaurateur des Lettres », avait ouvert rue Navarin où vécut Théophile Gautier ce qui fut peut-être le premier cabaret littéraire. Tels ces mélomanes qui vacillent de joie et d'émotion rien qu'en regardant une partition comme si le son de chaque note charmait leurs oreilles, M. Dinocheau, à la vue d'un artiste, défaillait de bonheur. Si l'œuvre — poème, peinture, musique — lui plaisait, les écrivains, les rapins, les compositeurs miséreux (et autres) savaient comment apaiser leur malefaim ou satisfaire leur penchant de pique-assiette. Providence des ventres creux consacrés à l'expression du beau, le traiteur-cabaretier n'avait pas à demander en retour une toile, un dessin, une dédicace sur un poème, quelque portée musicale autographe. Tout se faisait spontanément et ceux qui disaient des vers ou chantaient improvisaient des spectacles qui attiraient les dîneurs. Bienfaiteur, artiste culinaire, M. Dinocheau ajoutait quatre cordes à son arc : celles de son violon. Il en jouait quand il quittait le piano de sa cuisine.

Vint la guerre de 1870, vint la Commune. Ruiné, le bon amphitryon, qui avait tant nourri autrui, ne dîna plus que de vache enragée. La bohème le rattrapait.

Huit ans plus tard, un autre cabaret littéraire s'ouvrit avenue Trudaine où habitèrent Emmanuel Chabrier, la comédienne Marie Colombier, le peintre Alfred Stevens. Le marchand de tableaux Laplace (homme de goût, étourdi et panier percé) en fut le propriétaire. Ce cabaret, à l'enseigne de La Grande Pinte (tout y évoquait le Moyen Âge), était situé au numéro 28. Il fit long feu. Lui succéda L'Âne rouge dirigé par Gabriel Salis, frère cadet du tout-puissant empereur du Chat noir Rodolphe Salis. L'aventure dura également peu.

Chez Dinocheau venaient Henri Murger (*Le Bonhomme Jadis* : Antoine Blondin connaissait-il ce titre quand il écrivit *Monsieur Jadis*?), deux Bordelais : Aurélien Scholl et Catulle Mendès (surnommé « le spadassin folâtre » dont Jules Renard disait : « Il était tout ce que je n'aime pas, tout ce que j'envie peut-être »), un Nantais potelé et fessu amoureux de Bordeaux — Charles Moncelet — qui, par dérision, se nommait lui-même « Poète de la bonne humeur » (son ouvrage *Les Oubliés et les Dédaignés* est réédité dans la collection « Les Excentriques » chez Plein Chant à Bassac aujourd'hui), Félix Tournachon dit Nadar, André Gill, Constantin Guys, Joseph Albert Glatigny (*Les Vierges folles*), Courbet, Jean-Baptiste Clément. À La Grande Pinte, on retrouva souvent les mêmes ainsi que Paul Arène (grand buveur surnommé : « Struggle for licheur »), Carjat, Steinlen, Verlaine (il donna là des conférences), Courteline, Gustave Charpentier, Caran d'Ache, Charles Cros, Xavier Privas, Paul Delmet, Raoul Ponchon, Adolphe Willette dont le nom — on ne se lasse pas de le dire — était synonyme de générosité. Quant au réduit sans confort et sans aération du Chat noir, il entra dans la légende de Montmartre sous le nom de l'Institut.

Là, se tinrent les premiers dîners du vendredi et les matinées du mercredi qui amenèrent le patron à ouvrir son établissement tous les jours à partir de 17 heures et élevèrent le lieu à une gloire mondiale. Le public s'y entassait ; le Tout-Paris : il fallait être là.

Est-ce maladresse que de reparler de l'hebdomadaire créé le 14 janvier 1882 et qui porta en toute logique le nom du cabaret ? Que l'on m'absolve ! Il y a tant à dire sur cette publication ! Elle étaya davantage encore le prestige et la réputation de drôlerie, de déraison, d'insolence, de talent et de liberté du pays montmartrois. Paraissant, grosso modo, tous les samedis, *Le Chat noir* dura quatorze ans. Son tirage ne chut jamais plus bas que mille cent exemplaires. Le directeur en fut longtemps (cela coule de source) Rodolphe Salis. Ses rédacteurs en chef eurent nom, au fil des ans, Émile Goudeau, Alphonse Allais, Jules Lévy, Henry Gauthier-Villars dit Willy... Mais comment citer tous les collaborateurs qui se succédèrent sept cents numéros durant, pour le plus intense bonheur des collectionneurs ? Essayons quand même en précisant qu'aucun ne fut payé car tous considéraient comme un honneur de prêter la main à cette épopée des Lettres et du Dessin. Participèrent donc à ce monument (outre d'autres noms auparavant mentionnés) : Toulouse-Lautrec, Henri Rivière, Zola, Aurélien Scholl, Jules Clarétie, Barbey d'Aurevilly, Paul Arène, Ernest Legouvé, Félicien Champsaur, Maupassant, Charles-Morice, Paul Alexis, Léon Gandillot (vaudevilliste à succès et à belle générosité, il soutint l'anarchiste Georges Cochon — ancien Bat' d'Af', ouvrier tapissier, fondateur de l'Union syndicale des locataires — et mit à la disposition de familles nombreuses son appartement de la rue de Rome qu'il fit garder par un lion édenté et un boa à l'étreinte vieillissante, mais tous deux aux réputations intactes donc effrayantes), Curnonsky, François Coppée, Catulle Mendès, Alphonse Daudet, J.-K. Huysmans, Edmond Haraucourt, Léon Riotor, Forain, Bombled, Bruant, Léon Bloy, Villiers de L'Isle-Adam, Edmond de Goncourt, Charles Léandre, Albert Tinchant, Georges Delaw, Émile Blémont, Jacques Villon, Franc-Nohain, Fernand Fau, Maurice Donnay, Michel Zamacoïs, Armand Masson, André Gill, Tiret-Bognet, Ernest Meissonier, Carolus-Duran, Pierre Mille, Jean Lorrain, Laurent Tailhade, Jules Renard, Xanrof, d'Esparbès, Victor Meusy, Benjamin Rabier, Tristan Bernard, Vincent Hyspa, Marie Krysinska, Jules Lemaitre, Paul Adam, Jules Depaquit, Régamey, Camille de Sainte Croix, Moréas, Henri Somm, Léon Gambetta, Louise Michel, Jules Grévy, Mac-Mahon... On le constate à la lecture de cette liste non exhaustive (et parfois répétitive) dressée avec jubilation (on peut s'enivrer d'encre et de désordre), même les représentants du monde politique n'étaient oubliés alors que l'éditorialiste proclamait que les envoyés spéciaux du journal « n'hésitaient pas à risquer leurs jours et à se rendre au bout du monde dans le but de recueillir des documents destinés à enrichir les connaissances scientifiques des habitants du berceau de l'humanité c'est-à-dire les habitants de Montmartre, deuxième ville de France autrement plus ancienne que Thèbes, Ninive, Babylone et Carcassonne ». Ainsi vit-on des journalistes du *Chat noir* « dévoués et capables de tous les sacrifices pousser leurs investigations jusqu'aux Batignolles, à Bercy et sur la rive gauche de la Seine — le pays latin — afin d'être en mesure de raconter les mœurs, les coutumes, la civilisation de peuplades fort lointaines ». Les fantômes des braves de mon enfance : Marco Polo, James Cook, Savorgnan de Brazza, Louis Antoine de Bougainville, enterré soit dit en passant au cimetière du Calvaire (où ne résident que des morts que l'on ne pleure plus depuis longtemps) contigu à l'église Saint-Pierre sur la Butte, n'avaient qu'à bien se tenir face à cette « légion de hardis explorateurs ». Indiscutablement, le ciel les envoyait aux populations avides d'apprendre !

Pourquoi — s'interrogera-t-on — ce nom l'Institut, qui vit aussi passer dans son antre Victor Hugo, Garibaldi, Jérôme Napoléon, Léo Delibes, Jean Richepin, Vallette, Sully Prudhomme, Sarah Bernhardt, Coquelin Cadet, Paul Signac ? Tout judicieusement parce que entre ces quatre murs on ne pouvait caser plus de quarante personnes. C.Q.F.D.

Le Chat noir a fermé ses portes depuis belle lurette. La revue également baissa pavillon, se rebaptisât-elle, un moment, *Le Nouveau Chat noir* pour s'insuffler un problématique sang neuf : l'uniformisation gagne dans la trivialité et le mastoc. Mais là-haut, sur la Butte, près de la vigne que Gérard de Nerval rêva d'acquérir avant d'être interné plusieurs fois au 22 de la rue Norvins dans la clinique psychiatrique du docteur Ernest-Sylvestre Blanche (on ne promène pas en laisse un homard vivant dans les jardins du Palais-Royal sans se faire remarquer et sans qu'accourent policiers et infirmiers aliénistes) puis de périr par pendaison une nuit de janvier 1855 rue de la Vieille-Lanterne. Là-haut, au Lapin Agile, existe un autre Institut. Son nom ? Le Laboratoire. Il est situé face à l'entrée du cabaret, au fond, tandis que sur la droite, après avoir monté quelques marches, on se glisse dans la salle où jouent et chantent les artistes. Antan : Renoir, Apollinaire, Clemenceau, Courteline, Verlaine, Modigliani, Van Dongen, Mac Orlan, Paul Arène, Carco, Paul Fort, Poulbot, Dullin, Max Jacob, Daragnès, Forain, Alphonse Allais, Girieud, Georges Auriol, Oscar Méténier, Dekobra, Gaston Couté (vais-je encore assommer le lecteur avec une farandole de patronymes qu'il prendrait pour une danse macabre et qu'il pourrait ne pas me pardonner cette fois ?) s'y rendirent comme s'ils trouvaient là un point d'appui, comme si de se sentir ensemble pendant quelques heures permettait de mieux s'accommoder de l'étrangeté du monde : la solitude a besoin d'entractes. Les années ont succédé aux années, beaucoup sont morts, certains se sont lassés, d'autres sont venus, mais la tradition n'a pas sombré. Les artistes la maintiennent. Ils continuent de s'assembler au Laboratoire entre deux numéros. Comme jadis, ils y cultivent l'amitié, jettent leurs espoirs aux orties ou les récupèrent au bon vouloir du spleen, dressent des remparts de chimères destinés à s'opposer aux douloureuses clairvoyances, se marrent à des plaisanteries de corps de garde, rêvent au-dessus de leurs forces même si çà et là des adultes ont surpassé ce que jeunes gens ils laissaient présager et, surtout, ils égrènent des souvenirs : les leurs et ceux tellement entendus que l'on imagine de temps à autre les avoir vécus.

À ce jeu de la mémoire, Yves Mathieu, le fils d'Yvonne Darle, le successeur de Berthe, Frédé (« Que Dieu pose sa main sur ton crâne chauve ; je le veux », lui écrivait Picasso), de Paulo, est passé maître. Par lui, plus d'un siècle de l'histoire de la Butte Sacrée défile. Pour ceux qui l'écoutent, les anciens deviennent proches, sans que la réminiscence exhale des relents de mausolée. Combien de milliards de femmes et d'hommes, nos contemporains de par le monde, nous sont inconnus ! Yves Mathieu parle : le souffle de la vie ranime de glorieux aïeux et aussi des êtres qui eurent un moment d'importance, n'auraient-ils été le plus souvent que l'ombre d'eux-mêmes lors de leur passage sur terre. Le Lapin Agile a connu de telles heures que les Annales de Montmartre en sont emplies ! J'aime en tourner les pages. L'arbre de vie pousse et prospère au royaume du souvenir. L'instinct de conservation s'y fortifie. À chacun ses sèves. Et au diable la chronologie, au diable les énergumènes que le passé indispose ! Ils y voient un frein. Comme si de se remémorer empêchait de vivre le présent et de songer à ce tueur qu'est l'avenir. Il est possible de se pencher sur le passé sans s'engourdir et s'y engloutir. Les fleurs fanées sont aussi porteuses de fêtes esthétiques. Fût-ce au soir d'une vie au long cours, en se levant le matin on peut s'écrier : « Quand je serai grand, qu'est-ce que je vais faire ! », le point d'exclamation marquant ici l'espérance, l'esprit conquérant, l'étendue des projets.

C'est avec Yves Mathieu (il porta aussi sur scène son vrai nom Yves Thomas) et son épouse Maria Thomas (née Maria-Teresa Llados, catalane de Barcelone comme Paul Yaki, chantre de Montmartre, l'était de Toulouse) que j'ai compulsé pendant des jours le livre d'or du Lapin Agile. Georges Delaw l'inaugura et le baptisa « livre de bord ». Il l'orna d'un frontispice et d'une fable : « Il était une fois un lapin / qu'un maquereau regardait de travers / Le lapin prit un revolver / Et fit passer le goût du pain / À cet animal pervers. Moralité : si on allait prendre un verre. » Sans doute est-ce le courage de Frédé qui lui inspira ces lignes au parfum de dérision. « Et maintenant on va faire un peu d'art », lançait le troubadour avant d'entonner ses couplets. Mais sous la menace, ce sacré troubadour, on ne l'a pas oublié, devenait guerrier. Il brandissait autre chose qu'une guitare. On l'en félicitait. « Au bon ami Frédé qui voulut rendre la justice expéditive : bravo ! », s'écria Jehan Rictus après qu'une fusillade l'eut interrompu alors qu'il récitait ses poèmes. Et Carco, si sensible à la souffrance qui émanait de Rictus (souffrance dont « la féroce et la brutale et la navrante grandeur, ne s'apprend pas dans les livres »), approuvait, de même, Frédé, tout comme son compère Mac Orlan. « Frédéric vivait avec les loups et connaissait leurs mœurs. Il parlait peu et dressait toujours une oreille inquiète du côté de la rue. » C'est que les fiers-à-bras de la Goutte d'Or et de la Chapelle étaient d'implacables spécialistes de l'intimidation. Et pour cette faune, de la violence verbale à la violence tout court il n'y avait pas grande distance.

Illustrateur d'Anatole France, de Jules Renard, de Francis Jammes, d'Andersen, précurseur quand, en 1911, au théâtre, il conçut les décors de la pièce de Maurice Magre *Marchand de passions* (ce qui lui valut l'estime de Dullin, de Jouvet, d'Edmond Rostand : il peignit cinq panneaux pour sa demeure de Cambo, « l'Arnaga »), Delaw avait des anges dans le cœur. « Si Erik Satie refusait de me parler, c'est que j'avais fait une connerie », me confiait un jour, à Villefranche-sur-Mer, chez La Mère Germaine, Jean Cocteau. « Alors je faisais un retour sur moi-même afin de découvrir où j'avais pris la mauvaise route et j'essayais de mieux m'orienter. » Eh bien, l'inflexible Satie ne trouva jamais rien à redire au comportement de Georges Delaw. Lui, le sauvage, aima sa compagnie.

« La vie est une salle d'attente / Toute ma vie j'ai attendu / Je ne sais quoi, qui n'est pas venu », écrira Delaw. Ce qui vint ne fut pas en l'honneur du Père Éternel qui règne sur nos existences. La paralysie le frappa tandis qu'il travaillait dans son atelier 20, rue Durantin. Nous étions en 1934. Le peintre, le poète, le conteur érudit cessa de vivre sur l'instant, ne mourût-il qu'en 1938. Ne nous leurrons pas : le Tout-Puissant prodigue communément ses cruautés avec largesse.

Le « livre de bord » s'ouvre à présent sur la photo d'un tableau appelé *Au Lapin Agile* et parfois aussi *L'Arlequin au verre.* On y voit Picasso près du comptoir du cabaret. Il s'est peint en costume aux losanges de couleurs. À son côté, Germaine Laure Gargallo. Derrière, avec ses sabots dondaine et sa guitare, Frédé. Avant d'épouser Ramon Pichot (chez qui Picasso se rendit quand il débarqua à Paris), Germaine Gargallo, qui était modèle, avait ensorcelé Carlos Casajemas sans user pour autant de coquetterie. Il l'adorait. Navrée du malentendu, elle l'aimait comme on aime un copain. Casajemas dépérissait. Pichot et Picasso, ses amis espagnols, s'en préoccupaient. « Allons faire un voyage au pays natal, ça nous fera du bien et ça te changera les idées », suggéra une nuit Pablo à Carlos. Ils partirent. Hélas, Casajemas continuait de se morfondre. L'éloignement ne le distrayait pas, contrairement à l'idée reçue que l'on se plaît à répandre en un automatisme qui exaspère celui qui a mal. Ne s'emmène-t-on pas avec soi ? Ils revinrent. À Paris, l'amoureux transi invita sans attendre Germaine. Au restaurant, il fut douceur et insistance. Il la demanda en mariage ; la supplia. Elle tenta de le raisonner. Vainement. Il la regarda : un naufragé à qui la dernière bouée échappe. Il sortit un revolver de sa poche et se suicida. Ce fut pour ses compagnons espagnols une immense douleur. Pourtant, ni Pichot, ni Picasso n'en voulurent à Germaine. Pichot ne l'épousa-t-il pas peu d'années après le drame ?

En 1905, Picasso offrit à Frédé *L'Arlequin au verre*. Il l'accrocha lui-même, sans cadre, à un mur du Lapin, près du Christ en plâtre de Wasley dont la douloureuse présence étonne en ce lieu. Mais ne faut-il pas aux hommes une foi ou quelque rappel aux aspirations de l'âme pour qu'ils survivent ?

Encore que les clous du Christ et ses bras écartelés servirent parfois de patère...

En 1912, toujours non encadré, *Au Lapin Agile* dit aussi *L'Arlequin au verre* séduisit Rolf de Maré, Suédois et maître de ballet. Il entreprit le siège de Frédé. « Je ne vends rien ! » protestait celui-ci. Rolf de Maré ne se découragea pas. Il revint à la charge, s'opiniâtra tant que Frédé céda. La toile changea de mains pour une bouchée de pain : 1 000 francs plus une statuette nègre et de sonores accolades. « Tu as vendu trop tôt », commenta Picasso, quand il constata l'absence du tableau. « J'avais des factures à payer », s'excusa Frédé. « Alors ça se comprend », dit le Malaguène sans rien ajouter. L'œuvre appartint ensuite à Messieurs César De Hauke puis à Charles S. Payson, avant que le 15 novembre 1989 un Américain, M. Annenberg, ne l'acquière aux enchères, pour la somme de 41 millions de dollars. Il est actuellement exposé au Metropolitan Museum of Art. Quatre-vingt-huit ans plus tard, après force démarches auprès de la direction du musée new-yorkais et de Claude Picasso, Yves Mathieu obtint l'autorisation d'accrocher de nouveau l'œuvre à sa place. Il ne s'agit pas de l'original bien sûr, mais d'une reproduction unique collée sur toile. La ténacité fut nécessaire pour aboutir à cette fête du souvenir. On croit aboyer à la lune et un astre, derechef, nous offre sa bienveillante lumière. « J'appelle fou qui dans ce monde artificiel reste naturel. » Le jugement est de Joseph Delteil. Yves Mathieu a conservé ce naturel. L'héritier de Pablo et le directeur du Museum y ont été sensibles. Certains grains de folie ouvrent les portes les plus hermétiques. Mais reprenons le livre de bord. Sous un dessin de Georges Delaw, qui représente un lapin tirant sur des requins par l'ouverture d'un hublot de transatlantique, Max Jacob a écrit ces vers : « Trouver la rime à Frédéric / Voilà le hic ! / J'aime mieux attendre d'être ivre / Pour m'inscrire à bord de ton livre. »

Charitable et captivant Max ! « Il avait le vice du dévouement et ses amis lui doivent bien souvent la grâce qu'ils croient avoir. » Ce fut l'opinion de Carco. Max découvrit Picasso et l'abrita au temps désargenté. Comme il n'y avait qu'un seul lit dans la chambre, tandis que Pablo, éclairé par une lampe à pétrole, peignait la nuit, lui dormait. Le matin, il se levait et s'en allait travailler afin de quérir de quoi manger : apprenti menuisier, clerc d'avoué, manutentionnaire, pianiste, précepteur... Longtemps il fut aussi, en quelque sorte, le commis voyageur du génie, car (outre ses propres œuvres), se faisant fréquemment refouler, il tentait de vendre des Picasso à peine secs.

Georges Delaw ne s'énervait jamais. « Pourquoi, questionnait-il, l'air ingénu, se chamailler quand les cerisiers sont en fleur ? » « Il faisait, note Roland Dorgelès qui l'appréciait grandement, porter des messages aux amis en les glissant dans le collier de

son chien qui connaissait le domicile de tous. »
Max Jacob, si changeant de caractère à l'inverse de Delaw, ne donnait à porter aucun message. Mais le bouche-à-oreille fonctionnait. Sa réputation de bonté courait Montmartre. Que de nécessiteux convergèrent vers lui pour croûter ou dormir !

Il n'est que la laideur, les attentats esthétiques qui le jetaient hors de ses gonds. Il reçut un matin dans son domicile du 6, rue Gabrielle, un jeune homme qui voulait lui lire des poèmes qu'il avait écrits, poèmes inspirés par la politique : « Fermons la fenêtre tout de suite, répliqua Max ; que l'on n'entende pas vos hurlements de douleur. Je vais vous plonger un poignard dans le cœur. »

Est-ce à force de le voir tirer le diable par la queue parce qu'il le voulait bien, concédons-le, car les siens étaient fortunés, l'aimaient et ne demandaient qu'à l'aider ? Le 12 septembre 1909, sur le mur blanc de la remise qui lui servait de logement au numéro 7 de la rue Ravignan, le Christ contre-attaqua. Il apparut au pécheur. « Il était vêtu d'une robe de soie jaune à parements bleus. Quelle beauté ! Élégance et douceur ! Ses épaules, sa démarche ! La visitation ! » s'émerveillera Max ; sa conversion fut immédiate. Il avait 33 ans. L'âge où mourut Jésus. Y vit-il un signe de la grâce ?

Il continua d'abord à se rendre dans les soirées mondaines où son esprit, son érudition, ses paradoxes, son intelligence, ses dons de psychologue, ses connaissances en chiromancie et en astrologie, son art de la conversation exerçaient un charme. La réception ou le dîner terminés, ses fusées éclairaient encore car on se racontait Max avec son smoking, son haut-de-forme, sa redingote, son monocle, sa calvitie, sa verve, sa subtilité. Un chef-d'œuvre en mouvement ; un chef-d'œuvre à l'aise aussi bien dans un château que dans le plus sinistre réduit ou les ténébreux délires du Lapin Agile. Il continua de peindre, d'écrire. Mais en revanche, avec l'aide de Dieu, que de mauvais démons réussit-il à chasser et, par-dessus tous, ceux qui peuplent les paradis artificiels ! Est-ce pour « les mieux répudier » qu'il avait voulu, dès l'adolescence, « faire la somme de toutes les passions humaines » ? s'interrogera Paul Yaki. Se prit-il un jour à douter de ses forces à leur résister ? Bientôt, les heures de repentance, de mortification, « d'Adoration perpétuelle » passées au Sacré-Cœur ou à Saint-Pierre de Montmartre ne lui suffirent plus. Fils d'un antiquaire juif de Quimper, l'église n'avait consenti à le baptiser qu'en 1915, six ans après sa conversion. Se méfiait-elle de son passé sulfureux ? Six années s'écoulèrent encore. En 1921, après qu'une voiture l'eut fauché place Pigalle (« rond-point de tous les vices de la Terre », confessera-t-il, se couvrant de cendres, battant sa coulpe), il décida d'éradiquer la tentation en se retirant au monastère de Saint-Benoît-sur-Loire, comme Pierre Reverdy le fit en l'abbaye de Solesmes à la même époque. Il s'installa au presbytère puis dans une chambre meublée qu'il quittait le matin à six heures pour se rendre à la basilique afin de communier et de servir la messe. Il y demeura sept ans. S'il s'autorisa un retour à Paris, était-ce pour éprouver sa vertu conquise de haute lutte ? Était-ce avec la certitude d'être en mesure d'endiguer ses débordements, ses tumultueux élans ? « Quelle pétaudière que mon âme ! » s'écriait-il. « Seigneur, méfiez-vous de moi », suppliait jadis le Florentin Philippe Neri, fondateur de la congrégation des Oratoriens qui incitaient les hommes à la prière en se tenant debout devant les portes des églises. Dans son souci de prosélytisme, Max Jacob ne fit-il pas de même parfois sur les marches du Sacré-Cœur ?

En 1935, il revint de définitive façon, espérait-il, à Saint-Benoît-sur-Loire. La Gestapo, quand elle fut en mesure d'agir, ne tint nul compte de ce souhait. Le 24 février 1944, des sbires de l'épouvante se présentèrent chez le curé de Saint-Benoît. Ils venaient chercher le Juif Max Jacob. « C'est un chrétien qui est aimé par tous les habitants du village, touchés par sa dévotion et son inlassable désir de rendre service, de pratiquer la charité », répondit le prêtre. La racaille le malmena et passa outre.

Conduit à Orléans puis à Drancy, Max contracta une broncho-pneumonie. Laissé sans soins, il mourut le 5 mars, sans se rebeller, bouleversant les témoins par sa foi chrétienne. « À la grâce de Dieu ! » disait-il. Mais Dieu fut sourd. On ne peut être à l'écoute de tout le monde. Avec quatre années de retard, il partait rejoindre son ami Saint-Pol Roux qui écrivait « la plume trempée dans les larmes de ses yeux ».

Au manoir de Coecilian à Camaret, Saint-Pol Roux, entouré des goélands « apprivoisés » par sa fille Divine, du chien Voulou, des chattes Vagabonde et Ténèbre, de la chèvre Espérance, avait reçu souvent Max Jacob qui le tenait comme « le dernier représentant de la grande littérature comme on dit grande musique ». À son tour il l'avait visité à Quimper, à Saint-Benoît « dans les allées de poiriers » du jardin de l'abbaye. « Homme de ciel et diable ancien », disait-il de Max. Il l'aimait. Le 22 juin 1940, dans la nuit, des militaires allemands entrèrent dans le manoir de Coecilian. L'un d'eux accusait : « Vous cachez des parachutistes. » Il fouilla, n'en trouva pas, mais, au passage, tua Rose, la servante, et blessa grièvement Divine. Quatre mois après, le 4 octobre, tous les manuscrits de Saint-Pol Roux furent détruits (inédits terminés, textes inachevés), par la même soldatesque. Il y avait en effet de quoi être furieux : le bruit ne courait-il pas que le poète avait conçu une œuvre contre Hitler intitulée : *Le Monstre de Berchtesgaden* ? Nul, plus jamais, n'entendit parler de ce texte. Le 18 octobre 1940, Saint-Pol Roux qui pensait que « les arbres échangent des oiseaux comme des paroles » mourait à l'hôpital de Brest, à côté de sa fille. Il mourait de désespoir. Il avait 79 ans... « Ô mon doux frère / Solitaire / Max Jacob... » écrivait-il. Que se disent aujourd'hui les deux solitaires au paradis des martyrs ?

Ce fut au Lapin Agile que Charlie Chaplin, qui était gaucher, changea l'ordre des cordes du violon d'un élève du Conservatoire fort doué, René Chedecal, qui passait en attraction. On lui demandait de jouer, il accepta sans se faire prier. C'est là qu'il entendit Léo Daniderff (« Le Dénicheur ») interpréter, s'accompagnant au piano, une de ses compositions : *Je cherche après Titine*, sur des paroles de Marcel Bertal et Louis Maubon (il est des textes qui exigent le concours de plusieurs inspirations). Des années plus tard, Charlot, le petit serveur chômeur des *Temps modernes*, en faisait un époustouflant numéro de music-hall dans le café où travaillait l'héroïne Paulette Goddard. Un dessin stylisé (chapeau, moustache, chaussures, badine) rappelle la soirée montmartroise ou plutôt la nuit si l'on en juge par la dédicace : « À mon cher Frédé, merci pour cette merveilleuse nuit. »

Chaplin ne fut pas le seul à traverser la mare-aux-harengs pour se retrouver chez Frédé, l'ancien marchand ambulant de poissons. Gloria Swanson y vint aussi avant que l'avènement du « parlant » ne lui mène la vie dure. Et Madge Kennedy pour laquelle Frédé se fendit d'un cérémonieux baisemain. Et Alice Terry, autre victime du « parlant », et Rudolph Valentino qui fut son partenaire dans

Les Quatre Cavaliers de l'Apocalypse. Mais c'est pour Frédé qu'Alice, en 1926, écrivit sur le livre de bord : « Vous êtes le seul homme que j'ai jamais aimé. »

En hommage à Frédé, Pearl White simula de même les amoureuses. Le dessin d'une caméra, sa photo en vamp jouant de la guitare et vêtue d'une combinaison illustrent les moments que la petite écuyère, devenue reine de l'écran, passa au Lapin.

Edward G. Robinson, le gangster de cinéma, amateur d'art, peintre lui-même, ne séjournait jamais à Paris sans grimper rue des Saules. « On avait dans la tête l'image du *Petit César*, Rico Bandello, et du redoutable Johnny Rocco de *Key Largo*. En chair et en os, au contraire, le chef de gang était le plus cordial, le plus sensible des hommes », évoque Yves Mathieu. Laurence Olivier et Vivien Leigh, ce couple que les feux de la colère consumaient souvent, ne montrèrent là, escortés par Robinson (sa gentillesse déteignait-elle sur leur comportement ?) que bonne humeur. Tout comme Sessue Hayakawa. Où était le Japonais au visage cruel de *Forfaiture*, de *Macao* ? Difficile de le reconnaître dans le malicieux qui se divertissait des refrains égrillards que chantaient artistes et spectateurs ! « La digue du cul / Je rencontre une belle / qui dormait le cul nu : La digue du cul / Non ce n'est pas le diable / Mais un beau dard poilu. » Décidément, toutes générations confondues, les cervelles estudiantines n'ont jamais manqué de subtilité. Foujita, autre Japonais, fut assidu au Lapin. Il y conduisit, un soir de 1950, l'impératrice du Japon. Il va sans dire que ce fut après que son Dieu vivant d'époux eut accepté pour son pays une « constitution d'esprit démocratique ». À quelques mois d'écart, l'impératrice aurait pu s'asseoir sur les bancs austères du cabaret près de Eleanor Roosevelt qui, en 1951, commenta sa visite par ces mots : « Une inoubliable soirée. » L'une et l'autre entendirent-elles *La Digue du cul*?

Entre New York, sa maison du Vermont, un voyage en Afrique du Sud et son village du comté de Surrey, proche de Kingston et de Londres, Rudyard Kipling aimait retrouver Le Lapin. Sur le livre de bord, son nom voisine avec celui de Max Jacob, « The bard of Montmartre » : « Dans mes mains j'ai senti, vainqueur parler la gloire, goutte à goutte. Elle a bientôt fui de mes doigts qui n'étreignent plus que du doute... Où sont mes rêves d'autrefois ? »

Des poèmes, des aquarelles, des gouaches, des dessins : le livre de bord en est constellé. De taches de doigts aussi d'avoir été beaucoup manié, tripoté, caressé. Et de déchirures patiemment rafistolées. « Un cahier de mauvaises romances, usé pour avoir trop servi, doit nous toucher comme un cimetière ou comme un village. Qu'importe que les maisons n'aient pas de style, que les tombes disparaissent sous les inscriptions et les ornements de mauvais goût. » Ainsi parlait Marcel Proust. C'est ce que l'on éprouve en allant d'une page à l'autre encore que le « mauvais goût », par la grâce des peintres qui laissèrent là leur empreinte (Utrillo, Lucie Valore, Vlaminck, Van Dongen, Fernand Léger, Dignimont, Picabia, Sennep, Gen Paul, Camoin, etc.), soit souvent absent. Mais que l'émotion, en revanche, nous emporte !

D'autres dédicaces ? Celles de soldats américains en « perm », durant la guerre 14-18... D'Armand Fallières, président de la République, accompagné de Claude Debussy (lui qui s'occupa des chœurs du Chat noir dessina là une portée musicale), de Gabriel Fabre, de Léon Werth à qui Saint-Exupéry dédia *Le Petit Prince*... D'Alfred Savoir (en 1907 il signe ces mots : « Je suis très épaté mais je crois comprendre tout de même »)... De Suzanne Lenglen... De Deibler : est-ce bien lui, le bourreau, qui écrivit : « N'ayez pas peur, je repasserai » ? Sous cette lugubre promesse, ornant ses vers d'un cœur, Charles Dullin réplique : « Mon cœur à ma mère / Ma bite aux putains / Ma tête à Deibler / Mon corps à Pantin / ... » De Maurice Constantin-Weyer qui eut le Goncourt en 1928, qui s'y entendait en « mélancolie » : son chef-d'œuvre (*Un homme se penche sur son passé*) ne porte-t-il pas en épigraphe cette confidence de Baudelaire : « Vois se pencher les défuntes années / Surgir du fond des eaux le regret souriant » ?... D'Apollinaire : « Belle huître est-ce pour moi que devant moi tu bâilles ? »...

D'Albert Camus accompagné d'Arthur Koestler... De Ludmilla et Serge Pitoëff... De Tino Rossi... De Maurice Chevalier, repentant : « Que dites-vous d'un vieux Parigot qui vient pour la première fois ici ! ! ! Mais qui va mettre les bouchées doubles ! Excuses »... De Sviatoslav Teofilovitch Richter, si caractériel, qui annula un concert à Pleyel pour amener Lorin Maazel à découvrir la « branlante cahute » à Frédé et à Paulo... De Brassens : « Ah le beau temps qui nous posait des lapins pareils »... De Gustave Charpentier... De Marcel Aymé... De Jean Vilar... De Louis Ducreux... De Lagoya... De Touchagues... De Gaby Morlay... De Jean de Létraz... De Toto Guérin... De Noël-Noël qui, le premier janvier 1944 à 0 h 55, traça cette ligne : « Jusqu'ici ça se passe bien »... De Jacqueline Delubac... De Paul Fort à 43 ans de distance (1905-1948)... De Caussimon... De Gaston Deval... De Blaise Cendrars... De Viviane Romance et Clément Duhour... De Ginette Leclerc donnant le bras à sa maman... De Pierre-Louis Picard. Au cours d'une permission pendant « la drôle de guerre », il écrit ces lignes : « Devant la ligne Maginot, je chante des chansons pleines de notes douces. Et soulevant les pans de ma capote beige, incorrigible et doux, je m'amuse souvent, à dessiner des cœurs en pissant sur la neige »... Du poète grec Angélo Doxus : « Plus haut que la terre, le ciel / Mieux que le ciel : la femme »... De Jacques Martel, poète berrichon qui a pris la peine de transcrire *Et pis, pas pus,* cette chanson de paysan, naïve, dont la tristesse m'envahit chaque fois. Il se mariera, le laboureur, ses mioches seront élevés, papa maman les enverront à l'école, les chériront, la guerre sera déclarée, un obus ensevelira des garçons dans la glèbe, *Et pis, pas pus.* À un certain degré d'impuissance devant la douleur, douleur traduite sans pathos, le lecteur éprouve jusqu'au tréfonds de l'être la souffrance de celui dont on lui conte l'histoire...

Voilà de quoi est fait le livre de bord du Lapin Agile, livre bourré d'éloges à Frédé comme à Paulo et à Yvonne Darle. « Au Lapin les cerveaux fermentent » (Charles Cros)... « On aime ta maison où l'amitié respire, où l'éternel plaisir est toujours de rigueur »... « Jadis je jouais au polo / Et j'allais aux arènes d'Arles / Aujourd'hui j'aime mieux Paulo / Et les chansons d'Yvonne Darle »... « Gloire à Frédé l'épicurien / Ventru et beau comme un païen »... Avant moi, Colette les compulsa ces dédicaces dont certaines sont l'œuvre d'auteurs oubliés. Elle en fut touchée et écrivit à son tour : « Pour Paulo. En souvenir d'une privilégiée qui a vu descendre, jusqu'à son radeau de patience, l'admirable musée qui est le Livre d'or du Lapin Agile ». Et en 1955, André Maurois improvisa ce poème :

Ah ! Combien de rapins ! Combien de vrais poètes
Sur le Lapin à Gill, un jour ont embarqué !
Combien ont disparu, dans une nuit sans fête,

Sous le morne institut qui ceinture le quai !
Combien sont devenus des peintres de musées
Qui jadis chez Frédé dormaient, le soir, contents,
Et regrettent encore leurs jeunesses usées,
Leur bohème galante et leurs cœurs de vingt ans !
Mais le Livre de Bord conserve leurs mémoires
Et parfois, quand la lune erre rue Saint-Vincent
Des ombres sans chaleur et lasses de leur gloire
Cherchent aux vitraux bleus un bonheur innocent.

Que de pièges se dressent quand on désire comprendre les êtres. Comment se garder des illusions ? Comment démêler le vrai du faux ? Comment percer les grands et petits secrets qui se terrent dans les cœurs ? S'aventurer dans le registre à merveilles du Lapin exige pareilles précautions. Il cesse d'être un décor si l'on imagine les scènes qui l'ont inspiré et qui s'y sont jouées. Il vit. Dans sa prodigalité ne renferme-t-il pas l'impalpable parfum de quelques âmes en quête de moments ensorcelés par l'oubli des soucis, l'excitation, l'envers des choses, autrement dit par la nuit ?

CHAPITRE III

« En Russie, il n'y a rien, mais l'on y entend des chansons belles à pleurer. » Qu'avait-il été ce chauffeur de taxi russe qui découvrit Le Lapin en accompagnant un client, Pat Sullivan, « l'inventeur » de Félix le Chat ? Qu'avait-il été pour répéter cette remarque du musicien Mikhaïl Ivanovitch Glinka ? Chambellan à la cour ? Officier dans les armées du tsar ? Professeur ? Journaliste ? Son accent réclamait attention mais son français, fût-il amputé souvent d'articles définis, était assez riche. Plutôt que de le laisser se morfondre dans sa voiture, Sullivan, qui souhaitait qu'on l'attende pour être ramené à son hôtel, lui avait suggéré d'entrer dans le cabaret. D'où on l'avait placé, le Russe ne voyait pas le spectacle mais l'entendait. Son métier fit qu'il retourna au Lapin avec d'autres clients tels Erich Maria Remarque et Paulette Goddard, tel André Beucler qui avait passé une partie de son enfance à Saint-Pétersbourg et à Samarkand dans l'Ouzbékistan (des noms à donner à rêver au plus sédentaire des hommes), tels Léo Stein, sa sœur Gertrude et l'amie de Gertrude, Alice Toklas, tous trois épris de l'œuvre de Picasso, de son intelligence, de son adresse à conquérir tout en ayant l'air distant, l'air de ne pas y songer.

Au début, Mikhaïl Ivanovitch (le chauffeur se prénommait comme Glinka) s'ennuyait à écouter des airs qui ne ressemblaient pas à ceux inspirés par les fatalités de l'âme slave. « Chansons françaises ont pas passion-désespoir comme chansons russes », tranchait-il, accoudé à la caisse, quand il rencontrait une oreille bienveillante. « Chez nous, même gaieté est poison. Tristesse, gaieté : Russe dépasse toujours limites. Russe veut sortir de lui. Content quand il souffre beaucoup ; content quand il jouit beaucoup. Jamais petites doses. Pareil pour vodka », ajoutait-il dans un gros rire. Sa corpulence, sa moustache nietzschéenne, l'air qu'il déplaçait au moindre mouvement ne le portaient pas à passer inaperçu.

Paulo aimait échanger quelques paroles avec lui. Le personnage sortait de l'ordinaire. N'est-ce pas un atout ? Les premiers temps, il comprit qu'il confondait bohème et Bohémiens. Ils s'expliquèrent. Mikhaïl, peu de jours après, apporta un livre où était traduit le poème de Pouchkine sur les Bohémiens. Il le dit en russe et Paulo le récita en français au Laboratoire... « Savez-vous d'où sortit cette race nomade / Nation dont partout erre quelque peuplade / (...) et puis ils ont leurs chants, le soir, devant leur feu / Leurs chants d'amour, ardents, libres, impétueux / Qui donnent au plaisir les accents du délire / Et demandent le bruit du fer au lieu de lyre (...) » Est-ce attirance pour Paulo et sa gentillesse ? L'attention qu'il lui prêtait ? La voix de fée d'Yvonne Darle ? L'accoutrement à la Robinson Crusoé de Frédé ? Sans doute Mikhaïl fréquentait-il à Paris des tavernes ou des boîtes russes et tziganes. Cependant, il prit l'habitude de se rendre au Lapin même si son travail ne l'y appelait pas et s'il préférait la vodka aux cerises à l'eau-de-vie immuablement servies depuis Frédé dans le vieux cabaret, voire à la « Combine », breuvage fait d'alcool et de vin proposé plus rarement. Observant et écoutant, il perçut que, à leur manière, les chansons françaises pouvaient aussi remuer les fibres secrètes et triturer conscience et subconscient pour mieux révéler un homme différent de celui que le quotidien exhibe, un homme qui savait parler des miséreux, de l'injustice ou qui aimait pleurer sur les amours impossibles, les amours brisées. « Mais musique russe plus sauvage, plus torturante pour nerfs, plus transportante. Elle gratouille le cœur et soulève de terre », affirmait-il. Personne ne le contrariait sauf, parfois, un accordéon, une guitare, l'essor d'un violoncelle et une voix qui, dans la salle, pleurait sur des malheureux bigrement français comme « l'braconnier » Butaud et son vieux « chien Pataud » ou sur le *Petit Boscot.* « Hé !

petit Boscot, c'est y qu'ta mère / aurait eu peur d'un dromadaire / Pour te coller cett'boss-là sur l'dos / Laisse m'y toucher j'gagn'rai l'gros lot ! ! » Ah, ils se moquaient les copains d'usine du pauvre disgracié ! Ils se bidonnaient ! Mais où allait-il tout endimanché, avec son bouquet ? Avait-il « une gosse », ce cachottier ? « Donn'donc ces fleurs 'spèc'd'avorton. » Ils les lui arrachent. L'infortuné se fâche, lui habituellement si triste, si doux, si soumis. Il se penche et, en larmes, ramasse « deux œillets tout meurtris ». Puis il s'enfuit, presque courant. Ils le suivent. Ils rient de plus belle à s'en faire péter la panse. Pourtant, hors la barrière, un noir pressentiment les saisit. « Voici Pantin et son vieux cimetière. » Alors, gênés, honteux, les ouvriers comprennent. « Là devant une croix de pierre / Le p'tit Boscot est en prière / On voit sur l'humble monument / Ces mots : À ma chère maman. »

Mikhaïl ne pigeait pas tout. Mais on lui traduisait : le chien Pataud, le p'tit Boscot ou autre chose : « On n'devrait pas vieillir quand on n'a pas d'fortune / On n'devrait pas blanchir quand on n'a pas de sous / Mais, bon Dieu, que fait-on sur la terre ? / On n'devrait pas vieillir quand on est ouvrier. » Ça lui mouillait les yeux.

Il s'intéressa aussi à ceux qui, incapables de mettre fin aux désordres et aux égarements qui leur paraissaient indispensables à la création, perdirent leur vie dans la bohème. Épuisés par la noce, ils n'avaient plus l énergie pour se mettre sérieusement au labeur. Leur art les possédait, mais pas assez. Leur nécessité intérieure vacillait. N'arrive-t-il pas que l'alcool ou la drogue dominent des êtres organiquement désarmés pour les affronter ? Ils roulent dans les abîmes et rêvent de Révélation. Ils sont avides de sacré et se vautrent dans l'ordure. Ils croient scier des barreaux et se murent dans des dégénérescences à l'opposé des plénitudes auxquelles ils aspirent. Combien d'anonymes, de météores de la gloire ont ainsi pourri leur jeunesse comme la salirent quelques enfants chéris de la postérité ! Leur seule chance eût été de « s'aller désintoxiquer au Bat' d'Af' en marchant de Gabès à Tataouine », professait Mac Orlan qui les examinait avec « un œil de sergent recruteur ». Avaient-ils tous du talent ces peintres, ces artistes que les illusions de la nuit privaient de sommeil puis de force ? « Travaille ! Travaille ! » leur répétait Frédé qui appréciait, bien sûr, que l'on vienne se divertir quelques heures dans son antre, mais prêchait l'effort et déconseillait les excès. « Le talent ça sert à rien, si on ne bûche pas et si on se démolit la santé », insistait-il. Mais qui l'écoutait ? « Que l'aube est froide après une nuit d'insomnie ! » s'était exclamé Jean-Marc Bernard qui s'engagea, non pour les Bat' d'Af' selon la recommandation de Mac Orlan, mais dans l'infanterie pour la durée de la guerre. C'est en Artois qu'une rafale se chargea de le foudroyer, lui, le poète, dont Francis Carco disait : « Il avait fait de l'amour son insatiable ambition. » Avec les horreurs de 14-18, on était dans une autre réalité, à des millions de lieues des tourments subis par les esthètes ratés que l'insatisfaction rudoie, dissimuleraient-ils leur misère morale sous un cynisme plus meurtrier pour eux que pour les spectateurs de leur dégringolade.

... « Et puis, ils ont leurs chants, le soir, devant leur feu », disait Pouchkine par la bouche de Mikhaïl... Les feux de camp, pour la bohème du Lapin Agile, c'était et c'est toujours la table où officièrent Mac Orlan, féru de refrains militaires, Carco, au répertoire caf' conc' qui déclenchait les rires en imitant Mayol et n'oubliait pas qu'il était monté sur scène sous le nom de Jacques d'Aiguières, la table où se respecte la tradition depuis que Berthe et Frédé eurent l'idée de ces veillées. Même un persécuté comme Louis de Gonzague Frick, « saint du langage » (tel Mallarmé) qui, dès l'enfance, souffrit dans son corps sans que jamais un médecin pût donner un nom à son mal (de là à le taxer de « malade imaginaire », le pas se franchissait vite), s'y laissait entraîner. Cérémonieux, impassible, étrange homme du monde parmi les farceurs, les irrespectueux, il ôtait son monocle, posait près de lui son chapeau haut de forme, s'asseyait et chantonnait. Il paraissait oublier sa souffrance. C'est dire le pouvoir attractif qu'exerçait ce rite tandis qu'à chacune des autres tables de l'établissement, les spectateurs devenaient acteurs et reprenaient en chœur *Fanchon, Le Roi Renaud, Suzon la blanchisseuse, Le roi a fait battre tambour, Auprès de ma blonde, La Biaiseuse, Dans les prisons de Nantes...*

Mikhaïl Ivanovitch appréciait ces veillées. Mais rien ne valait pour lui les moments où au Laboratoire (on l'y avait définitivement adopté) Paulo ou d'autres racontaient. Ils n'avaient pas tous vécu les faits relatés, répétons-le. Mais tous ou presque avaient su être à l'affût des belles ou effroyables histoires qui ont fait la chronique de Montmartre.

Amedeo Modigliani... Mikhaïl pleurait quand on l'évoquait. Il imaginait le jeune homme élégant arrivant de Livourne en 1906. Il revivait dans son esprit et dans son cœur la déroute qui le mena à l'hôpital de la Charité où il mourut à 36 ans, le 25 janvier 1920. « Italia ! Cara, cara Italia ! » Ce furent presque ses ultimes paroles avant de déclamer, expirant, du Dante. Il était proche le temps où le dandy, l'érudit, récitait *Vita Nova* à ses amis. *« Dice di lei, Amor : cosa mortale / Come esser po si adorna e si pura ? »* (« Il dit d'elle, Amour : comment une mortelle peut-elle être si belle et si pure ? ») Hélas, l'absinthe, le haschich, l'éther accélérèrent la course du destin. Bientôt le beau Livournais ne fut plus qu'un possédé, dilapidant ses forces ultimes à hurler, à se battre, à incendier, à tout casser, à injurier les flics : alcool et drogue peuvent rendre insupportables les êtres les plus doux.

Yves Mathieu avait connu Mikhaïl Ivanovitch. « Il préférait les histoires tragiques aux autres », se remémore-t-il. Et s'il pleurait à la russe sur Modigliani, il s'en prenait curieusement avec autant d'intensité à l'objet de sa compassion, quand il songeait à Jeanne Hébuterne. Il en avait fait sa déesse. Comment avoir osé détruire un tel ange ? Le génie n'excuse pas tout ! Quel sale individu que ce Modigliani ! Quel égoïsme ! Un instant auparavant Mikhaïl, à l'instar d'André Salmon, souhaitait le couronner roi de la société de princes dont rêvait Pascin. Il ne voulait voir en lui que l'aristocrate, l'inflexible qui ne supportait pas la vulgarité, qui se respectait au point de déchirer les dessins qu'il considérait indignes de lui, de se heurter à Picasso son aîné de trois ans ou de s'enfuir de chez Renoir en hurlant : « Moi, monsieur, je n'aime pas les fesses ! » car il n'entrait pas dans sa manière d'approuver ou de louer à voix haute ce que secrètement il n'appréciait pas. Et comment aurait-il pu aimer la peinture de Renoir qui disait lui-même de ses femmes : « Des Rubens avec des tétons et des fesses » ? Mais la misère dans laquelle il avait plongé sa compagne au cœur d'or, aux yeux bleus, aux cheveux châtains tressés (d'aucuns la décrivent blonde-rousse aux yeux vert pâle), il ne la pardonnait pas. Modigliani crachant le sang, Modigliani décharné, querelleur, vandale, relâché dans sa tenue, épuisant la bonté et la patience de presque tous ses amis le bouleversait. Mais que dire de la désolation qui l'étreignait quand il visualisait la détresse de Jeanne, Jeanne enceinte, déjà mère de la petite Gina, se jetant par la fenêtre du domicile de ses parents, près du cimetière du Père-Lachaise, le lendemain de la mort de son amant ! Que dire de la mère et du père Hébuterne qui refusèrent le cadavre car leur fille, dans son idolâtrie pour Amedeo, les avait trop désespérés ! Pauvre Jeanne ! Comment une mortelle peut-elle être si belle et si pure ? La question posée par le Dante, six siècles auparavant, revenait. Un leitmotiv. « Pauvre ! Pauvre Jeanne ! » « À entendre Mikhaïl, il semblait qu'elle fût morte la veille ! » souligne encore Yves Mathieu.

Puis le bouillant Mikhaïl rebondissait. Un ressort. Il suffisait pour cela que Delaw (qui s'élevait lui-même au rang « d'imagier de la reine »), Tiret-Bognet dont un des passe-temps fut de s'armer d'une carabine à air comprimé et de tirer sur les passants, Jules Depaquit, farfelu, ladre, talentueux, Julien Callé, dépositaire de tous les dons et d'autant d'insouciance quand il s'agissait d'en tirer profit, Pierre Girieud (qui offrit un de ses pantalons à Mac Orlan, qui n'en avait plus, mais se renfrogna en constatant que le vêtement était court car lui Girieud avait toujours prétendu que ses jambes étaient plus longues que celles de Mac), Paul Yaki, René Denèfle ou Paulo, en discutant sur les bancs du Laboratoire, réveillent le fantôme de Pigeard à qui l'on donnait le titre de Baron. Faisaient-ils exprès de jouer de l'humeur du Russe ? De l'asticoter ? Quoi qu'il en soit, Mikhaïl réagissait et fulminait. Il détestait Pigeard (qu'il n'avait jamais vu), peintre sans prétention et cordial, vieux loup de mer trépassé durant la guerre dans son lit, fondateur et ex-« capitaine président » de l'U.M.B.M. (Union maritime de la Butte Montmartre), propriétaire d'un yacht (le *Blute-Fin*) amarré à une rive de la Seine, fabriquant de yole et plus sûrement de paradis artificiels ! Il le tenait pour un assassin. N'était-ce pas par lui que Picasso, Vigels (un jeune peintre allemand), Modigliani et une kyrielle de faméliques rapins s'initièrent à l'opium, à la poudre blanche, au haschich ? La déchéance et la pendaison du si gentil Vigels à une poutre de son atelier, sans aucun écrit d'explication, impressionnèrent tant Picasso qu'il jeta pipes et opium dont il s'était porté acquéreur, jurant de ne plus y toucher. L'art suprême avec lequel il sut organiser sa carrière le mettait en garde contre tout ce qui aurait pu lui nuire. « On connaît l'anecdote de Laffitte ramassant une épingle dans l'antichambre d'un banquier, rappellera Roger Allard. M. Picasso a toujours su ramasser l'épingle au bon moment, même lorsqu'il s'agissait de la tirer du jeu, d'un jeu dangereux ou trop prolongé. » Pour

Modigliani, ce ne fut qu'au lendemain de sa mort que la postérité tira pour lui une épingle qui devint fastueuse. « Enterrez-le comme un prince ! » avait télégraphié son frère aîné, le député socialiste de Livourne, à Moïse Kisling et à André Salmon. Il le fut avec une telle pompe que les agents de police, voyant passer le corbillard couvert de fleurs et suivi par une foule nombreuse, se mirent au garde-à-vous alors qu'ils avaient conduit tant de fois Amedeo, ivre d'alcool, de drogue et de fureur, au commissariat. « Tu vois... Il est vengé ! », chuchota dans le cortège de ces funérailles grandioses Picasso à Carco. Il n'eut pas d'autre commentaire.

Vigels, le jeune peintre allemand, avait abrégé sa vie sans laisser d'explications. Ce ne fut pas le cas de Georgette Agutte, Montmartroise, peintre, et aimante comme Jeanne Hébuterne. Quand son mari, Marcel Sembat, ministre et autre député socialiste mais de France, s'éteignit, elle se tira une balle de revolver dans la bouche, geste que font rarement les femmes car elles essaient, fût-ce au dernier moment, de préserver leur apparence. Près de son corps, raconte Roland Dorgelès, on put lire ces mots tracés d'une main ferme sur une feuille blanche : « Voici douze heures qu'il est parti, je suis déjà en retard. »

Un autre suicide troublait fortement Mikhaïl : celui de Jules Pascin. L'homme était la distinction et la générosité mêmes. Le peintre gagnait autant d'argent qu'il le voulait alors que la mouise continuait de ravager si souvent les rangs de la « joyeuse bohème » au visage hâve, aux yeux fous, aux gestes nerveux, au corps maltraité. Mais ni artistes, ni modèles ne trouvaient porte close lorsqu'ils frappaient chez lui au 73, rue Caulaincourt puis au 36, boulevard de Clichy au coin de la rue Germain-Pilon où, au rez-de-chaussée, habita Daumier. Là, fût-ce en pleine nuit, les copains en ribote, rassemblés sur le trottoir, hurlaient son nom. Pascin se montrait au balcon du 5ᵉ étage, sollicitait deux minutes de patience et descendait. Dans les bars, où il conviait tout le monde, plus tard dans son atelier : prodigalité et dinguerie conduisaient le bal. « Je n'ai jamais connu personne qui menât existence plus déréglée », confiera Carco. Des femmes l'entouraient ; en majorité des négresses, des mulâtres. La nourriture était abondante et raffinée ; l'alcool coulait à flots. Des drogues agitaient les invités qui s'entassaient à même le sol, se caressaient ou se battaient, couteau à la main quelques fois : à chacun ses réactions face aux stimulants.

S'amusait-il de ces noubas, de ces bacchanales, de ces banquets qu'il aimait organiser avec un faste de boyard et qu'il payait rubis sur l'ongle, décidant même de sorties à la campagne en tramway ou en bateau-mouche où il conviait des chiens abandonnés ? On pouvait le penser quand il jouait de la clarinette, quand il racontait avec drôlerie sa vie de juif errant, naturalisé américain, né à Vidin en Bulgarie d'une famille roumaine. Son français ainsi que son anglais, son suédois, son italien, son espagnol, son russe (il parlait plusieurs langues d'approximative façon sans paraître s'apercevoir de ses fautes) étaient difficiles à suivre. Mais comme il avait toujours été l'otage du vice, du mystère, de l'abracadabrant et avait vécu en des lieux chargés d'aventures (proximité des ports, des quartiers chauds, des bas-fonds où amours vénales, débine, crapulerie, violence, danger, désespoir font bon ménage), on faisait effort pour le comprendre. Il avait tant à dire !

Soudain, il cessait de s'intéresser à ses propres récits et aux répercussions qu'il pouvait en lire sur les visages de ses auditeurs. Son sourire le désertait. Son regard perdait en acuité. Sa bouche devenait muette. Il se retirait, en quelque sorte.

Il pouvait aussi, lui, le civilisé, hôte fastueux qui voussoyait son monde, devenir outrageant avec une brutalité de cosaque. En sa personne, se colletaient anges et démons. Pour quelques heures, la méchanceté le gouvernait. Quelles angoisses cachait le chaos de cette existence ? Celle de l'artiste déçu par son œuvre ? Celle d'aimer une femme, Lucy Krogh, mariée à un autre, et de moins aimer la sienne, Hermine David, qui avait été son élève ? Celle du jongleur qui forcément finit par échouer car sa virtuosité — aussi éblouissante soit-elle — ne saura maîtriser un nombre toujours croissant de balles ? Celle d'une recherche effrénée et inassouvie des plaisirs ? Celle d'un extravagant, prisonnier de sa réputation, se refusant à en avouer la dramatique dérision ? Celle du fêtard dégoûté par ses turpitudes ?

Il était quatre heures du matin, en ce 30 juin 1930. Francis Carco, exténué, quittait un bar de la place Pigalle après avoir passé un moment au Lapin Agile afin d'y recomposer quelques mirages anciens que la boulimie des réminiscences se charge de crayonner. Il s'apprêtait à rentrer chez lui. Il aperçut Jules Pascin avec son éternel chapeau melon anglais enfoncé sur ses yeux (comme s'il voulait tamiser toute lumière), sa tenue sombre (imperméable compris), ses bottines. Le peintre reconnut Carco, son cher ami Carco. Il lui fit signe, s'avança et proposa : « Buvons un verre. » Fourbu, Carco refusa. Pascin, si discret, rarement pressant, réitéra son offre de sa voix douce, hésitante, le regard teinté de tendresse. Mais Carco s'obstina dans son refus. Il était à la limite de la résistance physique. Pouvait-il imaginer que cette invitation anodine était un appel « au secours » ? Il se retourna, vit le peintre entrer dans un bar proche (le Bar Louis) et s'avancer vers le comptoir. Le surlendemain, on découvrait son cadavre — exsangue et gris — pendu à la poignée d'une porte. Auparavant, il avait tiré les rideaux de l'atelier et s'était tailladé les veines. Son sang s'était déversé dans le tub qu'il avait placé sous lui (réflexe de propreté ?), ce tub dans lequel, aux heures démentes, il s'amusait à mélanger les aliments à des litres de calvados, de champagne, de vin rouge. Les invités se servaient, s'esclaffaient, s'abêtissaient : n'était-ce pas « irrésistible » ? Pascin ne rirait plus jamais. Il avait 45 ans. Sur une cloison, il avait écrit avec son sang : « Pardon Lucy... » Rien d'autre. « L'aurais-je sauvé si j'avais accepté de boire le coup en sa compagnie ? » se demandera longtemps Carco quand la nuit devient l'Empire des repentirs.

Et Pierre Dumont ? À ses débuts, il fut estimé. Sa peinture se vendait. L'argent rentrait. Il promettait... Énigme et cruauté de l'ascendance ? La folie s'empara de lui. On l'interna, le soigna, le crut guéri. L'adversité veillait. Sa main droite se paralysa. Il tenta d'apprendre à peindre de la gauche. Sa femme (une autre admirable) l'encourageait, prévenant ses moindres désirs. Mais il n'était pas gaucher et ne le serait jamais. La pauvreté fonça sur le couple et l'enfonça. La folie le reprit. D'épuisement, sa femme succomba. Il la suivit, peu de jours après, dans la tombe. « Connaissez-vous la bonne nouvelle ? Dumont est mort ! » Ainsi un acheteur des toiles de la première manière annonça-t-il à Frédé le décès du peintre. Provocation ? Cynisme impardonnable ? Satisfaction réelle car l'acheteur pouvait craindre que le Dumont gaucher nuise à la valeur de l'ensemble de l'œuvre ? « Faisons une moyenne, sapristi ! » Le sang de Frédé ne fit qu'un tour. « L'amateur d'art » se retrouva cul par terre, hors du Lapin, dévalant la rue des Saules.

Et Jacques Vaillant qui avait la Bretagne et la mer dans la peau ? Les muses s'étaient penchées sur son berceau. Talent, beauté, force physique, joie de vivre, hardiesse : il avait tout pour lui. Le talent ? À qui prédisait-on plus bel avenir ? « D'entre tous ses camarades, il se montrait le seul, avec le Picasso de l'époque des Saltimbanques, à savoir camper sur la toile une dizaine de personnages, grandeur nature », considérera le sagace André Warnod. La beauté ? Le peintre Etcheverry l'avait choisie et représentée dans son tableau *Vertige*, reproduit à des centaines de milliers d'exemplaires. « Et toutes les femmes contemplaient rêveusement ses traits », se souviendra Nino Frank. La force physique ? La bringue n'altérait pas la plastique de son corps ni la vigueur qui s'en dégageait et dont il se servait : faire le coup de poing ne lui répugnait pas. Quant à ses conquêtes féminines, les belles ne sortaient pas déçues de ses bras si l'on en jugeait par la multiplicité de ses succès (le bouche-à-oreille, sans doute). La joie de vivre ? Il promenait dans Montmartre son élégance, son rire si particulier (il riait les dents serrées découvrant ses lèvres), le plaisir qu'il avait de chanter fort dans les rues au petit matin en rentrant chez lui, ses farces douteuses : ne faillit-il pas mettre plusieurs fois le feu au Bateau-Lavoir, où il résida, parce qu'il chauffait à blanc le poêle pour jouer avec Mac Orlan « au navire en perdition » fuyant la tempête ? Pompiers et agents de police débarquaient, ce qui les divertissait. Sa hardiesse ? Il se trouvait dans le petit port de Brigneau-en-Moëlan, chez la Mère Bacon, ex-institutrice et fine cuisinière, quand le tocsin sonna le 2 août 1914. Il répondit tout de suite à l'ordre de mobilisation. La guerre du dilettante, du Don Juan, du fantaisiste, du provocateur fut exemplaire : croix de guerre, Légion d'honneur, estime des soldats qu'il avait sous ses ordres, galvanisés par son courage et le respect avec lequel il les traitait.

À la démobilisation de novembre 1918, il réintégra son atelier avec la même décontraction. La vie lui souriait toujours puisque les yeux des femmes, quand il apparaissait, « révélaient la présence de tous les dieux païens », comme le dit Mac Orlan. Quel pouvoir de séduction ! Mais le temps filait et sa peinture pâtissait du manque d'assiduité de l'artiste. Pour gagner sa vie, il se fit retoucheur photographe. Souffrit-il de la célébrité de Picasso, de Juan Gris, de Van Dongen, ses compagnons du Bateau-Lavoir ? La vacuité de son existence le torturait-elle malgré son vernis d'insouciance, ses bouffonneries de noctambule ? Se désespéra-t-il de voir qu'il n'était pas digne de sa jeunesse, de ce que ses dons laissaient présager ? Accéléra-t-il, par trop, sa cure de désintoxication car l'alcool le menait ? Croyait-il inguérissable la demi-paralysie qui l'affecta soudain, lui, l'indestructible héros de

14-18 ? Il avait conservé un revolver d'ordonnance. Un matin de janvier 1934, il le sortit d'un tiroir, appliqua le canon sur sa tempe et appuya sur la gâchette. À Londres, quelques heures plus tard, un de ses amis, Maurice Asselin, qui aimait également peindre à Brigneau-en-Moëlan avant d'opter pour Cabellou, se délassait dans un cabaret en compagnie de O'Flaherty. L'orchestre se mit à jouer un air que Vaillant dansait avec frénésie dès qu'il l'entendait où qu'il se trouvât. Une funèbre pensée harponna Asselin, tout à coup moite de sueur. « Jacques Vaillant vient de mourir ! Je le sens ! » Qui expliquera jamais cette perception à distance d'une émotion ? Vaillant pensa-t-il à Maurice Asselin avant d'expirer ? « Je songe à la phrase de Jacques Chardonne : "Le monde échappe à un cerveau raisonnable. Il ne permet que les religions" », dit Yves Mathieu qui avait appris d'André Salmon cet exemple de télépathie.

Et Richmond Chaudois ? Il était mathématicien, pianiste, ami d'Utrillo, d'Apollinaire, pauvre comme Job, ne s'en plaignant pas : s'en avisait-il, tant il paraissait toujours se balader entre deux équations et une multitude d'hypothèses et de figures géométriques ? Au Lapin Agile, il faisait partie de ceux qui donnaient l'occasion à Frédé de quêter entre les numéros, parfois. Les spectateurs donnaient. L'argent recueilli servait à payer les additions des démunis qui n'en réglaient jamais. Chaudois logeait « dans une mansarde sans feu ».

Pour combattre le froid, il se mettait tout nu au septième étage de l'immeuble et s'aspergeait d'eau au robinet commun à tous les locataires. Puis, toujours nu, il se couchait sur le toit à la belle étoile, redescendait ensuite dans sa mansarde et se glissait dans son lit. « Vous n'avez pas idée ! C'est épatant ! C'est le secret de ma bonne santé », expliquait-il à Salmon et à Mac Orlan. Si sa méthode domptait le froid, il ne trouva pas de parade à la blessure que lui infligea la guerre. Gueule démolie, toujours sans grandes ressources, il fut las des regards de commisération des passants et des proches. Aucune solution n'apparut alors au mathématicien sinon celle d'enjamber un pont de la Seine et de se fiche à l'eau.

Ah, comme il fréquentait chagrins et remords, Mikhaïl Ivanovitch ! Slave jusqu'au plus nocturne de l'être, enclin à se donner tort, il était du genre à ne pas sortir apaisé de ses examens de conscience. Et pourtant, qu'avait-il à voir avec les vicissitudes de Modigliani, de Jeanne Hébuterne, de Vigels, de Georgette Agutte, de Pascin, de Jacques Vaillant, de Pierre Dumont, de Chaudois ? Il ne connaissait aucun d'eux. Il réceptionnait le malheur comme un paratonnerre la foudre ; c'est tout. À la différence qu'il se propageait en lui, stagnait, fermentait et débordait parfois quand, dans un désir de ténèbres, il piétinait son cœur.

« J'aurais dû mourir nuit 17 juillet 1918 quand gardien russe Jourovski, son aide Medvediev, dix tueurs de Lettonie, cinq députés bolcheviques — dix-sept criminels en tout assassinèrent Nicolas II, famille et amis dans cave maison Epatiev d'Ekaterinbourg », disait-il au Laboratoire.

Cette confidence, qu'il mit du temps à livrer, il la répétait de plus en plus souvent. Les années l'amolissaient-elles, avec la complicité de la vodka ? Car s'il avait renoncé aux cerises à l'eau-de-vie (il ne s'y était jamais habitué tout comme à la « Combine »), il sortait fréquemment de sa poche une gourde qui ne contenait pas d'eau et qu'il ne tendait à personne. Le tsar ? Ekaterinbourg ? Où était-il en cet été 1918 ? En Oural ? Quel témoignage avait-il reçu ? De quel piège avait-il échappé ? De quelle expiation était-il la proie ? Il ne s'expliquait pas davantage sinon qu'avec l'assassinat de la famille impériale le peuple russe, selon lui, avait perdu son centre de gravité, coupé ses racines. « Arbre meurt sans racines », répétait-il. Une chanson alors lui revenait, chanson de la steppe, des tavernes, des isbas sous la neige, des sombres nuits des décembres russes, des glaces épaisses sous lesquelles la vie continue, chanson des espaces infinis et des atmosphères confinées, chanson de l'âme slave : « Il y a eu le malheur. Il y a le malheur. Il y aura le malheur. » Il se signait et pleurait. « Vie comme feu. Allumé, on ne sait jamais combien durera flamme », fit-il une nuit à Paulo. Son visage était grave. Ses dents claquaient. « Flamme à moi s'éteint. Je sais », ajouta-t-il. Paulo essaya de discuter. Mikhaïl s'y refusa mais il serra contre sa poitrine celui qui était devenu un ami, sa seule famille peut-être. Puis il pinça sa gorge comme pour montrer qu'un sanglot la nouait et ses lèvres tremblèrent. Un moment plus tard, il sortait du Lapin. Paulo, avant de refermer la porte, le suivit des yeux, n'osant le rappeler parce que pudeur et discrétion le lui interdisaient. « Dieu qu'on est con en certaines circonstances », dira-t-il plus tard. Il le vit remonter la rue des Saules puis obliquer sur sa droite, rue Saint-Vincent. Une ombre. Elle ne se retourna pas.

Paulo et Yvonne Darle apprirent sa mort en se rendant au siège de la compagnie des taxis ; Mikhaïl ne leur avait jamais donné son adresse. Ne le voyant plus, des voisins s'étaient inquiétés. On l'avait retrouvé dans son lit. « Il s'est endormi pour ne plus se réveiller. Quelle belle mort ! On en rêve pour soi ! » murmura l'employé.

Ce soir-là, au Lapin Agile, à l'imitation de Frédé, Paulo décréta qu'on « allait faire un peu d'art ». Il annonça *Les Bohémiens* de Pouchkine et donna au silence le temps de s'installer. « Comme l'oiseau des airs, ils passent sur la terre / Qu'ils viennent de l'aurore ou du couchant / Leur front a pour toit le ciel pur où brillent les planètes ; / Pour lit, le bord du fleuve ou des mers inquiètes. » Au fur et à mesure qu'il déclamait, les artistes quittaient le Laboratoire pour entrer dans la salle. Quand retentit le dernier mot, il y eut des bravos. Mais pourquoi sur tant de visages coulaient des larmes ? devaient se demander ceux qui ne savaient pas.

« Dès que venait le crépuscule, je tombais par degrés dans cet état d'âme qui s'empare de moi si souvent, la nuit, depuis que je suis malade, et que j'appellerai frayeur mystique. C'est une crainte accablante de quelque chose que je ne puis définir ni concevoir, qui n'existe pas dans l'ordre des choses, mais qui peut-être va se réaliser soudain, à cette minute même, apparaître et se dresser devant moi, comme un fait inexorable, horrible, difforme. » C'est Dostoïevski qui, dans *Humiliés et Offensés*, se confie de la sorte. De quel démon, de quelle immonde perspective l'humilié et l'offensé que fut Maurice Utrillo se sentait-il menacé ? Tenta-t-il de l'expliquer quand il écrivit de façon assez confuse : « J'ai été par suite des on-dit idiots de la masse, considéré comme fou ; j'ai été dirigé vers Villejuif non comme un aliéné, mais comme un nerveux excité par la douleur publique. » Voulait-il donner une justification à sa conduite qui le jetait de sanies en sanies ? Essaya-t-il d'expliquer sa déroute par une amère clairvoyance qui le poussait, afin de supporter l'absence d'illusion, à demander beaucoup à l'alcool qui évidemment ne lui donnait rien qu'une impossibilité sans cesse accrue à se saisir ? « Quelle chienne de vie que la sienne ! » s'exclamaient aussi bien Frédé que

Paulo. « Ils ne croyaient pas à un secret trop lourd à porter, à une insoutenable souffrance morale chez Utrillo », se souvient Yves Mathieu. « Selon eux, il buvait parce que son organisme l'exigeait. Inutile de chercher d'autres causes à la malédiction. Face à l'infirmité du corps, à sa machiavélique chimie, la volonté était inopérante. La nature est si injuste ! Il faut l'extravagance des hommes pour inventer la notion d'égalité. » « Et leur désir insensé de concevoir l'idée de bonheur dans un univers brutal où tout ce qui vit se nourrit, pour subsister, d'autres êtres vivants », auraient pu ajouter quelques noctambules, habitués du Lapin ou d'ailleurs, âmes tortueuses assaillies par des foules d'ombres patibulaires.

Frédé comme Paulo ou Yvonne Darle connaissaient d'Utrillo tout ce que Montmartre ressassait avant que la gloire ne propageât sa légende aux quatre coins du monde. On affabulait. On supposait. On constatait. Fils de Suzanne Valadon (elle l'eut à seize ans), on lui donnait pour père tantôt Boissy (rapin sans talent et alcoolique forcené), tantôt Miguel Utrillo (journaliste, écrivain, architecte catalan), d'autres fois Puvis de Chavannes, conjecture qui plut à Lucie Valore au point de se croire autorisée à placer « une couronne de comtesse sur ses cartes de visite » quand elle épousa Maurice en 1935.

À propos de Suzanne Valadon, on s'entendait en général sur deux ragots : ses appétits sexuels, sa mythomanie. Encore enfant elle avait été acrobate de fêtes foraines et vit sa carrière brisée par un accident de trapèze dont son pauvre corps meurtri se remit miraculeusement. Très vite (à quinze ans) elle devint modèle pour peintres, familière des ateliers de Puvis de Chavannes, de Toulouse-Lautrec, Degas, Renoir, Zandomeneghi... Fut-elle aussi (pour ne citer qu'eux) leur maîtresse ? Ce que l'on colportait c'est que Mme Renoir l'avait chassée de chez elle « à coups de balai » et que même Degas (qui l'appréciait tant) finit par renoncer à la voir après des années de loyauté et de dévouement. La rupture eut lieu un jour où André Utter et Edmond Heuzé (copains depuis l'école communale de la rue Caulaincourt) se divertissaient dans l'atelier de Suzanne, alors mariée à un fondé de pouvoir, Paul Moussis, avant qu'elle ne devienne l'épouse d'Utter. « Nous entendîmes dans l'escalier un pas lourd que nous connaissions bien », rapporte Heuzé qui dansa avec la Goulue, fut porteur aux halles, coursier, cireur de parquets, débardeur, démarcheur en dentelles, camelot, danseur de claquettes, M. Loyal à Médrano, employé à La Samaritaine, écrivain, marchand de tableaux, fou de peinture dès la prime enfance, peintre lui-même, professeur de portraits aux Beaux-Arts et, en guise d'apothéose, membre de l'Institut. « Cachez-vous, chuchota Suzanne, voilà Degas... » À peine les joyeux drilles s'étaient-ils fourrés dans un placard, qu'André

Utter éternua. Degas se dirigea vers la cachette, ouvrit la porte du meuble et lança, dédaigneux, à son amie : « Il vous en faut deux, à présent. » Il tourna le dos et jamais plus ne se manifesta.

Redoutable pipelette, peut-être équitable, sûrement utile à qui veut prendre le pouls de la bohème montmartroise de l'époque, Edmond Heuzé (de son vrai nom Amédée Le Trouvé ; il affirmait que son arrière-grand-mère et Charlotte Corday étaient cousines germaines et en était fier) n'était pas toujours tendre pour Suzanne Valadon. S'il fut son élève avant de devenir le professeur de son fils, s'il l'estimait comme peintre, il déplorait son absence de principes. « Rien ne l'endiguait ; rien ne la bornait. » Il l'accusait, par exemple, d'être la cause de l'alcoolisme du petit Maurice. D'après lui, ce désastre d'une existence datait de l'instant où le gosse surprit sa mère et un de ses galants dans une position des plus obscènes. Blessé, affolé, il quitta la pièce et courut chez Mme Guérin qui tenait le bistrot du coin. Impressionnée par son agitation, elle lui fit boire un verre d'alcool. Le gamin en fut apaisé. La proie était prise au piège.

Heuzé soutient également que, à l'inverse de ce que l'on serine, Valadon n'incita pas son garçon à peindre. À l'entendre, elle s'y opposait farouchement, le giflait s'il s'obstinait, détruisait son travail. Mais allez empêcher un rosier de faire des roses sinon en l'arrachant ? Car c'était ça, Utrillo : un malheureux que tout le monde battait (sa mère, les amants de sa mère, les garnements des rues, les policiers exaspérés par la façon qu'il avait de les narguer en prenant l'air inspiré de celui que le génie habite et qui n'a rien de commun avec un vulgaire flic, les conducteurs et receveurs obligés de descendre de leur autobus pour chasser le cinglé qui, bras en croix, pardessus ouvert, braguette défaite, place Clichy barrait la route à la voiture) ; bref, un pauvre type qui pourtant ne pouvait s'interdire de peindre quand l'ivrognerie ne le terrassait pas. Tout était bon pour lui : cartons, feuilles de papier, dos d'enveloppes s'il n'avait pas de toile. Et pour fuir, il se réfugiait « dans un clapier abandonné ». Là, tout enfant, il peignait en espérant cacher son travail afin qu'il ne fût brûlé ou déchiré par sa mère. Jamais vocation ne fut plus irrésistible et en même temps si peu invoquée. En effet, Utrillo ne parlait pas de son art ni de la peinture des autres. Il paraissait s'en foutre. Et Suzanne Valadon était si rosse, si perverse, si odieuse, poursuivait Heuzé, que, par plaisir, elle vidait par la fenêtre l'eau de sa toilette sur la tête de son fils et engageait André Utter (il avait à peu près le même âge que Maurice) et le concierge de la maison qu'habitait « le trio infernal » (« La Trinité maudite », disait-on aussi) à lui tanner le cuir. D'ailleurs, toujours d'après Heuzé, Toulouse-Lautrec qui s'y connaissait en cruauté (s'il aida la Goulue quand la déchéance vint pour l'ancienne reine du cancan, il se délecta longtemps à la pousser à se bagarrer avec d'autres femmes pour se donner ensuite la volupté de les séparer violemment « à coups de canne »), Lautrec, donc, fit de Valadon un portrait que Paul Yaki qualifia de « satanique ». « La cafetière » (ainsi le surnommait-on) avait tôt fait de surprendre les démons qui habitaient la jeune femme.

Frédé et Paulo n'appréciaient pas que l'on blâmât Valadon, si astucieuse, indépendante, fière, déterminée, intelligente. Ambitieuse ? Et pourquoi pas quand la famille est pauvre, qu'on la voit se priver de tout depuis que l'on a ouvert ses yeux sur le monde ? Certes, l'époque n'offrait pas encore les tentations qui rendent plus difficile aujourd'hui à supporter les manques. Mais Suzanne la brune sauvageonne aux yeux clairs, piquante, jolie, rêveuse, menue, pleine de vie, sentait que son existence devait se détacher des quatre murs de la cité ouvrière où elle habitait boulevard Rochechouart et de l'atelier de couture où elle fit son apprentissage. Elle n'avait pas l'âge de raison que déjà elle dessinait à la maison puis sur les murs de la place de Vintimille ou sur les trottoirs avec de la craie, des fusains, des bouts de charbon de bois. Lautrec, dès qu'il vit quelques-uns de ses dessins, en fut enthousiasmé. Tout comme Zandomeneghi, le sculpteur Bartholomé et Degas à qui ils les montrèrent. Et lorsque, sur les conseils d'André Utter, elle se mit à la peinture à l'huile, ses dons étonnèrent d'emblée. Sans leçons, sinon le goût qu'elle eut à observer les maîtres pour qui elle posait (elle dessinait dans leur atelier sur des carnets de croquis qu'ils lui donnaient), elle se hissa tout de suite au rang des meilleurs dans une période fertile, éblouissante pour l'art.

— Mais je n'ai jamais insinué le contraire, s'impatientait Heuzé quand Frédé, Paulo, Yvonne Darle ou un autre louaient le talent de Suzanne. Aurais-je pris des leçons chez elle, rappelait-il, si je ne l'admirais pas ? Ce dont je parle, c'est de sa conduite avec Utrillo.

— Justement, parlons-en.

En cette occurrence, Frédé et les siens se montraient aussi intransigeants. Ils estimaient sublime le comportement d'une mère contrainte si souvent de chercher à travers Montmartre, Pigalle, Clichy un fils englouti dans ses crasseuses orgies d'alcool. Que de fois elle avait frappé à la porte du Lapin, le visage marqué par la fatigue, l'anxiété, la douleur, mais la démarche légère car Suzanne était de celles dont le pas effleure le sol. Ils la revoyaient avec sa grande cape, ses cheveux tirés en bandeaux. Elle savait que ce n'était pas en ce lieu où elle avait des amis qu'on ajouterait à l'enlisement et à l'anéantissement de la conscience de Maurice. Au contraire. Au Lapin où, titubant, il venait se réfugier quelquefois parce que dans la rue des voyous trouvaient amusant de le malmener, on refusait le plus souvent de lui servir à boire, ce qui provoquait la colère du damné. Et il fallait toute la force du père Frédé et de son fils pour le maîtriser. Quand ils parvenaient à le freiner, qu'ils réussissaient à le retenir et que par chance Suzanne passait, commençaient les tractations pour le persuader de la suivre. Ce n'était pas une mince affaire ! Allez donc raisonner un fou ! Car si Utrillo redoutait jusqu'à l'obsession qu'on le traitât de fou, c'est ce qu'il était en ces heures, spectre hagard, convulsif et grisâtre, dépourvu de toute charpente de décence, puant de veulerie, acharné à faire mal en usant de perfidie.

Il arrivait encore que Paulo se joignît à Suzanne pour se rendre au commissariat de la place Dancourt, car on venait de les avertir que le peintre-poivrot, l'assoiffé à l'ivresse querelleuse, y était enfermé. Dans quel état ! Sali par la boue des trottoirs ou du ruisseau, amoché par les pierres que lui lançaient des gamins, brûlé parce qu'il avait échangé une toile contre des fusées, des pétards et avait tiré un feu d'artifice rien que pour lui dans une chambre d'hôtel, matraqué par la police ou cogné par les passants outrés par ses gestes d'exhibitionniste ! « Vous voulez voir avec quoi je peins ? Avec ça ! » criait-il à la cantonade. Et il ouvrait sa braguette... À Suzanne de payer les frais quand, dans les bars, son fils avait tout cassé, incendié, ou à faire des dons aux œuvres sociales de la police pour calmer la susceptibilité et la fureur des agents. « Un calvaire ! C'est un calvaire qu'a vécu cette femme ! » affirmait Frédé qui s'inscrivait, de même, en faux contre l'assertion de Heuzé selon laquelle Suzanne empêcha Utrillo enfant de peindre. « Elle l'y avait obstinément encouragé », certifiait-il. « Non !... seulement quand elle comprit qu'elle pouvait en tirer profit », rétorquait Heuzé.

Frédé se souvenait aussi bien que lui des temps où contre un verre d'absinthe, une bouteille de vin, le plus ignoble tord-boyaux, Utrillo échangeait ses œuvres que l'on acceptait en pouffant de rire. Les Utrillo ne manquaient pas chez les bistroquets ! Croûtes d'un sac à vin empilées dans des coins ou balancées dans une cave ! Il se souvenait en outre des commerçants plus avisés qui songeaient à la fortune acquise par certains des leurs que « les impressionnistes payèrent en tableaux » contre un peu de nourriture et qui se disaient : « Pourquoi pas, demain, des Utrillo hors de prix ? On en a vu d'autres avec tous les snobinards qui circulent à Montmartre ! » Ces commerçants-là ne traitaient pas le peintre comme un maboul. Ils l'attiraient chez eux avec déférence, lui fournissaient le matériel, et quand leur invité menaçait de fracasser quelque meuble, ils lui portaient à boire à condition qu'il reprenne le travail. Un ancien policier, M. Gay, établi marchand de vin à cinq cents mètres du Lapin Agile, passa maître dans l'art de séquestrer et de négocier avec Utrillo. Son compte en banque gonfla. On n'en était pas encore aux années où André Utter pouvait dire : « Utrillo, c'est la plus belle affaire commerciale montée en ce siècle » tout en se rongeant de jalousie car il s'estimait meilleur peintre que lui, mais l'aisance déjà était là. Bientôt, Suzanne et son mari vivront avec du personnel pour les servir dans leur hôtel particulier de l'avenue Junot. Ils rouleront en grosse voiture, achèteront un château à Saint-Bernard-en-Beaujolais. Ce qui n'évitera pas les disputes, les coups, la foudre, la torture des désirs, la haine : une débauche d'animalité que des simulacres d'éducation ne farderont pas.

Bref, Frédé, Paulo, Yvonne Darle et Heuzé restaient sur leurs positions. D'un côté, l'héroïque Suzanne, prisonnière de son amour maternel et de Satan, de l'autre, la bassesse, la duperie : glace et brasier à la fois. De la discussion ne jaillit pas irrévocablement la lumière. Et il fallait toute la sympathie que dégageait le personnage d'Edmond Heuzé pour qu'aucune brouille majeure n'entache les rapports entre des êtres aux points de vue non convergents.

La lumière, elle, petit à petit, vint au secours du cerveau d'Utrillo comme, née de son génie, elle illuminait de blancs miraculeux qui n'appartiennent qu'à lui des paysages sinistres de Montmartre. Ah ! ces blancs que son pinceau, sa brosse, ses doigts ou un couteau étendaient sur la toile ! Était-ce par eux seuls que le pochard endurci s'évadait de l'opprobre, de sa geôle de vinasse, d'incorrigibles abaissements ? Utrillo avait toujours été croyant. Au fil des jours, au fil des humiliations, il le fut spectaculairement, égrenant des rosaires, souhaitant être baptisé. Il avait alors 50 ans ; c'était en 1933 ; l'oasis de la peinture ne suffisait plus à le préserver des boues quotidiennes ; la présence tutélaire de Dieu, à chaque instant de sa vie, lui devint indispensable. Cette présence fut l'alliée de Lucie Valore.

Dès qu'elle eut épousé le peintre, en 1935, avec la bénédiction de Suzanne Valadon heureuse de jouer un sale tour à André Utter, furieux de voir s'enfuir sous d'autres cieux sa vache à lait, elle perçut les avantages qu'elle pouvait tirer du mysticisme croissant de son mari. Dans « La doulce France », demeure qu'elle possédait à Angoulême, une chapelle fut agencée et un prie-Dieu installé dans l'atelier où Utrillo continuait à peindre Montmartre d'après des cartes postales, usant de compas pour transposer sur la surface plus importante d'une toile la surface moindre de la reproduction photographique qu'il avait sous les yeux. Le prie-Dieu suivit le couple au Vésinet quand il y logea un an plus tard dans la villa qu'occupa Bourdelle. De sa propre initiative, Utrillo « apprit par cœur le calendrier » ce qui lui permettait d'implorer le saint du jour sans consulter un quelconque agenda. Et le dimanche à la messe, missel à la main et objets de dévotion qu'il tirait de ses poches, il s'agenouillait, communiait, sollicitait grâces et pardons, aussi ostensiblement que put le faire Max

Jacob dans sa théâtrale mais fervente piété. Jamais de mémoire d'Angoumoisins et de Vésigondins on n'avait vu tel recueillement, telle amplification de la liturgie. Un illuminé.

Certes, affliction et bigoterie n'expulsaient pas le mauvais ange. Assoiffé, il revenait d'heure en heure, réclamant sa dose, la mendiant, l'exigeant. Lucie finissait par déboucher une bouteille. Utrillo buvait puis, chancelant, retournait à ses prières ou à ses pinceaux.

« Ses visites au Lapin s'espacèrent de plus en plus », précise Yves Mathieu. « Je l'ai vu encore au début des années cinquante. Il avait la Légion d'honneur. Il était bien mis. Il paraissait étranger à tout, sauf, par intermittence, quand il faisait le signe de croix en fixant le Christ de plâtre de Wasley et en marmonnant. Priait-il pour l'âme du sculpteur mort à la guerre ? Au-dehors, il n'y avait plus les copains de chez la gentille cabaretière Marie Vizier pour l'attendre — Modigliani, Depaquit, Heuzé, Tiret-Bognet — là où, rue Saint-Vincent, il s'était peint, désignant le cabaret, en train d'écrire : "En face, le meilleur souvenir de ma vie..." Cette vie qui, irrémédiablement, était passée. »

Fini les tempêtes de la rue Cortot, les colères qui le poussaient à jeter tout ce qui lui tombait sous la main par la fenêtre comme le jour où un fer à repasser « creva la verrière de l'atelier » du graveur de génie que fut Demetrios Galanis : « Le fer atterrit sur ma table de dessin ! On peut dire que je l'ai échappé belle ! Et ma femme aussi ! » Fini les imprécations de Léon Bloy qui, aux lendemains du naufrage du *Titanic*, pénétrait dans les bistrots de Montmartre en déclarant, emphatique : « L'iceberg c'est moi. » Devant les clients médusés, il exprimait la joie que lui procurait ce providentiel naufrage qui avait permis d'engloutir « tant de protestants ». Fini les facéties de Théodule, le singe de Berthe, qui s'installait sur les épaules de Frédé et qui était plus aimable que le singe de Picasso qui bouffait les couleurs et balançait « des pommes et des noix à la tête des visiteurs ». Fini la tendresse bougonne de Degas qui appelait Suzanne Valadon « la terrible Maria » car c'était son vrai prénom. Fini la vanité d'Émile Bernard qui avait écrit sur la porte de son atelier : « Émile Bernard, élève du Titien » et avait fondé une revue baptisée *La Rénovation esthétique* qui stipulait dans sa présentation que la direction « invitait cordialement personne à la contredire ». Fini les odeurs de sciure, de picrate, de graillons des bars pisseux et l'impertinence des garnements qui à la sortie scandaient : « Utrillo... Litrillo... Utrillo... Litrillo », quand ils ne tabassaient pas « le fol ».

À présent, c'était Lucie, sentinelle attentive et révérencieuse, qui attendait Maurice pour le conduire au Vésinet et le préserver comme on préserve les grands malades. Quand il rendit l'âme, en 1955, à Dax, Suzanne, sa mère, était morte depuis dix-sept ans. Quant à André Utter, une nuit de l'hiver 1948, il avait achevé de se saouler au Lapin Agile. L'alcool réchauffe, argue-t-on. Cette nuit-là, ce pouvoir fut insuffisant. Le froid du dehors était-il trop impitoyable, ou celui que le séduisant Utter (bon peintre, bambocheur, esprit âpre ou fastueux selon les circonstances) gardait en lui ? Ne sentait-il plus aucun contrepoids à l'inutilité de tout ? L'agonie fut brève. Une pneumonie l'arracha à notre monde. Il était fils d'un plombier de la rue Ramey ; Utrillo était né rue du Poteau. Deux Montmartrois avaient vécu.

Lucie Valore, qui fut comédienne, qui fut la veuve du financier belge Pauwels, s'était nommée elle-même : « la bonne Lucie ». Du vivant d'Utrillo, beaucoup étaient excédés par ses manières, ses chichis, ses airs de « mater dolorosa », sa cautèle, son dévouement théâtral. Peintre, bourlingueur, Genevois, noble figure de la Butte, dévoué à Suzanne Valadon (au point de coucher chez elle quand Utter la quitta, afin de défendre sa porte aux clochards qu'elle ramassait pour éteindre les feux qui brûlaient son ventre), Naly était de ces exaspérés. Il avait toujours été fidèle à Utrillo. Mais Naly n'allait plus au Vésinet. Parler à Lucie Valore s'élevait au-dessus de ses forces. Pourtant, elle insista avec tant d'adresse, le suppliant, qu'il s'y astreint une fois encore. Ce matin-là, relate J.-P. Crespelle, mémorialiste chaleureux mais sans complaisance, il trouva dans le salon de la maison une radiesthésiste « occupée à promener un pendule sur des photos » de tableaux d'Utrillo et de sa femme. Toute empressement, Lucie demandait : « L'illustre maître, mon mari, a-t-il du génie ? » Oui, répondait le pendule qui tournoyait avec vigueur en signe d'approbation. « Et moi ? » ajoutait-elle, minaudant. Le pendule s'agitait mais avec moins de frénésie et d'ampleur. Ces mouvements semblaient lui suffire. Il faut savoir raison garder, n'est-ce pas ?

Plus tard, durant le déjeuner, dans un restaurant, Utrillo ne cachait pas sa mauvaise humeur. Des lueurs de meurtre passaient dans ses yeux tandis que sa femme continuait ses simagrées. « Salope. J'aurai ta peau », répétait-il. Elle ne s'en offusquait pas. Elle riait, faisait mine de prendre les injures pour des compliments. « Ah, comme tu me comprends, Maurice ! Comme tu sais que j'ai gagné des concours d'élégance ! » « Charogne ! » disait-il plus fort. Bientôt, Naly fut las de ce cirque. Il savait la peur qu'Utrillo avait des coups, peur qui remontait à l'enfance. Il avait un physique d'athlète et une barbe de loup de mer. Souvent, le craintif Maurice s'était senti protégé par sa force comme par celle d'Edmond Heuzé, autre costaud. « Assez ! » ordonna-t-il. Foireux, l'œil en dessous, Utrillo se tint coi. Au retour, il s'arrêta « sur le pont qui enjambe la ligne de chemin de fer Paris-Saint-Germain ». Un train passa. Ignorant Lucie, il se tourna vers son ami et dit, d'un ton funèbre : « Les voyages, ça doit être bath ! » Puis il y eut le silence qu'un sifflet de locomotive trouait parfois. Se souvenait-il des jours où, la cinquantaine sonnée, il jouait encore au train électrique comme un gosse ? Songeait-il à cette après-midi niçoise quand Lucie l'installa, chevalet devant lui, pinceau à la main, au balcon d'un palace de la Promenade des Anglais ? Lorsqu'elle revint, elle se rendit compte que la féerie de la Baie des Anges n'avait inspiré à son illustre époux aucune nouvelle vision du monde. Sur la toile, il avait peint un mur de Montmartre et une rue pavée. « Les voyages, ça doit être bath ! » Mais à quoi bon, quand on a la Butte en tête !

CHAPITRE IV

Ce jour-là, j'attendis longtemps un copain (au nom céleste : Ange Amadei, autrement dit Ange Aime Dieu), à l'embranchement d'une route, en un lieu isolé de la rivière Vésubie, en pleine nature. Quand il arriva, et qu'il comprit la durée de son retard, il se confondit en excuses. Je l'arrêtai :

— Ne t'inquiète pas. Je ne m'ennuie jamais. Je ne suis jamais seul.

— Comment ça ?

— La tristesse m'accompagne toujours. On discute, elle et moi. On s'approuve. On s'engueule.

Il me fixa. Était-ce du lard ou du cochon ? Il y eut des secondes d'interrogation et de tension, puis le rire nous secoua tous deux. De cet instant, le copain devint un ami de longue date. Il avait reconnu en moi un désespéré hilare (à quoi bon agacer autrui avec nos désarrois) et son discernement me permit de penser que nous appartenions au même clan. C'est bras dessus, bras dessous, que nous partîmes à pied (laissant nos voitures) pour rejoindre le lieu de notre rendez-vous, un moulin désaffecté, situé dans un hameau de sept feux, en haut d'un sentier rocailleux, où nous attendait un repas de roi. Un poète — Alain Lefeuvre — qui, en son extrême jeunesse, dit pendant des mois ses vers au Lapin, l'avait organisé, sa femme Jacquie étant aux fourneaux.

Des regards de cette qualité, j'en ai échangé plus d'un avec Yves Mathieu. Est-ce cette compréhension qui a fait que plus d'une fois nous nous sommes enfermés, hors des heures de spectacle, dans le cocon à Frédé, nous attardant sur les photos et les tableaux qui tapissent les murs ? Nous étions seuls dans la pénombre car en ce lieu la lumière extérieure (fût-ce par un après-midi de grand soleil), si elle se colore en traversant le vitrage, pénètre à peine. Espérions-nous, grâce à cette paix et ce crépuscule, mieux apprivoiser des âmes hors d'âge et certaines à peine plus jeunettes ? Rendre vivants quelques esprits, le temps qu'ils nous racontent des bouts de leur aventure terrestre ? Nous y comptions fermement. Nous nous mettions en condition, comme on le dit des spirites et des médiums, sans pour autant prétendre voir tourner les lourdes tables du Lapin, ni apparaître des défunts soudain gaillards et radieux. La mémoire d'Yves Mathieu, foisonnante à l'accoutumée, s'en trouvait stimulée. Existe-t-il trésor plus précieux qu'une bonne mémoire ? Qui en dénigre l'importance, sinon la flopée d'ingrats que le mot « passé » met à cran ? Cela admit : « On aura beau dire et beau faire, plus on ira, moins on rencontrera de centenaires ayant connu l'Empereur. » La boutade est d'Alphonse Allais. André Salmon, qui amena au Lapin Agile Apollinaire (ils y furent reçus par Mac Orlan et Julien Callé), la place en épigraphe de son livre *L'Air de la Butte.* N'empêche qu'aujourd'hui comme hier, quand j'écoute Yves Mathieu qui (peut-on le souligner encore) écoutait Paulo, lequel écoutait Frédé et Bruant, lesquels avaient pu repérer un dernier carré fait de spectres de grognards et recueillir leur dernier souffle, on se rapproche du fils de Maria Letizia Ramolino. Le passé est notre précepteur. « Il n'a pas d'âge », renchérit Carco.

Je dois à ces après-midi des dizaines et des dizaines de récits. Comme l'oiseau joue avec les vents, Yves Mathieu jouait d'une photo, d'une aquarelle, d'une note au piano qu'il effleurait pour mieux se rappeler. Je devenais l'invité du bonheur même si l'histoire du Lapin et de la Butte n'est pas jonchée que de pétales de roses. Sur la grand'route de l'imagination et des souvenances, entre deux haies de cordes sensibles, la tragédie pouvait se pavaner mais la farandole de ceux qui eurent faim de firmament, de liberté, de prestige, de chimères se dansait aussi. Chez certains des acteurs évoqués, l'espérance, toujours chaude, piaffait, invincible. Nous étions dans la pénombre et nous prenions la clé des champs. Nous tisonnions des cendres et la respiration de la vie dilatait nos poumons. Des ombres magiques, ne tenant qu'à un fil, larguaient leurs frêles amarres. Elles nous visitaient, palpitaient, se bousculaient parce que l'élocution d'Yves Mathieu se fait fort galopante lorsque la fringale de dire l'empoigne. Elle n'autorise pas l'inattention chez l'auditeur. C'est un déluge de mots, les uns fouettant les autres dans le but de retrouver la piste que trace la mémoire quand des parenthèses, des tête-à-queue, des tours et détours s'efforcent de tout moissonner afin — qui sait ? — de transmettre le flambeau aux futures générations qui peupleront la Butte. Que le minimum de choses se perde !

De ce vol de revenants libérés par un branle-bas de phrases cavalant ventre à terre, prenant leurs jambes à leur cou (si l'on peut dire), comment tout attraper ? Autant prétendre saisir des étoiles filantes. Pourtant je m'y essaie.

Marcel Leprin, ce Cannois amoureux de Marseille (il découvrit Montmartre après la guerre 14-18), fut l'hôte de nos bavardages. Successivement mousse, garçon de salle, docker, marin sur un cuirassé pendant la guerre, terrassier, torero, il se révéla peintre en Espagne. Barcelone et son « Barrio Chino » l'inspirèrent de même que l'atmosphère des piteuses corridas auxquelles il participait au péril de sa vie, recevant plus de sarcasmes, de horions, de jets de pierres que de pesetas et d'ovations. Il décora à Marseille le Bar Pierre et peignit le quartier du vieux port bien avant que les Allemands le rasent. « La salubrité et la morale nous soutiennent dans notre entreprise de dynamitage », prétendaient les occupants. Nous étions en 1943-1944. Culot et arrogance sont sans limites.

Orphelin de père et de mère, la misère fut la compagne la plus obstinée de Leprin. Et la rage toujours prête à déferler tant le ressentiment l'oppressait. Est-ce pour cela qu'il jouait les apaches ? Le « milieu » le fascinait. Il en récolta des amours faciles et les moqueries des vrais souteneurs quand ce n'étaient pas des corrections. Pour eux, le dur Marcel Leprin était un « miché ». Néanmoins, il s'en croyait. Drogue, alcool, privations vinrent à bout de sa résistance. Un cancer à la vessie se déclara. De terribles souffrances l'attendaient. Il trépassa à l'hôpital Tenon à Paris où on l'avait transporté, en janvier 1933. Il avait 43 ans. Quel peintre ! Quelle virtuosité dans le dessin ! Quelle fureur pathétique dans son inspiration ! Sa muse saignait. Comment en aurait-il été autrement puisque la vie le dérouillait depuis toujours ?

Avec sa générosité et son flair habituels, Francis Carco l'aida. Paulo et Naly aussi. Il naissait au succès quand la mort fit son œuvre. Au Lapin, il est toujours présent. N'a-t-il pas peint la mythique bicoque sous un ciel d'hiver sans neige mais avec un bouquet de fleurs lumineux comme un soleil ? Sur un mur, un pastel : Paulo vu par lui.

Paulo avait de l'affection pour Leprin, une affection mêlée d'irritation et de pitié. Pourquoi un tel artiste s'entêtait-il à s'aimer en gouape, en marlou, en dur de dur ? « La vie est un cimetière de rêves », dit la vieille chanson ; fussent-ils stupides. « Une histoire à embobiner notre chauffeur de taxi Mikhaïl », commentait Yves Mathieu. Il y ajoutait celle de Georges Bottini, vrai Montmartrois comme Utter et Utrillo. Son père était coiffeur, rue Fontaine. Dès l'enfance, Bottini vit défiler des filles, que la vertu ne bridait pas, dans le salon paternel et les bars de Pigalle. Il comprit vite qu'il plaisait ; son tempérament fit qu'il ne se priva pas. Allait-il céder à la vie facile, voire aux séductions de la malhonnêteté ? S'il jugeait bon de fréquenter les endroits louches, les dancings — là où avec un peu de chance on rencontre de passagères amours —, dès qu'il rentrait dans son atelier, tout était ordre et confort. Les appétits sexuels, les bonnes fortunes n'interdisent pas les goûts bourgeois.

Buveur de thé, vêtu de costumes coupe et tissus anglais, un projet le guidait : devenir un peintre d'immenses compositions. Il se flattait d'y exceller. Ce n'était pas l'avis des collectionneurs. Ils préféraient Bottini dans le dessin, la gouache, les toiles de superficies modestes. Si l'on en juge par les vues de Montmartre que Berthe et Frédé accrochèrent au Lapin, il y a près d'un siècle, les collectionneurs étaient clairvoyants.

Courir d'une coucherie à l'autre comporte des risques. Ils foncèrent sur Bottini, l'affaiblirent, le harassèrent. Son caractère changea. Il s'encolérait pour des riens. On diagnostiqua la syphilis. Elle le supplicia. Il en perdit la raison. Il mourut à l'asile ; en 1906. Il avait 35 ans. Auparavant, il avait tenté de poignarder sa mère.

Une mère qui pleura son fils, sans pouvoir étouffer sa fureur, fut celle de Gaston Couté. Le chansonnier beauceron aurait pu être meunier comme son père. Mais, adolescent, il rêvait de poésie, de spectacle, de révolution. Le Lapin Agile l'accueillit souvent et souvent aussi l'alcool l'envoyait au tapis avant qu'il commence à chanter. « Je cherche des fardeaux », annonce Nicolas Stravoguine, un des *Possédés* de Dostoïevski. Couté n'avait pas à les chercher. Il n'était qu'indignation. Il portait sur ses épaules de tuberculeux le poids de l'injustice sociale, celui des forces obscures qui s'en prennent obstinément aux pauvres gens. Si Stravoguine cultivait le mal, perpétrant tous les crimes pour mieux se flageller et sans vouloir se racheter pour autant par une bonne action, Couté ne se voulait pas enfoui dans la lie, ni dans la bassesse. C'est à un monde où l'orphelin n'est pas privé d'amour, où la jeune fille abusée n'est plus abandonnée, où le paysan et l'ouvrier mangent à leur faim, où les vieux ont un abri, que ce redresseur de torts aspirait. Les nerfs à vif, il ne supportait pas la dérision, la légèreté, le gaspillage, l'insolence des riches. Il était du côté des bons sentiments. Mais comme rien n'est simple, il se culpabilisait aussi. N'avait-il pas attristé ses parents en quittant le pays natal ? Ne restait-il pas des semaines sans leur donner des nouvelles ? N'était-il pas incapable de tenir tête à la puissance infernale de l'absinthe ? Ce n'est pas parce que, méprisant le succès, il bouffait de la vache enragée, ne savait fréquemment où coucher, chantait gratis pour les galas des libertaires et la maison du peuple, qu'il se rachetait à ses propres yeux. Dorgelès, Carco, Mac Orlan, Salmon le portaient dans leur cœur. « Tous les poètes maudits sont nés de l'absinthe », alléguait Jean Richepin. « De Villon à Verlaine, le plus pur accent des poètes vient de la désolation d'avoir gâché leur vie », ajoutait Carco qui disait également : « Depuis qu'il y a moins d'ivrognes, il y a moins de poètes. L'absinthe ajoute à leurs malheurs le besoin d'expansion, d'aveux, de confession publique sans lequel chacun vivrait pour soi et n'éprouverait jamais la nécessité de dénoncer ses vices, ses faiblesses, ses regrets... ses regrets surtout. »

Un soir de juin 1911, Couté s'écroula dans un bistrot de la place du Tertre. On le conduisit à l'hôpital Lariboisière. Il mourut en quarante-huit heures. À 31 ans. Son père ne prononça que peu de mots en découvrant à la morgue le corps de son fils : « Ben, mon gars, t'as voulu y v'nir à Paris ? T'y es, maint'nant ! » La mère, qui n'était jamais sortie de son village jusqu'alors, toisa les présents avec haine. Elle les rendait responsables des dévergondages de son garçon. Elle le cria mais avec une qualité dans la solennité qui évinçait le mélodrame. C'est pour elle que cet être écartelé avait écrit ses *Chansons d'un gars qu'a mal tourné* comme « Jour de lessive » que Léo Daniderff, en 1924, et un demi-siècle plus tard Daniel Faure mirent en musique. « Tout comme le linge confie / Sa honte à la douceur de l'eau / Quand je t'aurai conté ma vie / Malheureuse d'affreux salaud / Ainsi qu on rince à la fontaine / Le linge au sortir du cuvier / Mère, arrose mon âme en peine / D'un peu de pitié ! »... Pauvre vieille paysanne usée de labeur et déchirée de douleur ! Berthe, Frédé et Mac Orlan n'oublièrent jamais sa silhouette endimanchée, ses yeux qui ne savaient pas pleurer, la façon méprisante qu'elle eut en dévisageant ceux de la bohème ! Anarchie ? Absinthe ? Inspiration ? Qu'est-ce que ça pouvait lui foutre à elle tous ces grands mots de Paris !

— On n'est pas gais !

— C'est l'inconvénient quand on évoque les êtres de génie ou ceux qui croient en avoir ! Ça fait souffrir, le génie ! me répond Yves Mathieu. Il faut de l'alcool et parfois des choses plus sophistiquées, plus radicales, pour le supporter. C'est comme la frousse ! Les soldats que l'on bourre de gnole pour aller au combat ou les marins-pêcheurs sur leur coque de noix et sous un ciel d'encre qui se referme sur eux le savent ! À la tienne, la peur !... Un jour enfin la pauvre veuve / A vu partir son dernier-né / S'en est allé vers Terre-Neuve / Comme jadis son frère aîné / Son gâs parti, la pauvre femme / L'espère en vain depuis un an / En maudissant la mer infâme / Qui lui répond en ricanant : « Pleure ! Gémis ! hurle à cette heure / J'ai, mieux que toi, serré mes bras / Pleure, pleure / Pleure tes gâs... »

Yves Mathieu chantonne. Botrel, Xanrof, Montéhus, Rictus, Millandy, Désaugiers, Fragson, Boukay, Marcel Legay, Christiné, Offenbach, Gabaroche, Nadaud, Béranger, Villon, Musset, Cros sont toujours prêts, au Lapin, à sortir de leur boîte. Rires, sanglots : même reines et princesses se mettent de la partie. N'est-ce pas Marie-Antoinette qui écrivit : « Pauvre Jacques, quand j'étais près de toi / Je ne sentais pas ma misère / Mais à présent que tu vis loin de moi / Je manque de tout sur la terre » ? Et la princesse de Lamballe ? « Bouton de rose / Tu viens à peine de fleurir / Et déjà tu meurs près de Rose / Moi si j'étais bouton de rose / Je ne mourrais que de plaisir / Au sein de Rose / S'il est une métempsycose / Grands dieux ! par pitié, rendez-moi / Bouton de rose. » Il est des vieux pollens qui reprennent toujours verdeur.

Autour des paroles que récite ou fredonne Yves Mathieu, flottent comme des vapeurs et des formes. Il sait des centaines de chansons. J'ai rencontré peu de gens qui en connaissent davantage.

Brassens, bien sûr. Mais nous avions affaire là à un miracle de la mémoire. Il avait aussi une formule concernant le passé. « Il est notre fortune », disait-il. Est-ce au nom de ce respect, de cette fidélité qu'il garda toujours de l'estime pour ceux du Lapin, n'y aurait-il chanté que peu de temps ?

Yves Mathieu se souvient de ce passage. C'est lui qui ouvrit la porte à Brassens en cette nuit d'octobre 1951. On l'attendait. Jacques Grello lui avait prêté sa guitare et l'avait recommandé à Paulo. « Je le revois, planté devant moi, moustachu, massif, timide, la guitare à la main, accompagné d'une dame plus âgée que lui. Il s'agissait de Püpchen qu'il avait connue en 1947, pour qui il écrira *La Non-Demande en mariage* et qui demeurera la compagne de sa vie. Je le conduisis à Paulo qui lui demanda : « Avez-vous déjà chanté devant un public ? » « Non. Simplement pour des copains. »

Brassens assista d'abord au spectacle. Paulo l'animait et y récitait des poèmes de Bruant. Deuxième prix de Rome, Marc Berthomieu était au piano. Marcel Nobla, avec son accent toulousain et sa voix ample, s'accompagnait à la guitare. Les chansons de marins étaient ses morceaux de bravoure ainsi que des poèmes de Marot ou de Ronsard. « Ah ! Je meurs ! Ah ! Baise-moi ! / Ah ! Maîtresse, approche-toi ! / Tu fuis comme faon qui tremble, / Au moins souffre que ma main / s'ébatte un peu dans ton sein / ou plus bas, si bon te semble. »

Poésie encore avec André Reybaz le magnifique qui, l'un des premiers, monta les pièces de Ionesco, de Ghelderode, d'Audiberti, de Vauthier. Jean-Roger Caussimon, en communion permanente avec la passion d'être et d'être digne, lui succédait. Tout le clavier du talent : le cœur, l'intelligence, l'harmonie. Un océan intérieur que le métier maîtrise. Une ingénuité que la connaissance des hommes n'étrangle pas. La suggestion musicale à la hauteur de la sincérité du verbe et vice versa. Et cette aspiration à extérioriser des sentiments sans connaître de défaillance, d'essoufflement dans la qualité. Léo Ferré qui rencontrera Caussimon au Lapin ne s'y trompera pas.

« J'écoutais Jean-Roger qui était mon cousin germain, dévoile Yves Mathieu, et, simultanément, j'observais cet inconnu que j'avais placé avec sa compagne près du rideau. Il suait à grosses gouttes. Elle se serrait contre lui mais c'était elle qui le soutenait. Se disait-il : "Bientôt ce sera à moi de chanter" ? Le désir de s'enfuir le saisissait-il ? J'en avais l'impression. »

Alexandre Lagoya, hébergé au Lapin (il y habitera deux ans) jouait là tous les soirs. Religieusement, l'assistance l'écoutait et par lui se laissait emporter par Bach, Granados, Tarrega, Villa-Lobos, Albeniz. Ah, cette souveraineté de la musique ! Cette influence ! Ce prodige ! On ne peut la toucher, elle est invisible et pourtant elle nous possède et nous aide à fouiller en nous ou à nous en évader ! Une ovation ! Une ovation salua le dernier accord lancé par les doigts magiques de Lagoya ! Bientôt, Ida Presti le rejoindra. Ils débuteront aussi au Lapin leur duo de guitares et le couple y concevra leur fils avant que de triompher sous toutes latitudes et longitudes.

Tandis que Paulo et André Mondé égayaient l'assistance en entonnant *Nini Peau d'chien, Belleville-Ménilmontant, Les Moines de Saint-Bernardin, Les Quatre-Vingts Chasseurs* que le public reprenait en chœur, pendant que Renée Jean, élégante et coquine, redonnait vie au répertoire d'Yvette Guilbert, pendant que Yvonne Darle chantait Delmet, Rollinat et toujours Verlaine mis en musique par Reynaldo Hahn, Brassens avait quitté la salle pour une petite pièce au fond du cabaret. Il était une heure du matin.

« Accordez tranquillement votre guitare. Détendez-vous. Dites-vous que vous allez, comme d'habitude, chanter devant des copains. » Mais les apaisantes paroles d'Yves Mathieu n'étaient pas d'immense secours. « C'est de la panique que je sentais en lui. Il était tellement intimidé, qu'il n'osait me demander un verre d'eau. Je lui amenait une bouteille. Pourrait-il chanter ? Je me disais : si Grello l'a recommandé à Paulo, c'est qu'il a sûrement du talent. Je me rassurais... Quand cessèrent saluts et acclamations pour Yvonne Darle, Paulo s'avança. Il présenta Brassens.

Tous les artistes au programme montèrent dans la salle : ils venaient écouter celui qui avait si peur. »

Au Lapin, il n'y a ni micro ni scène. On est seul devant le public que d'un geste on peut toucher tant il est proche. Brassens était livide. Il posa son pied sur un tabouret, plaqua quelques accords sur sa guitare mal accordée et chanta *Le Petit Cheval* de Paul Fort. « De sa moustache mouillée par la transpiration qui coulait sur son visage, sortait une voix blanche, bredouillante, sans articulation, souffle Yves Mathieu comme s'il revivait la scène. Le texte était incompréhensible. Le trac qui paralyse y allait de toute sa cruauté. J'avais mal pour cet homme que je ne connaissais pas il y a deux heures. Il m'attendrissait. Son regard en perdition me bouleversait. Le public percevait cette panique. Bon enfant, il applaudissait, encourageait. N'a-t-on pas plus besoin de bravos dans la vie que de sifflets ? Ce fut encore *Le Gorille, Les Bancs publics, Brave Margot.* Voilà, c'était terminé. »

Paulo s'avança. « Un ban pour celui qui a débuté devant vous ce soir », dit-il. Il donna le signal. L'assistance obéit. Brassens semblait délivré. Il retrouva Püpchen, qui n'était pas dans la salle. Le lui avait-il demandé afin de ne pas ajouter à son trouble ? « Je me joignais à eux, ajoute Yves Mathieu. Ils me regardaient, interrogatifs. Paulo arriva. "Vous aviez le trac, ce qui est normal, fit-il. Dans quelques jours vous l'aurez moins. Il faut se roder." Il lui serra la main et serra la main de Püpchen. “À demain !” Brassens but encore à la bouteille. Je l’ai raccompagné, silencieusement, lui et son amie, à la porte. »

Il persévérera deux semaines. Parfois, quand venait le moment où il devait chanter, la salle se vidait : l’heure était trop tardive et il était difficile d’inverser l’ordre de passage des artistes. À la fois triste et soulagé, Brassens partait, lançant son « À demain ! » quotidien. Soulagé ? Oui, parce que le trac, résolument, l’envahissait avec sadisme. N’était-ce pas Lagoya qui lui accordait sa guitare car il n’y parvenait pas ? « Je pourrais l’accorder n’importe comment, il ne s’en apercevrait pas », commentait le concertiste. Et Yves Mathieu, rêveur, de dire : « Qui aurait pu annoncer alors à Brassens : “Le gars qui t’accorde ta guitare deviendra un immense virtuose mondialement connu” et à Lagoya : “Tu accordes tous les soirs la guitare d’un débutant qui sera bientôt considéré comme le plus grand de la chanson française !” »

Un matin, vers deux heures, Brassens fit part à Paulo de sa décision : il renonçait à interpréter lui-même ses chansons. « Il m’est impossible de surmonter le trac... Devant le public, je perds tous mes moyens. Je crois que je ne suis pas fait pour ça. Tant pis ! Je ferai chanter mes chansons par d’autres. »

Paulo n’était pas de cet avis. Il plaida pour la patience et l’obstination. Parmi les artistes au programme, certains estimaient que cette maudite panique finirait bien par s'atténuer, d'autres pensaient que c'était irrémédiable. À regret, mais comme tiré d'une affaire mal engagée, Brassens remercia Paulo de lui avoir donné sa chance et, au bras de Püpchen, abandonna Le Lapin. Six mois plus tard, il « redébutait » Chez Patachou au faîte de la Butte, dans le cabaret qu'elle venait de transformer en restaurant. Patachou coupait les cravates des bourgeois ébahis et ravis. Elle aimait aussi les belles chansons. Elle les chantait bien. En première partie du dîner-spectacle, Georges Brassens commençait, à petites doses, à mater son épouvante. Il naissait au succès.

« On n'est pas gais, disais-tu ? Veux-tu que je change de registre ? Enfin que je m'y hasarde ? »

Yves Mathieu est proche de la grande cheminée où, naguère, des souris blanches se baladaient en liberté sans effrayer les gigolettes « coiffées en Minerve, le buste replet serré dans un corsage de jersey », ainsi que les décrivait Mac Orlan. N'avaient-elles les yeux braqués que sur les horizons sentimentaux que leur proposaient des peintres, des poètes, des musiciens en herbe imbus de leur talent comme si un Renoir ou un Tristan Corbière bouillonnaient en eux ?

« Ou un Offenbach ! » s'exclame Yves Mathieu, rieur. Il retrouve ce fragment de texte d'André Gill que Frédé puis Paulo aimaient à dire : « Lorsque

Jacques Offenbach vint au monde, il poussa un cri qui fut une gamme chromatique. Plus tard, quand on le mouchait, les voisins entendaient des arpèges, et, à sept ans, on fut tout surpris de s'apercevoir qu'il jouait très bien du violon. » Eh bien, sur les bancs et les tabourets du Lapin Agile, les jeunes gens nerveux, pâles, à l'air inspiré, qui ne se prenaient pas pour la moitié d'un cachet d'aspirine et qui se désespéraient car la gloire tardait à les enlacer, ne manquaient pas. Ils avaient beau vagir, renifler, s'épancher en couleurs, en rimes, en notes et soupirs : aucun écho dans la presse. Le dévouement de leurs candides amies, fussent-elles des filles soudain soumises au seul talent qu'elles croyaient reconnaître chez le pauvre incompris, ne les consolait pas. La voilà bien cette injustice qui frappe les artistes maudits. Ils étaient de ces disgraciés.

La presse ? Justement Roland Dorgelès fut journaliste. André Salmon aussi. Ils se méfiaient de ces naufragés par prédisposition, plaintifs ou hargneux selon les heures. La couleur locale, le pittoresque avaient besoin d'eux. Mais dès que « ces ânes s'égaraient sur le plan de l'art », Dorgelès savait mieux que quiconque tuer leur conversation. Il tolérait mal de se laisser enchaîner par des sots même si leur agonie voilée, si leur pose de persécuté marchant au bûcher auraient pu l'émouvoir. À plus forte raison quand leurs rodomontades prenaient le dessus, ou leur trivialité.

On se rapportait une réplique de Degas à qui un jeune peintre (se pensait-il aussi doué qu'Offenbach en musique ?) dit : « Ça y est ! J'ai trouvé ma manière ! » Et Degas de lui tourner le dos, en maugréant : « Je vous plains ! Par bonheur, moi je ne l'ai pas trouvée ! Ce que je m'embêterais ! » Ou encore cette colère de Modigliani. Dans un bar, un barbouilleur barbu vantait l'enseignement de l'école qu'il fréquentait. Cet éloge laissait en apparence Modigliani d'une indifférence polie. Mais le barbu eut l'incongruité d'ajouter : « On peut dire ce que l'on veut de Lucien Simon notre professeur, mais il nous a bien appris à tomber le morceau. » Modigliani l'aristocrate vit rouge. « Tomber le morceau ? Tomber le morceau ! Ah ! l'atroce ! Ah ! l'ignoble ! Tuez ! Tuez ce grossier personnage ! » Puis prenant les occupants du bistrot à témoin : « Et vous ? Vous ne bougez pas ! C'est pourtant vous que ça regarde, vous dont la langue est le français que des voyous assassinent ! Tuez-le ! Tuez le minable ! Tuez les nuisibles qui laissent faire ! » « Et il fallut maîtriser le beau Livournais », raconte André Salmon, car le poing en avant, le corps tendu comme la corde d'un arc, il s'était jeté sur le mal embouché qui, dans sa lourdeur, ne comprenait pas le cataclysme qui lui tombait sur la tête. Un demi-siècle plus tard, Cioran, avec moins de violence physique, ne se comportera pas autrement. Devant l'indifférence de trop de Français face à la décadence de leur langue, devant le zèle de beaucoup (journalistes bidons, hommes politiques, écrivains de pacotille et autres bouffissures idiotisées) à la saborder, il s'insurgeait. Se déclenchait alors une sorte de feu d'artifice de la consternation. « Moi, le métèque, le rebut des Balkans, je suis inconsolable de cet abandon et d'autant plus outré que des hommes nés sur ce sol, entichés de déprédations, s'en accommodent ou, pire, en accélèrent la chute. Il y a là comme une joie maligne à se détruire. On s'obstine à choquer, à crétiniser, à alourdir, à infecter l'atmosphère. On se rebelle, dans un conformisme satisfait, contre la pollution industrielle. On oublie celle de la langue. »

« On n'est toujours pas gais ! »

Yves Mathieu éclate de rire. L'aventure de Boronali, cent fois contée, vient à point pour que la jubilation monte à son regard.

Du temps où Frédé était marchand ambulant de poissons, l'âne Lolo était son indispensable compagnon. À travers Montmartre, Frédé vantait sa marchandise ; l'animal bâté la portait. L'âge venu, Lolo trouva refuge à Saint-Cyr-sur-Morin où Berthe et Frédé occupaient une maison proche de celle où Pierre Mac Orlan passera sa vieillesse. L'herbe était grasse ; l'air tonique ; le paysage à la fois lyrique ou sévère au gré des parties de cache-cache livrées par le soleil et les nuages. Retraite dorée ? On put l'escompter jusqu'au jour où l'on repêcha Lolo dans le Morin. S'y était-il délibérément jeté ? La Butte lui manquait-elle ? Céder à une vision anthropomorphique de la gent animale permet de l'imaginer.

Depuis la fin de l'hiver 1910, Lolo, sous les noms d'Aliboron et de son anagramme Boronali, avait accédé au rang de vedette. Sa photo paraissait dans les journaux, on venait le voir, flattait son encolure et sa croupe, le baisait entre les deux yeux, le régalait de friandises (il aimait mastiquer du tabac : « gris de préférence », précisaient les facétieux). L'anonymat de Saint-Cyr-sur-Morin lui pesait-il ? La réclusion ?

8 mars 1910. Roland Dorgelès, excédé par les imposteurs qui envahissaient l'univers des arts (bientôt on entrera dans la carrière et fera sensation en déversant des détritus devant la devanture de la galerie à l'heure du vernissage ; bientôt on exposera dans des bocaux, placés sous projecteurs, de la merde et de l'urine d'artiste en prenant soin de le mentionner ; bientôt on réjouira les faussaires et les encouragera à la paresse car il faut moins de temps pour placer un point rouge au milieu d'une toile recouverte d'une unique couleur que pour copier *La Cène* ; bientôt on fera fortune en écrivant des aphorismes d'une banalité à décevoir le plus ignare des philosophes de bistrot ; bientôt l'art, aux mains d'une clique à l'insolence cossue et salonnarde, répandra ses salissures et son dédain partout : il deviendra souvent l'art de duper autrui), Dorgelès, donc, décida de jouer un

bon tour aux Tartuffes de la critique et autres insalubres. Assisté du dessinateur Denèfle-Castelno, d'André Warnod, de Jean Aubry, de Charles Gentil, de Girieud, de Frédé, et devant un huissier, il attacha un pinceau à la queue de Lolo, le trempa dans de la peinture, installa une toile vierge près du postérieur de l'âne et le groupe de moqueurs attendit. Des remuements de la queue naquirent des traînées de couleurs que Dorgelès et ses complices baptisèrent : *Coucher de soleil sur l'Adriatique.* Ils signèrent l'œuvre Boronali. Une fois sec, le tableau fut exposé au Salon des indépendants. S'il suscita quelques commentaires sentencieux et guindés, le scandale n'éclata qu'à la publication d'un article de Dorgelès révélant la supercherie. On rit beaucoup. Mais brodeurs de bavoirs pour pucerons, critiques et marchands pernicieux, sondeurs d'obscurités vaseuses, perroquets bêlants et moignons du discernement continuèrent à pontifier. Ils n'ont jamais plus fait de pause. La religion de la nouveauté est irrésistible. Et tant pis si le roi est nu.

« Et l'ardoise de Max Jacob ? » poursuit Yves Mathieu. Il entraîna un soir d'hiver Francis Carco, sans le sou et affamé, dans un bistrot où on lui faisait crédit. « Tes crampes d'estomac vont cesser. Je m'en charge », plaisanta-t-il. Les deux amis s'attablèrent. Le repas terminé, quand l'addition arriva,

Carco, sans préméditer les suites de son geste, fit couler de la sauce sur l'ardoise et la présenta au chien de l'établissement qui s'empressa de la lécher. Les sommes dues par Max furent également effacées. Et le propriétaire, vraiment bon bougre, ne fit pas grand esclandre. Max Jacob, qui était la générosité incarnée, avait trouvé aussi généreux que lui... Et la sainteté de Zborowski, le poète, qui deviendra marchand par bonté et admiration ! L'un des premiers, il mesura l'importance de l'œuvre de Soutine. Il porta aussi Modigliani à bout de bras. Pauvre lui-même, il courait d'une vexation à l'autre afin de vendre des toiles du fantasque Amedeo, de plus en plus miséreux, délabré, attendrissant et insupportable. Quand il réussissait à trouver un acheteur, il ne gardait rien pour lui ou si peu. S'il revenait bredouille, il vendait parfois ses propres vêtements, ses chaussures, une chaise, sa montre ou empruntait à des taux usuraires pour remettre quelques francs à celui qui, de temps à autre hélas, n'avait pas de toile pour peindre. Et tout cela sans le dire. Il arriva même à Zborowski de coucher, grelottant, le ventre creux, sur une bouche de métro, parce qu'il n'avait plus de domicile et s'était dépouillé pour l'artiste en lequel il croyait. L'argent indispensable, oui, il le recherchait ! Mais il voulait aussi, tellement, que l'on reconnaisse l'immense valeur de Modigliani ! Ce qui l'abattait plus encore que la pauvreté, c'était le mépris de certains marchands, de certains « connaisseurs » qui brocardaient son obstination ou pire se cabraient car ils considéraient que ce foutu Polonais de Zborowski les ridiculisait en pensant qu'ils pouvaient aimer la peinture d'un tel tocard ! Et dire qu'à partir de cette misère, de grosses fortunes s'édifieront, ne récompensant pas toutes les admirateurs de la première heure ! Paul Guillaume n'acheta-t-il pas à Zborowski, pour trois cents francs l'une, un lot de toiles de Soutine qu'il revendit au compte-gouttes, vingt-cinq mille francs pièce au docteur Barnes, grand collectionneur américain, en lui affirmant : « Les Soutine se trouvent difficilement sur le marché ! » C'était en 1922... Il est vrai que, en revanche, à la fin des années quarante, le soir où Lorjou déplora l'état de ses finances devant un amateur de peinture — Roger Duchemin —, il reçut vingt-quatre heures plus tard un mandat télégraphique de cent mille francs. Sur la carte qui l'accompagnait, il y avait ces mots : « Pour acheter des couleurs » et la signature de l'expéditeur. Roger Duchemin était un homme d'affaires. Devina-t-il qu'il faisait ce jour-là un des plus clairvoyants et des plus profitables placements de sa vie ?

Je demande :

— Lorjou, qui habitait rue du Mont-Cenis le plus haut immeuble de la Butte, venait-il au Lapin ?

— Je l'ai vu quelquefois dans les rues toujours vêtu de gris, un foulard rouge autour du cou et coiffé d'un chapeau cabossé. Mais au Lapin jamais. Il y était cependant présent. En effet, Paulo et plusieurs autres appréciaient son tempérament frondeur. Au Laboratoire, quand on parlait de lui, on l'appelait « l'Insurgé » parce qu'il osait être vrai et, l'indignation à fleur de peau, se souciait peu de plaire. C'était dans les années où rouspéteur, pamphlétaire, poseur de bombes picturales, il se mettait beaucoup de monde à dos. Surtout les tenants de l'art abstrait qui, pour lui, répandaient une odeur de ruine et de mort. Dans un livre, le conservateur du musée d'Art moderne de Paris, très épris de peinture abstraite et très monté contre lui, l'avait pris à partie. Il l'avait traité d'exhibitionniste et laissait entendre que les coups de cœur de Lorjou n'étaient que manière à soigner sa publicité. Un procès s'ensuivit. Au tribunal, maître Floriot, qui représentait Lorjou, montra les photos des trois dernières acquisitions du musée : *Parc des Princes, Portrait de Blaise, Femme nue dans un intérieur* et en cacha les titres. L'historien d'art Crespelle le raconte :

« — Voici *Femme nue dans un intérieur,* dit un des assesseurs avec ce ton exaspérant de ceux qui analysent dévotement l'insignifiant.

« Alors maître Floriot, d'abord patelin puis d'une commisération emphatique, répliqua :

« — Non, monsieur. Il s'agit de *Parc des Princes.* »

Un couperet ! Le tribunal s'esclaffa. Lorjou gagna son procès car le juge estima que le livre, à l'inverse d'un article de journal plus éphémère, non seulement attentait à son honneur, mais lui portait un préjudice durable. Et Paulo, goguenard, célébra la mémoire de Lolo-Boronali-Aliboron, quarante-neuf ans après la farce de Roland Dorgelès, au cours d'une soirée de gala au Lapin, où l'on distribua des bonnets d'âne à qui en voulait.

Les astronomes l'affirment : « L'homme est composé d'atomes nés dans les étoiles. » Comment ne pas s'enchanter de la contemplation du ciel ? Comment ne pas être fasciné par le comportement de nos semblables et par le nôtre ? Toujours les étoiles, n'est-il pas vrai ?

Zborowski, l'ami des peintres, était une belle étoile ; c'est certain. Mais quel astre aussi que l'homme Jean Pellerin ! Grand comme un basketteur ou un sauteur en hauteur, à une époque où les géants américains n'avaient pas fait école, ses jambes de faucheux ajoutaient à la légèreté du personnage. Raffinement, élégance, grâce s'étaient donné rendez-vous en lui. *« Mehr Licht »* — « plus de lumière » —, avait murmuré Goethe avant de fermer les yeux à jamais. Jean Pellerin apparaissait et tout s'éclairait. Érudition, générosité, discrétion, fermeté de caractère confortaient assidûment la première impression donnée. Francis Carco et lui s'étaient connus à l'armée, au fort de Villeurbanne. Lors des corvées de patates, Pellerin réduisait sa pomme de terre à la dimension d'une frite, une fois pelée. Carco ne manqua pas de le remarquer. À quoi tiennent les destinées ! Quelques mots échangés sous l'égide d'une séance de pluches et tous deux comprirent que leurs projets coïncidaient, surtout celui d'écrire de beaux vers. Ils échangeaient des livres, se lisaient des poèmes, caressaient — sans trop le proclamer — l'ambition d'être publiés dans de passagères revues où les poètes trouvent asile.

Porté par cette amitié, l'uniforme rendu, Pellerin suivit un moment Carco à Montmartre où il occupa un appartement jamais meublé que d'un lit, d'une table, de trois chaises et de piles de livres qui exigeaient grande précaution lorsqu'on se déplaçait. Ne fallait-il pas éviter que Baudelaire et Laforgue s'écroulassent sur Chénier ou Villon, Maurice de Guérin et Lautréamont sur Mallarmé, Verlaine, Rimbaud et Jean-Marc Bernard ? « Pellerin, écrit Carco, fuyait le commerce des rapins de la Butte et des esthètes crasseux qui traînaient de gargotes en bistrots et se préparaient sans vergogne à n'être enfin que des ratés. » Il répétait là ce que d'autres déploraient ou déploreront. Cette faune peuplait évidemment un coin du Lapin, la nuit où Carco l'y mena. Mais c'est là, aussi, que Pellerin rencontra Mac Orlan, Max Jacob, Asselin, Dorgelès, Salmon, Apollinaire, c'est là que s'élabora une part de « l'École fantaisiste », même si le nom du mouvement sera inventé plus tard, même si Derême, Vérane, Jean-Marc Bernard, Paul-Jean Toulet qu'il convenait de prononcer « Toulette », ou Pellerin restèrent longtemps sans se connaître. Carco le catalyseur dira encore : « Il n'a rien manqué au Lapin pour entrer tout vivant dans la légende de l'amitié et de la fantaisie. » Il ajoutait : « Nous étions poètes : c'est-à-dire incapables de voir les choses sous un angle raisonnable et de les ramener ensuite à leurs justes proportions. »

Pour gagner sa vie, Pellerin devint journaliste. Pour ne pas s'aveugler de vanité ni se sentir en faute avec lui-même — ce qui est la pire des calamités —, son travail accompli, il se consacrait à sa raison d'être : la poésie. Quand il mourut, jeune comme Maurice de Guérin qu'il chérissait tant, son œuvre était éparse. Pour Guérin, disparu à 29 ans, ce fut George Sand, alertée par des amis du poète, qui aida à le faire connaître. Pour Pellerin, Carco se prodigua, déchiffrant et rassemblant les manuscrits. « Quelquefois, mentionnera-t-il, j'avais l'impression de regarder par-dessus son épaule et l'illusion ne cessait que lorsque la strophe que je recopiais palpitait sur la page où, faute de temps, il n'avait pu la fixer. » « Zborowski, qui possédait le génie de découvrir et mourut sans le sou parce que d'avoir le cœur sur la main coûte cher, Pellerin, pour qui le journalisme équivalait à une corvée de pluches, sont peut-être des étoiles, commente Yves Mathieu. Mais pour moi, quand

Paulo en parlait, c'était surtout comme des reliques d'amitié. Ses paroles les réanimaient. »

Édouard Gazanion relève ardemment de cette dévotion. Il n'y avait pas grande distance du Lapin, où il passait des moments de ses nuits, à la rue Caulaincourt où il habitait. Aussi ramenait-il à son domicile des amis qui ne savaient où coucher. Chez lui des soirées s'improvisaient. Quand Max Jacob, homme de tous les dons, y venait, son ascendant, comme toujours, s'exerçait. Il savait tout et savait si bien le dire ! Comme Apollinaire, d'ailleurs, dont Cocteau dira : « Ses yeux, ses doigts semblaient ne toucher que des choses exquises et légères. » Ah ! ces lettrés qui, en plus de leur savoir, confèrent aux choses routinières la profondeur et la hauteur d'une révélation !

Gazanion était poète et rentier aux faibles revenus, suffisants cependant pour lui permettre de rêver, d'écrire, de se vêtir, de payer son loyer, de manger, d'acheter tout ce qui paraissait en librairie ayant trait à la poésie et de s'occuper d'un fugace Salon des humoristes. Il dénombrait dans ce groupe de bons compagnons : de Chas Laborde (au dessin incisif, franc, souverain : il jouait, en outre, au billard comme un champion) à Steinlen (entouré de dizaines de chats dans son Cat's cottage de la rue Caulaincourt), de Forain (« lion du dessin » au rire rugissant, à l'œil aussi prompt « que celui de Léonard de Vinci, pétri de feu, de douleur, de comique », disait Léon Daudet) à l'affectueux Willette dont un dessin le ravissait entre tous : il montrait les morts du cimetière Saint-Vincent faisant le mur pour aller se divertir — en face — au Lapin Agile. Certains abusèrent de la bienveillance de Gazanion. Comme l'inconvenant qui, profitant de l'absence du poète qui le logeait, déménagea ses meubles pour les vendre. Que croyez-vous que fit l'altruiste ? Il pardonna.

Autres saintes reliques ? Georges Valmier que l'on surnomma « le Delacroix du cubisme », tant son œuvre impressionnait. Sans l'afficher, il avait l'esprit héroïque. Son goût de la liberté le lui imposait. Afin de ne subir aucune contrainte mercantile dont aurait pu souffrir sa peinture, il avait pris un emploi : chantre à l'église Saint-Pierre. « Aujourd'hui j'ai un bel enterrement ! » annonçait-il, guilleret, à ses amis. « Pourquoi ne pas chanter chez moi ? Tu as une si jolie voix », disait Frédé, de temps à autre. « Nous ne chantons pas le même *De Profundis* » ! répliquait Valmier. Et d'entonner, avant de se diriger vers l'église et de prendre une mine de circonstance pendant la cérémonie : *De Profundis Morpionibus.*

Relique encore : Paul Fort, de l'école de l'indulgence, de l'allant et de la candeur. Un simple regard de lui et on se sentait lavé de toutes les boues. Il était proche des autres et l'auréole de gentillesse qui le nimbait le plaçait comme dans une tour d'ivoire qui, paradoxalement, n'écartait personne. C'était un homme toujours prêt à aimer. Il personnifiait la victoire du cœur.

— C'est ce que pensait Brassens, dis-je.

— Dullin, Satie, Jarry, Fargue, Apollinaire, Mac Orlan, Carco, Curnonsky, Dorgelès, Salmon, Cremnitz, Dimey, Caussimon, toutes les générations ont aimé Paul Fort, répond Yves Mathieu. Par sa bonne humeur, sa courtoisie, ses aperçus originaux, ses dons de conteur, son art d'improviser des poèmes et de les semer à tout vent, il faisait la conquête des plus revêches. Flottait autour de lui quelque chose de fraternel. Quelle richesse intérieure il distribuait sans calcul !

C'est au Lapin Agile que Frédé récita pour la première fois ce qu'il appelait *Le Chant de la paix*. Le fameux poème *Si tous les gars du monde* commença de la sorte sa carrière rue des Saules. « Si toutes les filles du monde voulaient se donner la main, tout autour de la mer, elles pourraient faire une ronde... » Les deux compères étaient inséparables. Pierre Louÿs les avaient présentés l'un à l'autre. Afin d'être proche de Frédé, Paul Fort emménagea rue de l'Orient, dans un rez-de-chaussée avec jardin qu'occupera bientôt Francisque Poulbot. Il l'accompagnait aussi au Tréport et à Mers à l'époque où le cabaretier-guitariste-chanteur-philosophe était encore « un poissonnier très à la coule ». Ils pêchaient ensemble. Le souffle du large fécondait leur cœur : « Si tous les gars du monde voulaient bien êtr' marins, ils f'raient avec leurs barques un joli pont sur l'onde. »

« La République de Montmartre avait un Président, certes, mais chose étrange, elle avait aussi un Roi, un Roi de tous reconnu et c'était Frédé, que dis-je ? Empereur, car Frédé, par la barbe, était son Charlemagne. Ô bonne barbe pacifique s'entr'ouvrant pour laisser passer les adorables mélodies de France. » Ainsi s'exprimait Paul Fort, oubliant dans sa féerie d'amitié et son enthousiasme que Charlemagne était glabre.

Reliques d'amitié, toujours ? Charles Dullin. Il était souffreteux, gauche, voûté : le Père céleste ne l'avait pas gâté. De ce physique disgracié jaillissaient les emportements d'un caractère grandiose. Sa voix croassante était celle du sarcasme, de la démesure. Il ornait le théâtre de tous les prestiges et voulait les conquérir tous. « La maison chansonnière à Frédé », comme le disait Paul Fort, était son foyer. Lassé de réciter des vers dans les cours voire dans des cages aux fauves, il venait tous les soirs rue des Saules. Frédé le présentait, il se dressait, inspirait et, sans transition, une sorte d'état second l'embrasait. L'imagination farouche, l'invention permanente (éloigné en apparence de toute maîtrise car l'excitation le menait), il électrisait la salle et la laissait, en même temps, abasourdie. Quand, entre deux poèmes, survenait un silence, le moindre craquement d'un tabouret ou d'une table, le tintement d'un verre prenaient la sonorité d'un fracas. « Jamais je n'ai entendu réciter *Une charogne* ou *Les Regrets de la belle Heaulmière* avec cette sombre ardeur. Il ne déclamait pas : il gémissait, hurlait, roulait des yeux de délire, puis, dans un dernier râle, se rasseyait épuisé », se remémorait Dorgelès. Il évoquait les passages de Dullin dans la cage aux lions du dompteur Pézon, célébrité de l'époque. On le congédia au bout de quelques représentations. Le cachet était pourtant modique. Le prétexte ? Parce que lui-même « rugissait si fort, secouant sa chevelure, que les pauvres bêtes terrorisées se blottissaient contre les grilles, les mufles entre les pattes, plus plates que des descentes de lit ». Pézon alors pénétrait dans la cage « en tirant des coups de revolver » afin qu'elles reprennent leur place, la queue basse.

D'aucuns s'esclaffaient devant les outrances de Dullin. Dorgelès ne supportait pas cette grossièreté. Il se serait battu pour lui. Mais pour sensible qu'il ait été à l'avalanche de sentiments et de sensations qui déferlait de cet être chétif, il fut surpris la nuit où devant le théâtre Montmartre Dullin lui dit : « Vois-tu, Roland, ce sera mon théâtre. » Il n'y avait pas l'ombre d'un doute dans cette prédiction comme il n'y en avait pas quand il annonça qu'il arriverait un jour place Dancourt « dans une charrette anglaise qu'il conduirait ganté ». Mythomanie ? Mégalomanie ? La faim qui le ravageait souvent le poussait-elle à déraisonner ? Était-il déjà tel un boxeur qui a pris trop de coups à l'image de beaucoup de pauvres types grugés par la bohème ? À moins que le destin n'instruisît de ses vues le petit Savoyard né dans une famille de dix-huit enfants ! Car Dullin l'eut, son théâtre ! Il joua, mit en scène, forma des élèves, dirigea des troupes. Il eut sa charrette anglaise et l'écurie attenante au théâtre. Sa renommée franchit les frontières de France et d'Europe. Et aujourd'hui, la place Dancourt — que le théâtre de l'Atelier, ancien théâtre Montmartre, illumine de sa gloire — est devenue la place Charles-Dullin.

« C'est une nuit, au Lapin, que l'envol vers les triomphes se dessina, retrace Yves Mathieu. Il pleuvait. Pour fuir l'orage, un promeneur sans parapluie entra. Frédé nota son élégance. Afin de le retenir, il prit sa guitare, prononça son rituel "Et maintenant on va faire un peu d'art" et chanta. Puis il présenta Dullin qui, squelettique, le cheveu long et en désordre, semblait s'étioler. On eût dit un François Villon brisé, exsangue, désespéré, tel que l'imagination de certains peut se le représenter. D'une voix souffrante, il récita du Baudelaire, du Villon bien sûr, du Laforgue et un Corbière "humain jusqu'à la démence". Après les bravos, le promeneur s'avança vers lui, le félicita, le pria de venir à son bureau. C'était le directeur du théâtre des Batignolles devenu théâtre des Arts. "Vous avez beaucoup de talent. Je crois avoir un rôle pour vous." Le lendemain, Dullin était engagé. Il fut le

Smerdiakov des *Frères Karamazov.* Le succès fut foudroyant. Sa carrière démarrait. Quelle joie parcourut alors Frédé ! souligne Yves Mathieu. J'ai entendu Dullin le rappeler lui-même à Paulo. C'était juste après la guerre. Je n'avais pas 20 ans et bientôt Dullin ne serait plus de ce monde ! À 64 ans ! Il décrivait Frédé trapu, musculeux et se décrivait à son côté émacié, anguleux, presque valétudinaire, tous deux si différents mais semblables car ils rayonnaient d'affection. Ce soir-là, Paulo, qui savait que Dullin viendrait au Lapin, sortit de sa poche une lettre. "Mon cher Frédé, disait-elle. J'avais un grand besoin de repos. Je me laisse vivre et c'est très bon pour oublier les peines du corps et de l'âme. La lutte est très belle, mais elle laisse quelques vilaines blessures qui ne se ferment pas vite : on arrive à faire pour défendre sa peau des tas de petites saletés, et quand on n'est pas un mauvais bougre endurci, ça vous pique de temps en temps et on voudrait se refaire une virginité... J'espère que nous arriverons tous à gagner un peu d'argent et à ne plus être blessés par ces sales embêtements. À ce sujet, dis à Berthe qu'à ma rentrée à Paris je m'acquitterai de ma dette à raison de ce qu'elle me fixera par mois. J'ai eu bien des soucis, mon pauvre vieux, et il ne faut pas qu'elle m'en veuille de ce retard." La lettre portait l'en-tête de l'Hôtel de la Dent du Chat par le Bourget-du-Lac (Savoie). Elle était datée du 24 juillet 1909 et était signée : "Charles Dullin." »

Cet ancien geste de Paulo tirant de sa poche une lettre, Yves Mathieu le refait. Il lit, et j'ai le sentiment que Dullin ne devait pas être plus ému que moi quand il lui fut donné de redécouvrir ses vieilles phrases que la fidélité ressuscitait près de quarante ans après qu'elles eurent été confiées à un bureau de poste de sa Savoie natale.

« Quelle magie autour de Frédé ! dira-t-il ce soir-là à Paulo. Il y avait au Lapin un esprit de camaraderie que je n'ai rencontré nulle part ailleurs. »

« Rien ne sert de courir. » Ce fut la devise de Dullin comme le rappellent Edmond Desportes de Lignères et Bernard Morlino qu'un demi-siècle sépare et que la dévotion pour l'homme de théâtre unit. Courait-il, cependant ? Ce qui est certain, c'est qu'il marchait souvent d'un pas nerveux sur la place qui porte son nom. On le voyait tourner en rond, le visage torturé. « M. Dullin est en colère », murmuraient les gens du quartier qui n'osaient interrompre sa méditation bougonne. Mais en colère ou pas, une fois par semaine, il recevait tous ceux qui voulaient le voir : le boucher, la crémière, de jeunes comédiens ou des apprentis metteurs en scène. Patience, désir de rendre service, espérance de la découverte d'un talent le guidaient. Était-ce pour prolonger les temps de la camaraderie quand poètes, peintres, écrivains, musiciens, acteurs se retrouvaient au Lapin, se préparant, comme l'affirmera Carco, « tels des héros balzaciens », à conquérir Paris ?

Et Jehan Rictus, « long comme une larme », chuchotait Jules Lemaitre ? Il s'appelait Gabriel Randon de Saint-Amand. On le disait « enfant de l'amour provenant d'un père inconnu ». Il se voulait dynamiteur de la société bourgeoise et il fut surtout destructeur de lui-même. « Je leur en foutrai, moi, aux Bourgeois, du Progrès, du Labeur, de la Justice, de l'Égalité, de la Liberté comme ils l'entendent, écrivait-il à Léon Bloy. Je leur apprendrai à laisser crever de faim les artistes sincères, à exploiter les ouvrières de façon à les précipiter au trottoir. Je leur en donnerai, de l'Alcoolisme, de la Faim, de la Folie, de la Phtisie, des accidents de chemin de fer, des coups de grisou, des fusillades de mineurs, des tueries qui créent leur richesse ! Parole d'honneur, on devrait me couper le cou tout de suite, tant je compte détruire dans les cervelles populaires le très abrutissant mythe du Travail ! Être un danger un jour ! Quelle joie ! »

On ne lui coupa pas le cou ni, en conséquence, l'appétit. Que de jours de famine vécut cet indigné qui, d'après Dorgelès, avait « la mine d'un pion congédié » mais se prenait pour le Christ, ce qui le poussait à s'engueuler : un Jehan Rictus pouvait-il pardonner à la famille divine d'avoir conçu ce monde régi par l'injustice et les abus ? Une fois encore, Yves Mathieu me montre des lettres. Elles sont du continuel rebelle. L'écriture à l'encre noire est énergique. Les fautes d'orthographe sont absentes. Dans l'une d'elles, il parle de Guglielmo Ferrero qu'Élie Faure estimait : « Les grands prosateurs d'Italie, de Tite-Live à Ferrero, exposait-il, ne sont guidés par aucune idéologie. Ils savent qu'on gouverne mieux en se tenant au centre des passions dont on tire tour à tour les ficelles motrices, qu'au nom de telle ou telle idée dont l'élan populaire peut parfois aider à tirer parti, mais qui châtre les peuples pour peu qu'elle survive à cet élan. » Pourtant, c'est d'idéologie que parle Ferrero dans le passage que recopie Rictus : « Si l'homme moderne veut continuer à jouir, si toutes les femmes sur la planète veulent des bas de soie, etc., il faut le Capitalisme. Mais si demain les multitudes renoncent aux biens matériels superflus, au luxe, et elles y seront conduites par la force des choses, ce sera le Communisme. Mais le Communisme ne peut être que l'acceptation de la pauvreté universelle dans un but supérieur de fraternité (voir saint François d'Assise). » Et plus loin, dans un autre courrier, Rictus, en son nom propre, s'en prend aux pacifistes. « C'est la loi de Dévoration qui mène les espèces. On ne peut changer les lois fondamentales de la vie qui sont la lutte et les combats. Toutes les espèces sont armées pour l'attaque et la défense. Ou se défendre ou se laisser égorger ou dépouiller. » Il s'en prend également aux plagiaires dont les manigances l'obsédaient et à ceux qui prétendaient publier ses poèmes ou sa prose sans bourse délier. « Que penseraient-ils si je leur disais : vous êtes propriétaire d'une bien jolie femme. Prêtez-la-moi pour que je la baise, parce que j'en ai bougrement envie. » Pauvre Rictus qui paraissait se cogner aux barreaux comme un oiseau de grandes migrations mis en cage ! Le grand soir auquel il aspirait ne vint jamais. La réussite personnelle ? Il la connut, retentissante, quand, pour la première fois, l'argot dressé comme une arme de poing, il détailla ses *Soliloques du pauvre* d'une voix lente qui « était comme l'écho d'une désolation immense à en déborder ». Cette réussite se fit intermittente. Il l'effleura de nouveau quand le Goncourt faillit lui échoir après la publication de *Fil de fer.* Les jurés de 1906 lui préférèrent *Dingley, l'illustre écrivain* des frères Tharaud dont l'un, Jérôme, aimait à dire : « Il est juste que les jeunes se fassent les dents et que les hommes célèbres leur servent de pantoufles. »

Mais semi-clochard ou parfois moins affamé, Rictus trouva toujours où s'abriter au Lapin Agile. Si les cachets se faisaient rares ailleurs, là, il pouvait piétiner ses contradictions, affûter ses mirages, souffler sur les marécages du monde, mettre au tombeau ses espérances. Ses poèmes récités, il repartait avec un peu d'argent et, sans doute, l'estime de Dorgelès, de Carco, d'Apollinaire, de Salmon, de Mac Orlan, de Max Jacob. Percevait-il cette fraternité alors qu'un délire de persécution le torturait ? Quelle triste fin que la sienne ! Quelle solitude ! Dorgelès, éploré, l'observait tandis qu'il demeurait des heures accoudé à la fenêtre de sa mansarde le long du cimetière Montmartre. « Je ne pouvais détourner mon regard de cette longue figure barbue aux yeux désespérés », dit-il. Un jour de 1930, il quitta ce monde qui le déçut tant, ce monde où, dans sa soif inouïe de perfection, il se moqua des plus glorieux. N'osa-t-il pas persifler à propos des obsèques de Victor Hugo « qui s'fit balader les rognons / Du bois d'Boulogne au Panthéon / Dans l'corbillard des *Misérables* » ? Les hypocrites n'apprécièrent pas et le firent savoir. Les simagrées du dévouement griment facilement les plus cyniques. Le peuple, sincère, se tut, mais s'éloigna plus encore du pauvre poète que la misère humaine hantait. Il avait découvert Montmartre à 14 ans. Il avait fait plusieurs métiers avant de croire que la poésie pouvait nourrir son homme. « Le cœur populaire » ne cessa jamais de battre en lui.

Mais vinrent les semaines où Frédé et Paulo ne virent plus sa haute silhouette famélique, revêtue d'une longue redingote élimée. Sa voix de plus en plus sourde et lugubre leur manquait et même ses rancœurs trop ressassées, sa détresse ombrageuse. Ils se rendirent chez lui, cherchèrent à l'attirer encore au Lapin. N'y avait-il pas des gens qui ne l'avaient pas oublié et souhaitaient l'entendre ? Il refusa d'une voix douce, lui, l'imprécateur. La misanthropie l'emprisonnait. La mort l'avait accaparé des années avant qu'il n'expire pour de bon.

« Paulo me disait que son père s'attendrissait au point de cacher son émotion quand il parlait de Poulbot », se remémore Yves Mathieu. « Comme le père Frédé ne s'était jamais trop occupé de sa propre marmaille, ajoutait-il, se mettant à rire, il devait avoir l'impression de se racheter. »

C'est qu'il les aimait, les enfants, Poulbot ! Fils d'un directeur d'école, il était né à Saint-Denis et avait découvert Montmartre par son côté le plus typique, le plus détonant : le maquis. Il logea dans cette apothéose de dinguerie, de clochardisation, de mystère, de désordre, de poésie, jusqu'à ce que l'urbanisme s'en mêle. Végétation, dépôts pour chiffonniers, pour ferrailleurs, pour brocanteurs, ateliers d'artistes et d'artisans, fours pour poteries et céramiques, invraisemblables cahutes poussées les unes contre les autres, enchevêtrements d'escaliers, de sentes, de cours, tout un labyrinthe où les apaches défiaient pandores et argousins, subirent alors la loi des démolisseurs : un ouragan d'où surgiraient les rues Caulaincourt, Girardon et l'avenue Junot. C'est là, avenue du général

Andoche Junot, duc d'Abrantès, au n° 13, que Poulbot (face à la maison du virtuose de l'eau-forte, du burin, de la gravure sur bois : Gabriel Daragnès) se fit bâtir un hôtel particulier. Une frise en céramique faite de têtes d'enfants symbolise la passion du maître du lieu. « Pourquoi ai-je dessiné toute ma vie des gosses, le plus souvent livrés à eux-mêmes ? Pour une simple et irréfutable raison, expliqua-t-il un soir à Paul Yaki : je ne pouvais pas peindre des types en frac puisque je n'en voyais pas. »

Il appelait ses gosses « bonshommes ». Il les observait, les écoutait, enrichissant sans cesse la vérité de son trait et la pertinence des légendes qui accompagnaient les scènes de la rue qu'il restituait. Leur dénuement le bouleversait, même si les gamins le dissimulaient sous beaucoup de drôlerie, de superbe, de rosseries, voire d'insouciance. Lorsque l'aisance lui vint, il créa le « Dispensaire des petits Poulbots ». Il en fut le principal donateur avec une prodigalité qui ne se démentit jamais. Francisque était son prénom. « C'était comme une prédestination, disait-on. En lui, un franciscain des plus généreux se dépensait et dépensait sans compter. » Son exemple fit que les dons affluèrent, que des médecins bénévoles offrirent leurs services et que les Noëls furent fastueux pour les mioches démunis. Quant au jardinet de sa maison, il le transforma en petit parc d'attractions afin que fillettes et garçonnets y jouent. La guerre et la maladie ne l'avaient pas épargné. Comme il se déplaçait en chaise roulante et qu'avec les années les souffrances renchérissaient sur l'infirmité, autant avoir sa petite et vaste famille montmartroise sous les yeux.

« Une curieuse alliance de timidité et d'esprit farceur cohabitait chez ce merveilleux. Adolescent, désireux d'apprendre la peinture, il erra des dizaines de fois, rapportait encore Paulo à Yves Mathieu, rue Constance où, au n° 10, Fernand Cormon avait son atelier et donnait des leçons. Mais comme Toulouse-Lautrec, Van Gogh, Émile Bernard, Louis Anquetin y avaient été élèves, il n'osa jamais y pénétrer. Lui ? Poulbot ? S'asseoir sur les mêmes chaises, les mêmes tabourets, les mêmes bancs que de tels peintres ? Impossible ! Et que l'on surnommât Cormon "Le Père La Rotule" ne sema pas le grain de familiarité qui lui aurait permis de surmonter le respect qui le tétanisait. »

En revanche, sans se départir de sa douceur, il donnait libre cours à sa fantaisie dès que le désir l'en prenait. On a lu qu'il organisait des courses pour chevaux de plomb et qu'un journal, *Le Tubard*, édité par ses soins, en diffusait les résultats avec un sérieux sans faille. « Mais il en a fait bien d'autres ! enchaînait Frédé. De l'organisation, dans le cadre de "La Pomponnette", de parties de billard en bois auxquelles il conférait avec flegme une colossale importance, à des expéditions dites "chasse à la tigresse", il préparait aussi des réunions Chez Bouscarat de la Ligue Maritime de la Butte placées sous les conjointes et solennelles présidences d'un hareng saur installé dans une cage et du crâne "de Christophe Colomb à 25 ans". D'une de ces réunions, d'ailleurs, jaillit l'idée que la flotte montmartroise devait débarquer à La Varenne-Saint-Hilaire. Quant à son goût du déguisement, qui faisait des adeptes, il suscitait des fêtes spectaculaires : tantôt guerrières de façon moqueuse (prise d'assaut du moulin de la Galette par une troupe d'humoristes vêtus en soldats du Second Empire), tantôt tendres quand, chaque année, son épouse — Léona — et lui, en grand apparat, recommençaient la cérémonie de leur mariage. »

C'est Francisque Poulbot (avec le dessinateur Maurice Neumont) qui créa la république de Montmartre dont Forain et Willette étaient les présidents d'honneur. Cette République, sans se priver de franches rigolades, se battait pour sauvegarder les beautés de la Butte face à ceux qui confondent investissements et vandalisme.

Un an avant — le 11 avril 1920 —, Jules Depaquit, lui, avait fondé la Commune Libre de Montmartre. Il s'en était proclamé maire et « dictateur à vie à la majorité des voix plus une ». Étrange personnage que ce Jules Depaquit ! Sorte de Buster Keaton, il promenait dans l'existence un ennui qui décontenançait les gens. Était-il feint ou réel ? Ce qui n'était assurément pas feint, c'était son amour pour la dive bouteille. Étaient réels aussi son talent d'humoriste, sa manière de faire de chaque être humain un clown parmi l'universelle clownerie et sa perspicacité de dessinateur. « Brisant tous les canons », écrivit Robert Rey qui le considérait comme le père de la caricature et de l'affiche moderne, « ses personnages sont déformés par l'énergie de leur vie mentale : leur visage et leur corps ne sont plus que le signe idéographique de leur bêtise, de leur colère, de leur gaieté, de leur méfiance selon les cas. »

« Mon père, mi-mélancolique mi-réjoui, racontait toujours Paulo à Yves Mathieu, parlait volontiers de la nuit où, au Lapin, Jules Depaquit créa sa Commune Libre. Maurice Hallé, directeur de La Vache enragée, beauceron et poète comme le malheureux Gaston Couté, Platon Argyriadès, potier et statuaire, Marcel Sauvage, Henri Poulaille, l'imprimeur Georges Girard, Tristan Rémy, Frédéric Lefèvre, Poulbot, Pierre Labric et quelques autres étaient présents. » Ceint d'une écharpe rouge et verte, habillé d'une redingote, espèce de soutane râpée de pauvre curé de campagne, le chef surmonté d'un haut-de-forme fatigué, chaussé de pantoufles, la cigarette rivée entre pouce, index et majeur car il fumait autant que Steinlen qui, lui, roulait ses cigarettes, extravagant et imperturbable mais les yeux émerillonnés, Depaquit personnifiait ses propres caricatures. De cette investiture naîtraient d'ébouriffants divertissements à prétention officielle puisqu'une mairie fut installée 4, place Constantin-Pecqueur : championnat de Montmartre de la vie chère ; « course de la plume et du pinceau » où chansonniers et peintres « tout en faisant à pied le tour de la Butte » s'affrontaient les uns en composant leurs couplets et refrains, les autres en dessinant ; foire aux croûtes ; traversée de la Butte à la nage qu'une femme Susie Boudha, artiste peintre, mimant les mouvements du crawl et de la brasse, gagna ; jeux Olympiques de Montmartre qui consistaient à escalader et à foncer vers la place du Tertre sans que l'on s'interrogeât sur la nationalité des participants et qui coïncidèrent avec les véritables jeux Olympiques de Paris de 1924 pour lesquels les Allemands ne furent pas invités. Depaquit présidait les uns, Gaston Doumergue les autres. Et Johnny Weissmuller, qui n'était pas encore Tarzan, était venu au Lapin avec Jean Giraudoux qui pestait contre les hommes politiques car ces vieux crabes méprisaient le sport. « Il y a le stade de Colombes ; il y a le columbarium du Père-Lachaise. Inutile de dire que tous les soins des édiles vont au second », disait-il.

« Mais sous couvert de plaisanterie, alléguait Frédé, la Commune Libre, comme sa cadette la république de Montmartre, s'entêtait à réduire l'action des promoteurs tueurs d'âmes. Ainsi se rassembla-t-on dans un parti dit "antigratteciel-liste". On y injuriait les propriétaires d'immeubles “en forme de cubes”. On exigeait la disparition de ces offenses à un paysage sacré, donc l’annulation de sacrilèges. On attaquait le jacobinisme et, déjà, l’Europe “nourrice sèche” accusée de crime contre l’originalité. “Pour l’autonomie de Montmartre ! Pour l’anéantissement des gratte-ciel ! Votez pour la liste Depaquit !” Des meetings s’ensuivirent et des échauffourées. Depuis des semaines on avait déserté Le Lapin trop exigu pour contenir partisans et curieux. Frédé s’en félicitait car les bagarres pouvaient s’envenimer et contraindre la police à intervenir, sans oublier la casse. Et les orateurs de hurler, debout sur des bancs de Montmartre : “Citoyennes et citoyens, si vous désirez jouir librement, libérez-vous du joug affreux sous lequel vous ployez, brisez les chaînes, abattez les murailles, venez réchauffer vos membres engourdis au soleil de notre indépendance et éclairer vos cerveaux à la phosphorescence de notre programme.” On en vint jusqu’à demander l’expulsion des locataires du cimetière Saint-Vincent quand les familles n’étaient pas en mesure de prouver qu’ils demeuraient à Montmartre avant de trépasser. »

« Ce Depaquit ! s’exclame Yves Mathieu. J’en aurai entendu parler ! Il avait rejoint Paris, on le sait, avec son ami Georges Delaw car les métiers de peintre en bâtiment, d’horloger et d’assureur qu’il avait exercés ne lui convenaient pas. Montmartre était pour Jules Depaquit le pôle d’attraction de toutes les ambitions. Le Chat noir fut sa chance.

Rivière et Salis lui commandèrent une pièce d'ombres inspirée par *Le Rêve* de Zola sur des textes de Jules Jouy. Le succès l'attendait. Les journaux s'arrachèrent d'emblée ses caricatures ce qui lui permettait de préserver sa liberté mais ne l'empêchait pas d'user de stratagèmes pour boire sans délier sa bourse. Il avait publié quelques livres comme *Le Secret du cacatoès*, une *Histoire de France* que Mac Orlan préfaça. Inventeur, il fabriqua des patins permettant de marcher sur l'eau, ce qui se révéla inexact quand il les essaya sur un bief, à Sedan. Jeté sur la roue du moulin, son corps en arrêta le fonctionnement ; les sauveteurs eurent beaucoup de difficulté à l'en tirer. Soupe au lait, se tenant fréquemment pour l'offensé, il choisissait l'arme du duel qu'il organisait : un vilebrequin. Les adversaires préservaient leur torse grâce à une planche épaisse de trois centimètres. Et le combat commençait, chacun actionnant son vilebrequin. À la première apparition du sang, on rengainait puis on se réconciliait. Il affirmait que les autorités militaires avaient osé l'emprisonner, lui, "le gentleman habitué à mener la grande vie dans les tavernes de Montmartre et autres lieux d'élection inscrits sur la carte de l'indépendance, car il avait complètement oublié de consacrer à la Patrie les trois plus belles années de sa précieuse existence". Était-ce vrai ? Des années plus tard, il s'accusa, au nom de l'idéal anarchiste, d'être l'auteur de l'attentat contre le restaurant Véry boulevard de Magenta. La maréchaussée s'aperçut promptement qu'en vérité le poseur de bombe était Ravachol. Tenu pour fou, on enferma Jules le farceur. Vite libéré grâce à l'intervention de ses amis, il put retourner à ses activités : prendre livraison tous les deux ans d'un costume marron que sa mère faisait tailler pour lui, réciter au Lapin *Le Songe d'Athalie* sur l'air de *La Mère Michel*, présider des cérémonies escorté d'un garde champêtre en grande tenue, jumeler des villes de France à la Commune Libre de Montmartre et, bien sûr, boire des coups à l'œil. Il ne survécut pas à l'opération d'une adénite cervicale. Il mourut à 55 ans, chez sa mère, à Balan, près de Sedan. Sa disparition réveilla des ambitions. On les détourna... Sa "Commune Libre" devint "Commune Libre du Vieux Montmartre". Ainsi, en ajoutant un seul vocable ("vieux", en l'occurrence, pour manifester le renouveau) mate-t-on des schismes quand ils ne se prennent pas au sérieux. Un des maires en fut Pierre Labric, rédacteur sportif au *Petit Parisien.* Il jalonna sa vie de prouesses. La plus belle ? Sans connaître la langue anglaise, armé de sa carte de presse, il se fit commis voyageur de la Butte lors d'une longue tournée aux États-Unis. Dans chaque ville, il répétait le nom de Montmartre. Ces trois syllabes envoûtantes lui ouvrirent toutes les portes. Parfois, pour faire bonne mesure, il prononçait aussi Moulin-Rouge. Sans user de moyens surnaturels, il engendrait, de la sorte, de merveilleux effets. Ce voyage à petites journées fut donc un triomphe. Officielles ou bon enfant, les réceptions se multiplièrent. Quittant les États-Unis, il courut le Canada. Là, il put mieux s'expliquer. Mais c'était inutile ! Sorciers et magiciens emploient des formules auxquelles ils accordent grande force. Montmartre suffisait. »

Le Sésame agit-il toujours sur les esprits et les cœurs ? Le pacte fait avec le mot prestige est-il toujours de rigueur ? « Je crois qu'il est inutile de se le demander », dit Yves Mathieu. En cette fin d'après-midi, nous sortions du Lapin Agile après des heures de conversation. Nous n'avions bu que de l'eau mais j'étais comme ivre tant j'avais écouté. Il faisait encore jour. « Regarde », poursuivit-il. Des touristes flânaient rue des Saules et rue Saint-Vincent. Ils étaient nombreux. Au coin « du carrefour de la Bohème et des Croix-de-Bois », square Roland-Dorgelès où, sous un profil du visage de l'écrivain, on lit : « Je hais la guerre mais j'aime ceux qui l'ont faite », trois peintres (après cent mille autres et davantage peut-être) profitaient encore de la belle lumière. Nous nous approchâmes. Celui placé le plus haut peignait la vigne. L'autre, une adolescente, à sa gauche, plus bas, Le Lapin Agile. Quant au troisième, il était assis sur un banc et écrivait sur une ardoise avec un pinceau qu'il trempait dans un petit pot de laque rouge. Sans avoir la sensation d'être indiscret, je lus à haute voix : « La France possède des montagnes et des sommets illustres : elle a le Mont-Blanc avec ses neiges éternelles, ses aiguilles et ses solitudes glacées. Il y a des pics merveilleux dans les Pyrénées, mais aucune des cimes n'est aussi célèbre que la colline de Montmartre. » Il redressa la tête. Il était très jeune aussi. Il nous toisa comme pour nous jauger. Nous étions, Yves et moi, tout sourire. « Ça vous plaît ? » Il n'attendit pas de réponse.

— C'est un poète, Léo Larguier, qui a écrit cela. Je vais d'ailleurs l'indiquer. Je déteste les graffiti d'aujourd'hui qui maculent nos murs, enchaîna-t-il. Alors, de temps à autre, au pochoir, un pochoir discret, sur la façade de l'immeuble qu'habita Céline rue Girardon, par exemple, ou sur une ardoise, je lance de petits messages.

— Où comptez-vous mettre celui-ci ? demandai-je.

— Je vais le suspendre à l'acacia de la terrasse du Lapin Agile, répondit-il.

Yves Mathieu ne se dévoila pas. Quand il reprit son travail, à 21 heures, l'inscription se balançait à une branche. Lorsqu'il en sortit, vers 2 heures du matin, elle n'y était plus.

— J'aurais dû dire qui j'étais et inviter le garçon à assister au spectacle. J'ai des regrets, confessa-t-il.

— Peut-être viendra-t-il vous entendre un soir ? Et peut-être l'a-t-il déjà fait et n'a-t-il pas tenu à le dire ?

Maria Thomas, la Catalane, l'épouse de Yves, nous écoutait. Sereine, elle ajouta : « De toute façon, cela prouve une fois de plus que la magie de Montmartre continue d'exercer son pouvoir. »

CHAPITRE V

Je m'y suis souvent assis, en toutes saisons, sur un des trois doubles bancs du minuscule square Dorgelès. J'y ai constaté la disparition du médaillon en relief de l'écrivain et la pose d'un autre, car Yves Mathieu et Maria Thomas admettent mal que le dernier mot — c'est-à-dire le vide en la circonstance — soit laissé aux profanateurs. J'y ai vu des clochards à l'humeur changeante : l'abus du gros rouge qui tache, du jinjin, du picrate implique soumission aux divagations et aux disgrâces. Sauf par froid trop vif et par temps de pluie (quand je ne fais que passer, le cou engoncé dans un caban et la casquette enfoncée sur le crâne), j'ai presque toujours constaté la présence de peintres : aquarellistes amoureux de transparence, naïfs et faux naïfs, dessinateurs respectueux du sujet et qui le hérissent ou l'adornent ensuite de lignes, de griffes ou d'arabesques, scrupuleux pour qui aucun détail ne doit être négligé. « Au Lapin Agile. Poèmes et chansons. Veillées vers

21 heures (sauf lundi) » : même la vieille pancarte est retranscrite sur la toile par certains tandis que d'autres minutieux, installés un peu plus en amont de la rue des Saules, face au portail du Clos Montmartre, reproduisent le dicton de la tradition vigneronne du lieu : « C'est du vin de Montmartre, qui en boit pinte en pisse quarte. » Comme la pinte fait quatre-vingt-treize centilitres et la quarte le double, on en déduit que l'exagération n'appartient pas qu'aux galéjeurs du Midi.

J'y ai vu aussi de rares cyclistes sur « mountain bike », engins qui me font regretter l'époque où sur des vélos de course classiques se déroulait une des épreuves phares de la saison hivernale : « le cyclo-cross de Montmartre ». De grands champions y participaient. De Christophe à Oubron, de Louviot à Robic. Robert Doisneau les photographia. Y était-il quand Victor Cosson, en 1943, gagna et l'année où, fourche tordue, il fut recueilli et consolé à la terrasse du Lapin par Jo Bouillon et Marcel Cerdan ? Lucien Gamblin, le « titi », le gouailleur, arrière droit et capitaine de l'équipe de France de football, fidèle au Red Star de Saint-Ouen et à la rue Lepic où il logeait, car, disait-il, « pour se dire Parisien il faut être de Montmartre », ne manquait jamais d'assister à ces escalades de la Butte par les cyclistes acrobates. « Quand mon favori gagnait, j'avais l'impression que les accordéons jouaient en majeur pour me donner plus de joie. Quand il perdait, c'était le mode mineur qui s'y entend pour faire pleurer. »

Quelquefois, Yves Mathieu me rejoint. Il venait là, de temps à autre, avec Jean-Roger Caussimon que Léo Ferré appelait « Grand Will » en référence à la chanson *Monsieur William* et aussi parce qu'il avait décidé que Caussimon ressemblait à William Shakespeare. « Le père tranquille de la mélancolie », l'appelait-il encore. Yves Mathieu se plaît à en raviver le souvenir. « Ma mère, raconte-t-il, était la tante et la marraine de baptême de Jean-Roger. Quand, en décembre 1942, il débarqua à Paris et frappa à la porte du Lapin, elle eut des difficultés à le reconnaître. Il arrivait des monts des Géants où l'Elbe prend sa source et pesait 43 kilos pour une taille de 1,85 m. "Le régime alimentaire du stalag IV A, où j'ai moisi pendant deux ans, est, comme on le voit, d'une implacable efficacité question amaigrissement", ironisa-t-il. »

Cette nuit-là, la forte émotion passée, Paulo, de son accent faubourien, lui demanda comment il comptait vivre dans le Paris occupé. Jean-Roger expliqua qu'il était comédien. « Avant la mobilisation, j'étudiais dans la classe de Jouvet. Je pense me présenter chez Dullin dès demain. »

« Puisque vous êtes comédien, voulez-vous nous réciter quelque chose ? »

Et c'est ainsi que pour sa première nuit dans la capitale, Caussimon monta les cinq marches qui mènent à la salle du cabaret. Il vit « l'épais rideau de velours rouge» s'écarter pour lui, et déclama des poèmes en prose qu'il écrivait hier encore en captivité. Théâtre, cinéma, chansons? Il ne devait plus quitter le métier. La grande famille du Lapin accueillait un débutant de plus. Il y chanta pendant des années.

«J'appréciais tout chez lui, fait Yves Mathieu. D'abord, comme Brassens, il disait : "Je suis un chansonnier. Je ne peux prétendre au nom de poète." Fausse modestie? Je ne le crois pas. Cette attitude nous change des cerveaux creux si imbus d'eux-mêmes... J'appréciais sa manière de dire : "J'écris des chansons à la paresseuse, comme Henri Calet, voyageur, écrivit *L'Italie à la paresseuse...*" J'appréciais les petites phrases qu'il lançait : "La petite chanson de l'homme commence dès l'enfance, avec les berceuses. On ne peut imaginer un pays sans chansons... J'aime les enfants. J'aime voir la marée. J'aime voir les feuilles, les bourgeons qui poussent, le soleil qui se lève. C'est ça, pour moi, Dieu." Et ces quelques mots si simples, qui forment comme une barrière à la vanité et à notre inconvenante agitation : "On finit toujours par aller dormir."

«Qu'ajouter à ces paroles, poursuit Yves Mathieu, sinon louer Jean-Roger pour sa fidélité au Lapin. "J'ai appris là, propageait-il, tous les trésors de la chanson française." C'est chez Paulo et Yvonne Darle qu'était née sa complicité avec Ferré, c'est là où Charles Dullin le revit et l'engagea dès 1944, là où il rencontra Carné — qui le fit tourner — et Marcel Aymé qui le paralysait tant il l'admirait ! Il savait qu'un jour Antoine Blondin et Marcel s'étaient vus dans le métro. Les deux hommes se serrèrent la main et restèrent debout face à face, ne disant qu'avec leurs yeux l'estime et l'affection qu'ils se portaient. Les stations succédaient aux stations et ils s'aperçurent qu'ils étaient arrivés au terminus de la ligne et qu'ils avaient oublié de descendre à leur arrêt respectif. "Eh bien, me dit Caussimon, je comprends Blondin car durant mes tête-à-tête avec Marcel Aymé je n'ai jamais pu échanger plus d'une dizaine de paroles. J'étais pétrifié. Mais, d'après moi, quelle profondeur avaient nos silences !" »

Un jour, Yves Mathieu, Caussimon et Léo Ferré se retrouvèrent sur un des bancs du petit square. Trois augures refaisant le monde mais bientôt un seul mobilisant l'attention : Ferré, volubile comme il pouvait l'être, articulant ses mots, butant sur certains, clignant des yeux selon son habitude mais de façon plus accélérée puisqu'il vibrait du désir d'avoir raison.

Comment la discussion avait-elle surgi ? Le fait est que Léo agitait un index péremptoire et ne souffrait pas d'être interrompu. Il considérait que l'homme bon — si tant est qu'il existe — n'était pas en mesure de juger l'âme humaine. Pour être perspicace, pour parler de la bassesse originelle de nos semblables, il fallait soi-même avoir une grande part d'âme noire et avoir fortement lutté pour en contenir les maléfices. Sans cette tourbe, pas d'œuvre de Dostoïevski, de Shakespeare, de Picasso. Si l'on veut voir clair dans les ténèbres d'autrui, il est indispensable d'avoir appris à s'orienter dans les siennes propres. Il jugeait également nécessaire les blessures d'amour-propre. Ce fer rouge de l'humiliation ressentie place l'être meurtri sur le qui-vive. On ne l'abuse plus. Il est entraîné à secouer les jougs. Il devient une sorte d'athlète, aurait-il l'air souffreteux. D'où la force de celui qui se range parmi les artistes maudits. Comme Léo Ferré s'interrompait pour reprendre souffle ou déglutir, Caussimon glissa : « Le risque est la paranoïa. Le maudit peut trouver chez l'autre plus de tares et de malignité qu'il y en a vraiment. Il devient susceptible, soupçonneux, d'humeur âcre. Il imagine que des gens lui en veulent alors que par négligence, apathie, manque de temps, afflux de soucis, on ne lui a pas prêté l'attention qu'il pensait mériter. » Ferré releva la tête et dit : « Avec son cœur gros comme ça, Poulbot est tout de même un peintre beaucoup moins important que Soutine et ses souffrances d'écorché lituanien. » « On en resta là », conclut Yves Mathieu.

« Assieds-toi au soleil. Abdique. Et sois roi de toi-même. » Le conseil est de Ricardo Reis, hétéronyme de Fernando Pessoa. Il n'y a pas souvent de soleil dans le ciel de Paris ; je n'ai, hélas, pas tout abdiqué, mais je suis bien, face aux deux mille pieds de vigne du clos, assis sur mon banc. Il y a les vivants que j'observe et les morts que je ressuscite. Ceux-là animent le plus captivant des spectacles : celui de la rue. Les autres défilent dans ma tête comme dans une fresque de Guitry où les personnages tiendraient leur propre rôle. « Si Montmartre m'était conté » ; le Lapin n'en est-il pas un des fleurons ?

Il le franchit souvent, Jean-Gabriel Domergue, le seuil du cabaret ! Il se plaisait à évoquer ses rencontres avec Degas l'asocial qui, sous ses airs coléreux, lui témoignait de la sympathie. Bientôt, il décida d'expliquer la peinture à ce garçon de 16 ans qu'était alors Jean-Gabriel, et qui s'imaginait en connaître déjà les secrets. Il le plaça devant une porte et lui demanda de la peindre. « De qui se moquait-il, ventrebleu ! » Réfrénant son dépit et son irritation, l'adolescent s'exécuta. Quand il eut terminé, Degas le congédia : « À demain. » Puis il s'empressa d'enlever à la térébenthine les traces du travail de son élève. « Vingt-sept fois, s'écriait Domergue, il m'a fait repeindre la porte tout en me donnant des conseils. Au matin de la vingt-huitième leçon, alors que, pinceau en main, docile, je m'installais, il bougonna : "Inutile de continuer. Je sais maintenant que vous savez peindre." »

Gascon, petit-cousin de Toulouse-Lautrec, ressemblant à Henri IV de manière frappante et comme lui inlassable amoureux des femmes,

Domergue ne parlait jamais sans émotion de celui que Mme Forain appelait avec tendresse : « le vieux serpent ».

« C'est dans l'atelier de la rue Victor-Massé, au numéro 37, que Degas me recevait, précisait-il. Un jour la maison fut détruite. Il en fut bouleversé. Presque aveugle, il quittait son nouvel appartement du 6, boulevard de Clichy pour revenir sur les lieux où il avait vécu plus de trente ans. Il passait là de longs moments à regarder, sans les voir vraiment, le trou puis le chantier où s'affairaient les maçons. C'était poignant ! Qui a dit : "Le monde est tout entier où tu es" ? Quel monde transportait avec lui le méchant Degas qui, disait-on, détestait enfants, chats, chiens et fleurs, et cachait tant de sensibilité, de bienveillance et d'érudition sous sa brusquerie ? »

Où Cézanne dressa-t-il son chevalet quand il peignit la rue des Saules ? Le sujet avait-il exigé autant de poses (cent quinze) que le portrait qu'il fit d'Ambroise Vollard, le marchand dont Mac Orlan, à l'inverse de Léon Werth, admirait la biographie qu'il conçut de Renoir ?

Hôte intermittent du Café Guerbois situé au numéro 9 de l'avenue de Clichy (il retrouvait là Manet, Zola, Monet, Fantin-Latour, Renoir, Pissarro, Sisley, Degas, Gauguin, Stevens, Duranty, Guillemet, Constantin Whistler — « Vous vous conduisez comme si vous n'aviez pas de talent », disait de lui Degas exaspéré par son snobisme), Cézanne logeait 15, rue Hégésippe-Moreau quand il grimpait rue des Saules. Au même numéro habitait Eugène Carrière qui piquait l'intérêt de Degas et que lui, Cézanne, blâmait car il n'aimait que « la peinture couillarde ». Il voulait que la sienne le soit et supportait mal les peintres sans « tempérament », c'est-à-dire presque tous selon lui. « Mes compatriotes sont des culs à côté de moi », disait-il. C'est sans doute pour en mettre un maximum hors de sa vue et surtout pour entrer en peinture comme un trappiste entre au monastère qu'il ne quitta pratiquement plus Aix-en-Provence. « L'esprit parisien m'emmerde ; je suis seulement peintre », répétait-il comme il dira lorsque quelques portes s'ouvrirent : « Tout de même on met maintenant des cadres à mes toiles ! »

Et le temps passa « avec une rapidité effrayante », s'indignait-il tant son art l'accaparait : le désir « d'exprimer convenablement les volumes ». La mort le prit au travail. Il pleuvait ce jour-là dans la campagne aixoise comme il pleut fort dans le Midi quand le ciel se fâche vraiment. Trempé jusqu'aux os, il s'évanouit. Ramené chez lui, sa vieille servante le ranima, s'imposant de le frictionner tout en sachant que « le bon maître » n'acceptait pas qu'on le touchât. Malgré la fièvre, vivant depuis toujours sous l'hégémonie de l'exigence, n'écoutant aucune mise en garde, il descendit le lendemain au jardin pour peindre et peindre encore. Une syncope le terrassa. Il ne s'en releva pas. Dieu l'accueillit-il comme il se doit ? « Au ciel, ils savent bien que je suis Cézanne », lançait-il parfois, avec ce « mélange d'orgueil grandiose et d'humilité non moins grandiose » qui le caractérisait. « Il avait le mysticisme exact de la réalité et son tourment, en tout, était de rendre la vie plus vivante encore », écrira Joachim Gasquet. « Il s'asseyait dans un coin d'auberge, buvait un doigt de vin épais, et lentement l'âme de Shakespeare qui l'habitait peuplait d'un drame bleu le reste brumeux de ses soucis. Un motif s'incarnait », concluait le critique. Que ressentait Cézanne, rue des Saules, devant la maisonnette que l'on nommera Le Lapin Agile, isolée telle une pauvre gare de western dans un Montmartre alors si peu construit ? Se pensait-il seul comme lorsqu'il nichait au Jas de Bouffan dans la propriété que son père avait acquise à quelques encablures d'Aix ? « Le Jas de Bouffan : le gîte du vent », traduisait Ambroise Vollard, dont la chemise blanche peinte par Cézanne « s'irise de mille couleurs », dira Cocteau. Il y a de temps à autre du vent — grand vent — qui dévale rue des Saules ou qui la remonte. N'ai-je pas vu quelquefois, alors qu'« ils étaient sur le motif », des peintres contraints de plier bagage ?

C'est « un temps gris clair » qu'espérait Cézanne, afin de se trouver en bonne condition pour peindre ; un temps gris clair, pas d'aboiements de chiens et surtout que personne n'entreprenne de lui « mettre le grappin dessus ». Cette phrase était sa favorite ; elle exprimait sa hantise.

Marcel Aymé souhaitait aussi qu'on lui fiche la paix. Préférait-il sa seule compagnie à celle des autres ? Peut-être. Cependant, qui, plus que lui, eut le goût d'observer les gens simples dans leur vie de tous les jours « sans autre parti pris que celui d'être vrai », usât-il, pour être mieux compris, de paraboles poétiques, d'extravagances, d'émerveillements puérils, d'affabulations burlesques. Et il y a la mise au point de Blondin : « Chaque créature, pour lui, portait un mystère captivant qu'il s'efforçait de pénétrer par une attention si soutenue qu'elle le réduisait d'entrée de jeu à un silence chargé d'élans. On comprenait vite qu'il n'était ni timide, ni distant, ni indifférent, ni muet, mais qu'il oubliait simplement de parler parce qu'il était perdu dans vos pensées. » Cela dit, il était souvent seul quand il allait par voies et chemins montmartrois. Se consacrait-il, sagement, aux bienfaits de l'exercice physique comme l'enfant qu'il fut rejoignait le collège de Dole par des « nuits sibériennes », la bise le « prenant de plein fouet », le « glaçant jusqu'aux moelles, recroquevillé, sommeilleux, demi-mort de froid » ? Mais il s'agissait là d'une obligation scolaire qui lui pesait alors que du boulevard de la Chapelle à la place du Tertre en passant par la Goutte d'Or, il marchait pour son plaisir et nourrir son inspiration. « En manqua-t-il jamais ? » s'exclame en moi le vétilleux qui ne laisse rien passer. Certes non. Toutefois regarder et tendre l'oreille lui permettait de mieux décrire le nommé Martin qui croyait être un balai neuf et aurait voulu — par conséquent — que « sa concierge l'eût en main à chaque instant » ; ou cet autre Martin qui se prenait pour un calembour et s'irritait de ne pas voir les gens éclater de rire à son approche ; ou un troisième qui écrivait des poèmes d'un alcool si puissant et si bénéfique qu'il « suffisait, dans des circonstances difficiles, de réciter l'un d'entre eux pour être tiré d'affaire ». Et je ne parle pas du nain du cirque Barnaboum qui se mit à grandir dans sa trente-cinquième année, d'Alfred Legendum qui avait dédié son existence « à l'étude de la dégénérescence du supin dans les conjugaisons latines », d'Adélaïde, une jolie, fraîche et peut-être perverse demoiselle de l'avenue Junot, qui « n'aimait que les hommes à barbe », de Dutilleul, autre Montmartrois, qui « possédait le don singulier de passer entre les murs sans en être incommodé », des Sabines qui se multiplièrent jusqu'à soixante-sept mille exemplaires car elles avaient « le don d'ubiquité », du percepteur d'épouses, de la jeune fille qui pensait qu'un « sournois pas rasé » voulait la violer lequel se borna à lui voler « les lacets de ses souliers » après l'avoir couchée de tout son long ! Où allait-il chercher tout ça, ma douée ! Dans les rues, oui, dans les rues ! Il engrangeait là une documentation de première main ! Son imagination pourvoyait au reste. À l'absurde. Au saugrenu. À l'imprévu. Au délire. À l'extraordinaire avec une matière terre à terre. À une féerie peuplée de gagne-petit, de gens de peu. À permettre aux lecteurs de se dire que l'enfance n'est pas absolument morte en eux. Comment, après tout ça, ne pas être tenté d'affirmer que jusqu'au 14 octobre 1967 vécut à Montmartre un homme qui transformait tout en or ? On en a le droit. À une condition. D'ajouter que l'alchimiste, trente-trois ans après sa mort, se porte toujours bien. Parce que l'or imprègne toujours ses livres. Parce qu'on ne peut déambuler rue Lepic, avenue Junot, rue Paul-Féval, rue du Mont-Cenis, place du Tertre, rue Norvins, rue Caulaincourt, rue Girardon, rue Saint-Vincent, rue Cortot, on ne peut s'arrêter Au Rêve, Chez la Mère Catherine, Au Clairon des Chasseurs ou, au coin des rues Tholozé et Lepic, là où « Pomme », de son vrai nom Eugénie de Montfaucon, faisait la cuisine et refusait de servir « les prétentieux », sans sentir la présence de l'homme qui ne savait pas « ce qu'est la haine, sinon pour avoir éprouvé, en tant qu'écrivain, celle de certains confrères ».

Et au Lapin Agile ? Je me suis trouvé à sa table une fois. Il ne desserra les dents que pour murmurer d'un air las : « Oui », « Non », « Eh bien ! »,

« Ah », « Bon », tandis que « le poids de ses paupières le gardait en somnolence », selon la description de Jacques Perret. Nous fêtions les dix ans de Brassens dans la chanson. Le souhait émis par Tonton Georges ? « Invitons Marcel Aymé : je ne l'ai jamais rencontré. » Yves Mathieu passa le message. Marcel Aymé accepta : son contentement balayait sa timidité.

Brassens accordait à la chose imprimée une grande importance. Ce sage avait des passions fortes. L'œuvre de Marcel Aymé — comme les livres de Jacques Perret, d'ailleurs — relevait de ses passions. Qu'attendre de cette rencontre dans une atmosphère de cocktail ? Souvent les convives s'approchaient de Georges qui se montrait gêné de l'attention qu'on lui portait. Marcel Aymé semblait étranger à tout. Une statue. À la table avaient pris place André Asséo et Serge Gainsbourg : l'un toujours prêt, avec une sincère gentillesse, à animer une conversation ; l'autre aussi silencieux qu'Aymé.

J'avais sympathisé avec Gainsbourg à Nice à la fin des années cinquante. Efflanqué, les oreilles décollées, planté sur scène sans ébaucher de gestes, monocorde, tragique, inquiétant, comme paralysé par la peur, l'angoisse qui le nouait me touchait. Plus tard, au bar du Palais de la Méditerranée, en conversant, je finis par troubler le détachement derrière lequel il s'abritait, sans qu'il abandonnât un air de condescendance que l'empreinte d'un tourment secret atténuait. (Le charme qu'il exercera bientôt procédera-t-il de cette dualité ?) Je l'avais complimenté à propos de ses chansons, sans m'étendre. J'avais préféré m'attarder en « parlant peinture ». Pourquoi ? Je savais qu'il avait espéré devenir peintre et je préméditais de le conduire à l'atelier de Raymond Moretti dont j'admirais le travail. « La peinture est l'art suprême. Il faut tout lui sacrifier », me dit-il. Comme s'il recensait son jeune passé, il ajouta, prenant son temps : « Pour apprendre, pour essayer de comprendre, j'ai fait comme tant d'autres élèves : j'ai visité les musées et j'ai copié des chefs-d'œuvre, redoutant de perdre ma propre manière ou même de ne jamais la trouver. D'autre part, Dali ne se trompe peut-être pas quand il soutient : “La fréquentation d'un maître me rend à moi-même. Toutes les fois que je sors de Poussin, je sais mieux qui je suis.” Hélas, poursuivit-il, j'ai su qui j'étais, car, la clairvoyance et la rage aidant, j'ai brûlé mes toiles à l'exception de cinq ou six. Mais j'avoue que je plaçais la barre très haut ! Être Courbet ou rien. Tel était mon but ! À côté de cette ambition, la chanson, quelle fumisterie ! Mais il faut croûter ! Il faut vivre. » Voix, mouvements, façons de se saisir d'un verre, de le poser, d'allumer et de tenir la cigarette : tout était feutré chez Gainsbourg. Et il avait prononcé le verbe « vivre » avec la rancœur d'un être qui n'arrête pas de descendre aux enfers et le déplore.

Sa tristesse continuait de me serrer le cœur. En cette nuit niçoise, nous parlâmes également des Russes qui firent la réputation de la Côte d'Azur. Le nom de Marie Bashkirtseff, la surdouée morte à 26 ans, me vint aux lèvres. « Elle aimait Nice et la ville la célébrera longtemps encore », dis-je. Par chance, Gainsbourg — de son vrai nom Lucien Ginsburg — aimait aussi la jeune Russe. « Elle chantait — sa voix couvrait près de trois octaves —, dansait, jouait de la harpe, de la mandoline, lisait avec une boulimie de folle, tenait un journal et, par ses dons de peintre, éblouissait ses professeurs et les élèves qui, avec elle, fréquentaient l'atelier Julian à Paris, commenta-t-il. Mon père, musicien, s'intéressait à Marie Bashkirtseff. J'ai emboîté le pas. » Je répliquai aussitôt : « Partons sur ses traces. » À trois heures du matin, nous étions encore dans la vieille ville, aux abords de la cathédrale Sainte-Réparate après avoir marché en des lieux où celle que Maurice Barrès appela « Notre-Dame des sleeping-cars » se plaisait : le cours Saleya, la place Saint-François, les Ponchettes, la Promenade des Anglais où elle habita et où une stèle indique : « Ici se trouvait la villa où Marie Bashkirtseff commença son journal. »

Cinq ans, à peu près, s'étaient écoulés depuis cette rencontre. Gainsbourg n'en affichait aucun souvenir. Sans doute se rappelait-il les jolies phrases que Marcel Aymé avait écrites sur la pochette d'un de ses disques : « Je souhaite que la chance vous sourie et mette dans vos chansons quelques taches de soleil. » De ces mots, il ne fit pas mention non plus. De leur côté, Brassens et Marcel Aymé ne parvenaient pas à épancher leur satisfaction d'être ensemble et notre table semblait la plus morne de la soirée. Pourtant, ni à André Asséo ni à moi n'échappaient les regards que, de temps à autre, les deux hommes échangeaient. Ces regards donnaient de l'amour au silence. Et sonna l'heure de la séparation. Debout, comme pour Blondin ou Caussimon naguère, Georges et Marcel, se dévisageant, poursuivirent leur dialogue muet. Que dire sinon que la nature humaine se manifeste parfois dans ce qu'elle a de plus noble ? Il me vint en mémoire ce vers jailli du fond des âges : « Deux étions et n'avions qu'un cœur. »

Mais avec Yves Mathieu qu'il appelait Vivi (au Lapin il y eut Frédé, Paulo, il y a Vivi, comme quoi les diminutifs ont la vie dure), Marcel Aymé oubliait sa répugnance à parler. Même au téléphone, alors que le plus souvent confrontés à un pesant silence et persuadés qu'il n'y avait plus personne au bout du fil les gens raccrochaient, Vivi et lui discutaient. « Je lui avais appris à conduire à Grosrouvre et au Cap-Ferret. Ça crée des liens, car, sans moi, il n'aurait jamais obtenu son permis. C'est du moins ce qu'il affirmait, sérieux comme un pape. Et il y avait les parties de pétanque ! Il ne jouait pas avec désinvolture. Il voulait gagner. Le seul avec qui il acceptait de perdre, sans bougonner, était Céline. Il s'y appliquait afin de ne pas le contrarier. »

Ce sont des brassées de roses qu'Yves Mathieu souhaiterait porter quand il évoque Marcel Aymé. Et il tient à peser ses paroles pour être digne de celui qu'il révère : l'homme et l'écrivain.

« Je ne dirai pas qu'avec moi il élevait le ton de sa voix ou qu'il riait aux éclats mais sous ses apparences impavides, il s'amusait de bon cœur. Sa placidité, son mutisme pouvaient attrister ceux qui lui étaient acquis. André Reybaz m'avait demandé de le lui présenter. Tout se passa bien jusqu'au moment du départ. Là, Marcel se ferma à double tour. Il salua distraitement Reybaz, m'appela, me parla à l'oreille, me serra la main et nous tourna le dos. Inquiet, André m'interrogea : "Je lui ai déplu, hein ?" "Où as-tu pris ça ! Il m'a retenu pour me faire promettre d'organiser une prochaine rencontre." Et quand Reybaz et sa femme Catherine Toth montèrent *Capitaine Bada* puis *Mademoiselle Joïre* de Ghelderode, il prit la plume pour dire le bien qu'il pensait des spectacles. Dans le fond, ce volcan apparemment éteint brûlait d'un feu continu. L'entrain à vivre ne le quittait pas. "C'est lorsqu'il semble dormir que Marcel a son œil le plus affûté", disait Mac Orlan...

« Bulgare, peintre et écrivain, Georges Papazoff venait souvent au Lapin, poursuit Yves Mathieu. Il avait un physique de lion comme Kessel et plus la nuit avançait, plus il chantait dans sa moustache.

Marcel l'estimait et savourait sa compagnie. Il prisait aussi l'artiste. Il apprécia le manuscrit du *Chemin de la vie* écrit directement en français et le recommanda chez Gallimard à Jean Paulhan. Il préfaça une de ses expositions par ces mots inoubliables : "Papazoff est un fils authentique de cette étrange et attachante Bulgarie où les hommes vivent ordinairement cent quarante ans et où il n'est pas rare de voir un enfant de 4 ans assommer son bœuf d'un coup de poing." Je les ai surpris chantant tous les deux. Ce fut un étonnant spectacle que d'entendre un Bulgare apprenant au plus Français et au plus pince-sans-rire des écrivains des chansons de corps de garde et d'étudiants avec un accent à couper au couteau ! "Viv' les pharmaciens, ma mère / Viv' les pharmaciens / Ils ont l'permanganat' pour rien / Viv' les pharmaciens / Viv' les aviateurs, ma mère / Viv' les aviateurs / Ils lèvent la queue tous les quarts d'heure / Viv' les aviateurs / Et l'on s'en fout / D'attraper la vérole / ..." Papazoff disait que Marcel Aymé était un homme qui faisait le silence, qui incarnait le silence, qui le répandait dès qu'il arrivait, mais qui retrouvait la parole pour rendre service ou pour inventer de petites histoires bonnes à faire rire. Il y en avait aussi de vraies. La plus belle ? C'est quand Marcel racontait son apprentissage dans le métier d'assureur. Il avait rendez-vous un matin dans un bistrot de la porte de la Chapelle avec un vieux de la vieille de la profession. "Il faut toujours commencer par le haut d'un immeuble car, si l'on est éconduit, il est quasiment impossible aux habitants des étages inférieurs de le remarquer", conseilla le démarcheur chevronné. Après six tentatives infructueuses aux cinquième et quatrième, il sonna à une porte du troisième étage. Une dame l'entrouvrit. Elle était de méchante humeur et l'humeur de l'homme que l'on ne voyait pas et qui jurait dans l'appartement était carrément menaçante. Le démarcheur glissa son pied de manière à empêcher la porte de se refermer. "Vous feriez mieux de ne pas insister. Mon mari est hors de lui", grogna la femme. "Qu'arrive-t-il ?" demanda l'agent d'assurance pugnace et respirant l'optimisme. "Les chiottes sont bouchés et le pauvre s'échine sans parvenir à les déboucher." "Rien de plus aisé", répliqua le compagnon de Marcel Aymé armé d'une inaltérable confiance. Il poussa plus énergiquement la porte, pénétra dans le vestibule, s'enquit de l'ampleur du désastre, tomba la veste, retroussa les manches de sa chemise, farfouilla, ne ménagea ni sa peine ni son doigté ni son odorat. Vingt minutes après le cabinet était débouché. Le mari apaisé et ravi offrit la goutte à son sauveur et à son assistant. Une demi-heure encore s'écoula et le contrat d'assurance était signé. "Tu vois, ce n'est pas plus difficile que ça", commenta tout guilleret le formateur quand il fut sur le palier. Marcel le regarda avec une admiration qu'aucune ironie n'affectait. Elle ne l'incita pas à recommencer l'expérience. Il n'était pas fait pour démarcher, conclut Vivi, comme il n'avait pas été fait pour être figurant de cinéma, comparse de camelot, manœuvre, employé dans un bureau et autres galères où il s'était essayé. »

Il en est tant qui ne savent que se repaître de leur moi et nous assomment en égrenant leurs démêlés avec la vie. Ai-je jamais entendu Yves Mathieu parler de lui à moins qu'on ne l'interroge ? Ce qui lui semble profitable consiste à préserver en son cœur le don d'admirer. Un de ses plaisirs est de partager les instants de bonheur que ce don lui permet de vivre. Par lui, Pan galope encore sur la Butte sacrée ; il s'abreuve rue des Saules. Pas de risque que la nostalgie pétrifie la végétation des souvenirs. Au contraire. Elle est ce qu'elle doit être. Productrice. Vivifiante. Soleil levant succédant au couchant, prêt pour une nouvelle aventure sous l'arc de triomphe de ses rayons. Yves Mathieu a vécu d'intenses moments ; sa musique intérieure les préserve dans leur plénitude. À nous de tendre l'oreille et de regarder.

Justement, j'y suis, rue des Saules, sur mon banc du square Dorgelès, en ce matin de printemps. J'ai apporté du pain. Les moineaux s'en régalent. Les pigeons participent au festin. Hier, le fantôme de Marcel Aymé, vêtu d'un costume à carreaux agressifs, d'un gilet jaune vif et de chaussettes aux excentriques couleurs, s'était évanoui dans un nuage de fumée au parfum de tabac brun. Il est revenu aujourd'hui dans une tenue discrète : blouson de daim, chemise blanche, cravate à pois sur fond marron remplacent le plumage de cacatoès. La « gauloise » est toujours là et les lunettes noires. Quelqu'un est avec lui. N'est-ce pas Blondin le Jeune, beau comme un archange, avant que l'alcool ne s'attaque à l'enchantement que le ciel lui avait prodigué ? Sans que la qualité de son propos pâtisse d'un léger bégaiement, il lance : « Marcel est un rocher de rigueur et d'honnêteté. Avec lui, la sagesse cesse d'être l'apanage des vieillards, la drôlerie celui des pitres, la gravité celui des cuistres, la bonté celui des faibles. Marcel a le soin d'exprimer une morale de l'évidence, dont le premier précepte est la fidélité à soi-même. » Blondin le Jeune emploie le présent comme si un Dieu, naturellement immortel, se promenait à son bras, déguisé en humain, fût-il fantomatique. Je voudrais en entendre davantage. Mais les coulisses de l'au-delà absorbent les deux compères. Deux tisons de cigarettes qui s'attisent, quelques étincelles, et en avant pour la vie éternelle.

« Je n'ai jamais eu de chagrin qu'une heure de lecture ne m'ait ôté. » La remarque est de Montesquieu. Je fais partie de la confrérie. Ce n'est pas que les livres créent toujours paix et harmonie, mais leur aimant puissant est susceptible de m'arracher aux dégoûts, lassitudes, désagréments que tout un chacun éprouve. Des lieux dispensent un identique bienfait. « Mon » promontoire du square Dorgelès, face au Lapin, est de ceux-là.

Il y venait souvent, Gen Paul, chez « Frédé », chez « Paulo », chez « Vivi ». Il avait été l'ami des trois. Même de mauvaise humeur, cabochard, agressif, gueulard, il y était accueilli à bras ouverts. L'affection de ses hôtes avait le don de calmer l'atrabilaire. « J'ai attrapé la rage à la guerre, ruminait-il. Jeune, je ne râlais pas. Je voulais être coureur cycliste et voilà que le 16 juin 1915 l'éclat d'un obus balancé par les Boches a foutu ma vie en l'air. J'avais 20 berges. Va donc gagner le Tour de France avec une guibole en moins, coupée très haut, des douleurs à la cicatrice qui ne m'ont jamais lâché et me cloueront en enfer jusqu'à la fin de mes jours. »

Gen Paul était le Montmartrois type, « un spécimen en voie de disparition, authentique et pittoresque », dit Yves Mathieu. Il parlait l'argot comme un lion rugit, des gosses piaillent, les mimosas embaument. Il avait tout appris à la communale de la rue Lepic, puis dans la rue, dès sa treizième année, attelé à une voiture à bras, à faire des livraisons pour un tapissier-décorateur. « Au turf, il ne fallait pas lambiner ni oublier de se fringuer élégant. Le charreton à tirer, d'accord ! mais vêtu comme un monsieur : costume, chapeau melon et col dur ! Je rentrais à la nuit tombée, fourbu ! Ça a duré trois piges ! » À ce souvenir, Gégène s'enflammait de nouveau au-delà du raisonnable. Il maudissait les temps si durs de son enfance et davantage les temps qui suivirent où fainéants et pleurnicheurs « tiennent de plus en plus le haut du pavé », s'indignait-il. Plus tard, Alphonse Boudard, qui le connut grâce à Albert Paraz et se marrait en sa compagnie, me dira : « Son mépris de l'humanité le stimulait. Rouspéteur-né, il partait au quart de tour. Prompt à pourfendre ! à discréditer la planète ! à gueuler dans une langue imagée, superbe ! de la métaphore en veux-tu en voilà ! Et avec ça des gestes d'aristo, une distinction naturelle, une préciosité sans affectation : l'art d'être lui-même dans les plus abracadabrantes circonstances, voire fort déplaisantes pour autrui. »

La maison où il naquit, au 96 de la rue Lepic, Van Gogh l'avait peinte. Enfant, il suivait Toulouse-Lautrec dans les rues car sa mise soignée l'intriguait autant que sa taille de nabot. « Est-il clown dans un cirque ? » se demandait-il. À l'école, il avait d'excellentes notes en dessin. Il faisait des courses pour Suzanne Valadon, connaissait André Utter qui avait été l'amant de la sœur de sa mère. Il voyait peindre Juan Gris qu'il estima grandement toute sa vie et à qui il rendait de menus services comme à Valadon. « Je lui mégotais des couleurs. Il était au turbin du matin au soir et du soir au matin. Il ne pensait qu'à son boulot. Il aimait les chiens mais les caressait de la main gauche de peur qu'un irascible lui morde la droite et l'empêche de bosser un seul jour. » Plus tard Gégène s'attira la sympathie de Vlaminck et Derain qui étaient ses aînés de vingt et quinze ans. « Ils m'appelaient, me payaient le pot, gentils comme tout. » Ces successives proximités émirent-elles des signes indiquant qu'il serait peintre ? La guerre finie, médaillé militaire, décoré de la Légion d'honneur, pensionné et infirme, il n'y songea pas. Conscient de sa virtuosité langagière, il choisit plutôt le métier de camelot avec, pour comparse, le surnommé Grenouille. Ce n'est qu'un matin glacial et neigeux, un matin d'hiver à ne pas mettre un cabot dehors, qu'il décida, sans penser en tirer profit, de peindre les toits qu'il voyait de sa fenêtre montmartroise et les flocons qui tombaient. Quand il eut terminé, comme le mauvais temps persistait, il suggéra à Grenouille d'aller lui vendre le tableau. Grenouille en tira trois francs. Enfin un gagne-pain peinard ! Une carrière commençait.

Elle erra d'abord dans le pastiche. « Un bon moyen pour apprendre, c'est sûr ! » affirmera-t-il. Puis Bing, qui fut peintre avant de devenir marchand — celui-là même qui reprit l'atelier du Bateau-Lavoir où Vigels s'était pendu —, s'intéressa à lui. Il acheta une cinquantaine de toiles. « J'avais 30 ans. J'en fus tout stimulé ! L'urgence de me prouver des choses ! Il me restait à courir les musées pour essayer de piger le travail des Seigneurs et à me mettre sérieusement au turbin. C'est ce que j'ai fait. »

« Quel foutu bonhomme ! » s'exclamait encore Boudard. Révolté, il n'aimait plus grand monde mais aurait donné sa chemise pour Marcel Aymé l'irréprochable, pour Jean Anouilh, pour Jean-Gabriel Daragnès. « Un génie de l'édition d'art celui-là ! Il faisait des merveilles ! À émouvoir les plus coriaces ! Que je te le retapisse pour que tu saches, me disait-il. Il était né dans un train. Enfant, il avait connu l'ultra-dèche. Petit à petit, il a fait son rond. La volonté ! Les capacités ! Le labeur à outrance ! Il a commencé à habiter la piaule à Mimi Pinson rue du Mont-Cenis. Puis il est devenu mon voisin avenue Junot. Là, il a dessiné lui-même les plans de sa maison qui comprenait un grand atelier d'imprimerie au rez-de-chaussée. Le confort le poussait à être de plus en plus casanier. Je le traînais de temps en temps au Lapin. Il regardait le Christ de Wasley qui avait été son pote. Ça l'incitait au recueillement... » En revanche, Gen Paul supportait mal qu'on évoque Céline, enchaînait Boudard. « "Il m'a mis dans les emmerdes jusqu'au cou avec ses conneries antisémites. Je me suis retrouvé tricard à la Libération. Plus de marchands ! L'opprobre ! J'ai mis du temps à me rétablir, moi le mutilé de guerre ! Tu veux que je te dise, Alphonse, Céline était un radin, un voyeur qui se tapait des rassis caché derrière le rideau de mon atelier quand un modèle se déloquait et posait pour moi..." Il n'y a que sur l'écrivain Céline qu'il ne dérogeait pas. "Un génie ! Je ne sais même pas s'il y en a un par siècle de cette pointure ! À propos de pointure...", gouaillait-il, il lésinait pour payer une paire de sandales à sa danseuse mais il collectionnait les chaussures pour lui. Une manie ! Il en avait autant qu'une vedette d'Hollywood ! Il ne les mettait même pas. Il les regardait, alignées, comme un grigou reluque ses pièces d'or. »

Alphonse Boudard n'est plus. À son tour, il a rejoint les terres de l'immense mystère. A-t-il eu, aux ultimes instants, la même pensée que Rabelais duquel il descendait : « La farce est finie. Je m'en vais vers un grand peut-être » ? Il tenait à l'honneur de ne jamais se flagorner, de ne jamais s'apitoyer sur lui-même. Il avait mené des luttes de géant pour échapper au terrible. Né de père inconnu, il vécut ses sept premières années dans le Loiret, à « La Dezonnière », chez les époux Trimouille, où sa mère nourricière l'appelait « le gosse de compagnie » tant il aimait raconter des histoires et les racontait bien. Puis ce fut Paris, chez sa grand-mère, dans le XIIIe arrondissement, à deux bouffées des tuyaux d'échappement de l'usine Panhard-Levassor. Le petit paysan se transformait en citadin dans un quartier populaire. Aux effluves de crottin de cheval, aux senteurs des dahlias blancs, bleus, violets, des roses, des œillets, des glaïeuls de maman Blanche, aux odeurs de la lampe à pétrole qu'allumait à la cuisine Auguste « le papa de fortune aussi bon que le bon pain blanc » succédaient les relents de la ville. La langue verte aussi entrait dans sa vie. Il en devint expert, professeur émérite. Par cet atout-là il séduisit d'emblée Gen Paul.

À 17 ans, apprenti dans l'atelier de fonderie de caractères Deberny et Peignot, Alphonse entrait dans la Résistance. Ce fut ensuite le départ pour le maquis. La nullité d'un de ses chefs — un dénommé Clovis qui jouait au roi des Francs et à la guerre — fit que, avec son copain Jo Dalat dit « Musique », ils n'arrivèrent pas à l'heure au rendez-vous de la ferme du By en Sologne. Quarante jeunes gens qui, eux, avaient été bien orientés, furent fusillés. Miliciens et soldats de l'armée d'occupation, renseignés, les attendaient.

Déjà, quelques semaines auparavant, il l'avait échappé belle quand, arrêté par une patrouille allemande dans une rue de « son » Paris, il dut à l'absence de curiosité des bidasses teutons d'avoir la vie sauve. Ses poches étaient bourrées de tracts. Une troisième fois, alors qu'il roulait à vélo en pleine campagne, une mitraillette Sten et un revolver Mauser dans les sacoches, il entendit un bruit de moteur. Il se jeta avec son vélo dans un fossé gorgé d'eau. Un convoi militaire passa. La confrontation avec la camarde se poursuivra pendant la Libération de Paris, place Saint-Michel, lorsqu'il se trouva nez à nez avec un Chleuh qui dégaina avant lui ; l'arme s'enraya. Après il y eut l'Alsace à Durrenentzen où, soldat des Commandos de France de la Ire armée du maréchal de Lattre, il fut blessé au combat, ce qui lui valut une citation à l'ordre de la division et la croix de guerre avec médaille d'argent.

Et vinrent les années mauvaises : l'enfermement, les hémoptysies, la thoracoplastie. La maladie et le cachot, compagnons des damnés, se conjuraient pour l'abattre. Soldat valeureux, Alphonse avait cru que le western continuait. En vérité, il devenait l'autre nom de délinquance. « J'ai joué un jeu, les flics ont gagné, j'ai perdu, j'ai payé », confessera-t-il. On est loin du cruel qui égorge son aïeule en se trouvant des excuses. Alors le « psy » qui comprend tout, sauf si on vient chez lui pour dérober deux pots de confiture et trois yaourts, de le défendre la main sur le cœur : « C'est horrible, bien sûr, mais elle lui avait refusé un bâton de réglisse quand il avait 5 ans. Il n'a jamais pu chasser de son esprit cette injustice. »

Ainsi s'écoulèrent des années de jeunesse en prison, dans des sanas pénitenciers, avec comme points d'orgue deux faits. D'abord, le jour où les policiers le conduisirent à l'hôpital où sa mère se mourait d'un cancer. « Si tu nous donnes le nom de tes complices, nous te mènerons auprès d'elle », dirent-ils. Il refusa. Il ne la revit jamais. Et l'après-midi de l'enterrement, s'il y assista, les menottes ne lui furent pas ôtées. Là encore, il aura ce commentaire : « Les poulets n'avaient pas de cadeau à me faire. Ils faisaient leur boulot. »

Ce tourbillon, dans la dureté, la violence, la douleur, la dinguerie, en des lieux où se débattent également de pauvres bougres comme des papillons ou des oiseaux collés au sol remuent longtemps leurs ailes avant de renoncer, toute cette vie tumultueuse fascinait, aussi, Gen Paul. Oh, ce n'est pas qu'Alphonse était des plus bavards sur son intimité, au contraire ! Mais on sentait qu'on avait un homme en face de soi, de ceux qui retardent la chute du monde dans une vulgarité annoncée, offensante et passant les bornes. Quelles leçons de patience nous donne le voisinage des médiocres qui ne peuvent croire en la noblesse des sentiments d'autrui parce que eux-mêmes en sont privés ! Avec Boudard, malgré les anicroches avec la justice, pas de risque de manquement à une certaine morale. D'ailleurs, le bouillant Gégène ne l'aurait pas supporté ! Querelleur, provocateur avant tout ! N'allait-il pas pisser dans les galeries sur les toiles des confrères qui, pensait-il, sans trop le vérifier, lui avaient nui ? Quant à son jet, il était si dru et d'une portée telle, que les témoins, des années après, en parlaient encore !

Il était diablement bien en vie, Alphonse, ce soir béni où nous évoquions Gen Paul, l'enfance dans le Loiret avec Marquis, le chien fidèle, attentionné, intelligent comme un bâtard obligé de se débrouiller très vite dans l'existence. « Sa mort fut mon premier chagrin. Le père Trimouille a creusé un trou près de la rivière et il a balancé le clebs dedans. Je chialais. De gros sanglots. Et je me demande si le brave Auguste ne pleurait pas, un peu, aussi ! » Nous avions dîné de bonne heure à la maison d'une pissaladière, de gnocchis aux pommes de terre préparés par Suzanne. « Et si nous allions au Lapin Agile », suggéra-t-elle, après le café et le calva. Vingt minutes plus tard, nous étions rue des Saules : Alphonse et Gisèle, sa femme, Suzanne et moi. Était-ce le vin de Bellet généreusement bu ? Le vieux calva dont Alphonse raffolait ? Un quart d'heure encore et nous étions près de la table magique où le Captain Mac Orlan officia, le torse ceint parfois du maillot rouge et bleu de son club de rugby. Une nuit d'il y a longtemps, il avait pris sous son aile le jeune Francis Carco débarquant de Nice. Là, écoutant Boudard moduler *Cœur de voyou* (« Je n'suis qu'un p'tit voyou d'barrière / Je n'ai pas d'papa ni d'maman / Sans un seul ami sur la terre / J'ai grandi, on n'sait pas comment »), « À Biribi c'est là qu'on râle / On râle en rut / La nuit on entend hurler l'mâle / Qu'aurait pas cru / Qu'un jour i's'rait forcé d'connaître / Mam'zell'Bibi / Car tôt ou tard i'faut en être / À Biribi », Yves Mathieu nous invita afin que l'on prenne place autour de la table mythique. Personne ne se fit prier. Alphonse, comme Mac Orlan jadis, imposa sa présence. Nul ne l'interrompit, quand il entonna *Les Goélands*. De temps à autre, un vers nous revenait. Nous chantions avec lui. « Ils roulent d'écueil en écueil / Dans l'épouvantable cercueil / Du sac de toile. » Puis ce fut *Le Grand Frisé* : « Y cogn', la démolit, la crève / Mais que voulez-vous, elle aim' ça / Après ell's'endort dans un rêve / En s'p'lotonnant dans ses bras / Ell's'voit lorsqu'elle était tout'goss / Et qu'la câlinait sa maman. » Le public applaudissait. « Quand je suis grise / J'fais des bêtises »... « Le flot qui roule à l'horizon / Me fait penser à un garçon / Qui ne croyait ni Dieu ni diable / Le ciel est bleu la mer est verte / Laisse un peu la fenêtre ouverte »... Le sortilège continuait. « C'est peut-être l'âme des femmes / Qui pleure en l'âme des violons »... « Non, tu ne sauras jamais / Ô toi, qu'aujourd'hui j'adore / Si je t'aime ou si je te hais / Si je raille ou si je souffre encore »... Un disque ! C'est un disque qu'il fallait faire ! Voilà l'opinion de l'assistance ! Même les Japonais s'en mêlaient ! L'allègre désolation de certaines paroles leur échappait sans doute ; ils ne retenaient que la poésie bon enfant de l'instant. « Une corde de plus à votre arc, Alphonse », dirent Yves Mathieu et Maria Thomas la Barcelonaise ; Barcelone : ville bonne conductrice de l'aventure, comme l'affirmait Mac Orlan.

Gisèle et Suzanne chantaient aussi. On voguait dans l'allégresse. Après tant de malencontre, de poisse, de guignon, Alphonse avait un rire qui tournait le dos à « la cerise ». Sérieux comme un vrai professionnel, « Vivi » voulait fixer un rendez-vous pour le lendemain. Que Boudard répète ! Le pianiste serait là ! Convoqué et ravi ! Bientôt l'enregistrement ! L'espérance, dans le fond, est le propre de l'homme ; l'enthousiasme ! Les projets ! Les choses désuètes et défuntes qu'on revigore ! Une espèce d'ébriété nous portait ! *Le Dénicheur, L'Hirondelle des faubourgs, Elle est épatante, cett'petit'femme-là !...* Yves Mathieu prolongea la gaieté avec du Ronsard. Alphonse cita Mallarmé : « Ronsard, parfumé de roses rouges, se lit le long des haies où gazouille avril. » « Et Musette qui n'est plus elle disait que je n'étais plus moi », lança un gros homme à l'air penaud, tout à coup soulevé par « l'ambiance ». Il désignait une dame, à son côté, qui était pourtant très rieuse.

Il n'y eut pas de répétition, pas de disque et « la cerise » est revenue. « Nous étions comme vous, vous serez comme nous. Priez pour nous », est-il écrit au cimetière de Marville près de Montmédy où combattit le soldat Michel Boudon qui se métamorphosera en Alphonse Boudard. Cette inscription, il ne l'oublia jamais après l'avoir lue lors d'un pèlerinage sur les champs de bataille de ses 20 ans.

Nous n'entendrons plus Alphonse chanter. Mais quel pied de nez aux mirages et aux préoccupations de l'avenir quand on sait savourer le moment présent comme nous sûmes le faire cette nuit-là au Lapin ! Que de cimetières en nos cœurs ! Des souvenirs heureux les égaient parfois.

Tantôt assis sur son derrière à même la table de la terrasse du Lapin, tantôt cheminant le long d'un mur d'enceinte entre des tessons de bouteilles, Mistral inspecte son domaine avec le détachement qui convient à une majesté. Mistral est le chat blanc de Vincent, le fils cadet de Maria et de Vivi. Mistral est célèbre rue des Saules.

Il quitte son mur, descend. Des promeneurs lui parlent. S'il est d'humeur cordiale, il répond par un frôlement sans s'étendre outre mesure. L'indifférence le reprend vite. Il se rassoit, dresse l'oreille : un chien s'approche. Seigneurial, Mistral le suit du regard. Avide d'odeurs, le chien poursuit sa route. Mistral l'oublie. Il se débarbouille. Il lèche sa patte droite et la frotte sur son visage. Va-t-il la passer derrière l'oreille ? Le ciel est si bleu qu'il défie tout signe de mauvais temps. Des oiseaux chantent : l'acacia du Lapin fait le plein de pensionnaires. Ce n'est pas aujourd'hui que Mistral escarmouchera avec eux. La cuisine est bonne chez Vincent, bonne chez son frère Frédéric, bonne chez leurs parents. Mistral est de ceux qui ont plusieurs domiciles. Partout un accueil dévoué. Repu, on n'est pas toujours enclin à chasser, fût-ce pour se distraire. Il traverse la rue. A-t-il senti la présence de l'habitué du square Dorgelès que je suis devenu ? Son indolence et son flegme m'en feraient douter. Il se dirige vers moi. Est-ce excès de vantardise que d'affirmer : « J'ai des rapports de consanguinité avec les chats » ? Je me risque à jouer les désinvoltes à la manière féline. Mistral avance ; je feins de ne pas le remarquer. Se vexera-t-il de l'absence d'effusions alors que d'habitude, pour lui, tout mon vocabulaire et les silences qui flottent entre les mots ne sont qu'appels ? Il est à deux mètres de moi. Il s'arrête, enroule sa queue, s'assoit de nouveau. Je l'épie du coin de l'œil. On ne s'ennuie que faute d'attention. Il lève ses pattes de devant, les joint comme pour se saisir d'un bout de ficelle. Il repose la patte gauche, s'y appuie, lance l'autre. Qu'a-t-il capturé ? Rien puisqu'il s'étire ; et il y a dans l'harmonie plénière de ce mouvement toute la jouissance d'être en vie. À quoi bon courir le monde pour en récapituler les merveilles ? Dieu n'a pas regardé ailleurs lorsqu'il a conçu le chat. Il n'a pas raté son œuvre. Cette noce de la beauté et du mystère nous allège de bien des contrariétés.

Le match va-t-il se poursuivre : lui les yeux soudain fixés sur un horizon imaginaire, moi, l'air absent, comme flânant entre deux rêves ? Mais à quoi bon résister davantage ! Ses ondes sont les plus fortes. Je cède, l'appelle : « Mistral ! Viens, Mistral ! » Je voudrais charmer les étoiles, prendre la beauté au piège de tendres intonations. Le regard de Mistral ne quitte pas l'infini. Des klaxons. C'est un mariage. Des voitures dévalent rue des Saules, tournent rue Saint-Vincent. Les vapeurs des tuyaux d'échappement font trembler l'air. Ça pue. Quand les bruyants ont disparu, Mistral n'est plus là. Je songe à ce magistrat de Sparte qui mit à l'amende un musicien : le prodigue avait ajouté deux cordes à sa lyre. Qu'aurait fait le magistrat en nos jours où la musique se confond si souvent avec le bruit et où le bruit ne connaît plus de bornes ? Aérien, tel un danseur, Mistral réapparaît. Comme dominé par un besoin plus fort que sa volonté, il décide d'effleurer mes jambes. Il va et vient, le dos rond. Je lui parle non en bêtifiant mais comme à une personne. Il me fixe, et il n'y a plus de médiocrité sur Terre.

Voilà Vincent qui monte la rue des Saules. Il nous aperçoit. Tant de regards s'arrêtent en chemin ! Chez lui les yeux brillent de loyauté, de perpétuels étonnements et, pourquoi pas, de séduction. Une source d'eau vive. Des bouffées d'air frais. Il pourrait être de ces hommes que l'on voudrait mettre en garde car de trop aimer la vie peut conduire à d'abusives tristesses. Mais émane de sa personne une telle force qu'on le croit invincible comme on l'imagine conquérant avec les femmes sans se donner grand mal. Mais voit-on jamais le fond des êtres ? Il me rejoint sur le banc. Il ne s'afflige pas de la gentillesse de Mistral à mon égard. Il le caresse. Mistral se montre éperdu de contentement. Sa robe n'est que vibrations, frémissements. Le filou monte sur les genoux de son maître : l'emploi du mot maître n'étant nullement lié à l'idée de pouvoir dans ce cas. Il s'étale de tout son long en hauteur et place sa tête entre la joue et l'épaule de Vincent. Il ne ferme pas ses yeux, ronronne, carde et semble entendre le chœur des anges. L'Âge d'or n'a pas quitté totalement notre planète.

Plus tard, au Lapin, avant l'ouverture, Frédéric Thomas répétera, Henri Morgan, homme de culture, est au piano tandis que Maria et Vivi couvent du regard leur fils, ce qui n'exclut pas la rigueur. Savoir vivre en famille dans le respect est un art difficile qui exige cœur et dignité. On en est pourvu, ici.

Frédéric est plus austère que Vincent son cadet de quinze mois. Il n'a pas de ces sourires complices qui favorisent d'emblée une connivence qui peut n'être qu'illusoire. Je me le figure voulant croire aux miracles mais doutant que l'esprit du bien puisse prendre le pas sur celui du mal. D'où une gravité qui le pousse à vivre au plus haut de lui-même. Et voilà que cet être de solitude, tourné vers sa propre énigme et celle du monde, cherchant des horizons qu'il est impossible d'atteindre, refusant d'admettre le règne tout-puissant du hasard, se montre sur scène où il chante d'une voix de baryton basse comme son père. L'introverti sous les projecteurs. Quel paradoxe ! Nous l'écoutons, à la fois intense et retenu, mettre au point du Mac Orlan, du Gaston Couté. *Marie Dominique, Fanny de Laninon, Va danser* iront rejoindre *Le Pont Mirabeau* d'Apollinaire, *Sur un vœu de Paul Éluard* de Jean-Roger Caussimon, *La Chambre* de René Baer, *Le Bateau espagnol* de Ferré... Une nuit, au Lapin un ami de jeunesse de Vivi découvrit la qualité de ce répertoire. Il en fut surpris. Tenu, par profession, éloigné de France fort longtemps, il avait un pénible souvenir de Frédéric : l'image d'un adolescent arriéré. Comment ce muet, ce débile, avait-il pu se métamorphoser en un solide et beau gaillard de un mètre quatre-vingt-sept, célébrant des poètes en des temps où la chanson ploie sous le faix de la médiocrité ? Que s'était-il donc passé ? Ce jour-là (Frédéric était alors dans sa dix-septième année), l'ami de jeunesse avait sonné à la porte de Maria et de Yves. Le couple était absent. Frédéric s'était montré à la fenêtre. Le malheureux venait d'être opéré d'une fracture de la mâchoire à la suite d'un accident sur un terrain de rugby où il jouait trois-quarts centre. Bouche cousue, le bas du visage déformé, Frédéric n'avait pu que s'agiter comme un sémaphore pour expliquer qu'il lui était interdit de parler et que ses parents n'étaient pas à la maison. L'autre avait annoncé qu'il partait en voyage et avait quitté la rue des Saules le cœur lourd. Quel malheur pour un père et une mère d'avoir un enfant anormal ! Ainsi naissent les malentendus. Certains se terminent en bordées de rires.

Des rires et aussi des larmes quand Vivi évoquait Maurice de Vlaminck. « L'écouter était un privilège. Sa stature de joueur de rugby, sa simplicité, son franc-parler — comme étaient franches les couleurs de sa palette : on l'appelait l'homme de la couleur pure —, l'éclectisme qui le portait à s'intéresser à tout — politique, littérature, faits divers, histoire de l'art, agriculture, courses cyclistes — le rendaient passionnant. En lui battait le pouls d'un pacifiste prompt à s'enflammer et à distribuer volées de bois vert et bonnets d'âne. Il tirait son pacifisme des abominations de 14-18, pacifisme anxieux et ombrageux. Des années après, les gémissements des blessés, le bruit des marmites, ces gros obus qui saccageaient tout, lui donnaient parfois ce regard d'au-delà des choses qui désigne ceux qui en ont trop vu. Des cauchemars peuplaient ses nuits. De sanglantes visions assiégeaient son esprit. Il y a des dalles que les leviers de la mémoire soulèvent. Et lui, dont les yeux brillaient si souvent de belle amitié, jetait des anathèmes tel un imprécateur s'il rencontrait quelqu'un qui n'épousait pas sa haine invétérée de la guerre. » « Je voudrais ne rien être, consigna-t-il sur le livre de bord du Lapin Agile. Ni Français, ni Anglais, ni Prussien, ni Américain. Je voudrais être Rien ! Tout simplement un homme. J'ai perdu mon acte de naissance et j'ai pris le train. J'ai fui la ville. Arrivé à destination, un gendarme m'a demandé mes papiers. J'ai retrouvé mon acte de naissance et j'ai compris que pour être un homme, il fallait ne le dire à personne. »

Lorsque Marcel Aymé s'avisa d'écrire sur Vlaminck, il approuva sa méfiance envers le progrès.

« Ce qui lui serre le cœur, ce n'est pas seulement le regret des chevaux et des bœufs, c'est surtout l'inquiétude de voir apparaître grâce au tracteur des modifications profondes dans nos paysages. » Et Marcel d'ajouter : « Chaque parcelle de la campagne française est une œuvre d'art façonnée par des mains paysannes selon des nécessités dont l'ordre se retrouvera bouleversé par le règne du tracteur. Dans une vingtaine d'années, les paysages de l'Île-de-France ressembleront aux mornes paysages du Texas, et les paysans normands, qui habiteront au quatrième étage d'un immeuble parisien, s'aligneront dans l'abrutissement sur le reste de la population. »

Yves Mathieu savait pareillement combien Vlaminck était sur ses gardes quant au futur. L'homme de série qu'il voyait se multiplier l'effrayait. C'est encore sur le livre de bord du Lapin qu'il traça ces lignes : « Une menace mortelle plane sur l'avenir. Le progrès mécanique fait entrevoir la fin du monde avant l'an 2000. Car, inexorablement, un jour ou l'autre, malgré les hommes de bonne volonté, la vraie "der des ders" sera déclenchée. Les torpilles volantes, les fusées incendiaires parcourront la stratosphère à la vitesse d'un aérolithe et, avec le gracieux concours de la grande vedette la Bombe Atomique, la planète Terre deviendra un vaste néant lunaire de cendres et de mort. » À l'évidence, Aymé et Vlaminck souhaitaient si désespérément que survive notre civilisation qu'ils en prédisaient une chute très proche. Par superstition ? Pour montrer l'horreur afin que leurs contemporains l'évitent ? Comment ne pas emboîter leurs pas quand on constate les ravages de la décadence sans raffinement qui infecte et infeste nos jours ? Et de savoir qu'à toutes les époques les vivants trouvèrent à redire au monde tel qu'il va n'y change rien. Car, enfin, a-t-on jamais connu des temps plus asservis au chahut, à l'image, à la facilité, des temps où des hommes, infatués de leur opulence et qui exigent toujours davantage, croient que la civilisation est génération spontanée ? Quel agacement devant ces créatures soi-disant pensantes de plus en plus dépourvues de fierté qui jouissent et gaspillent un bien-être qu'elles n'ont pas mérité !

« Souvent, avec ma mère et Paulo, rapporte encore Vivi, nous déjeunions à Rueil-la-Gadelière sur l'Avre où Vlaminck habitait une maison, "La Tourillière". Sa femme Berthe, ses filles Edwige et Godeliève cuisinaient. Les produits étaient de la ferme et Vlaminck en était fier. Il aimait jouer au gentleman-farmer. » « Je refuserais toutes les décorations sauf une : le mérite agricole », disait-il quelquefois. Paulo parla de ce souhait à Antoine Pinay, fidèle du Lapin Agile. Quelques mois plus tard, Georges Septembre, chef de cabinet du président, honorait du « Poireau » Vlaminck au cours d'une manifestation qui eut lieu au cabaret même. Pour l'occasion, Paulo ressuscita *La Terre*, une vieille chanson de Jules Jouy, ce sceptique de haut vol qui avait fondé *La Cloche de bois,* le journal des anti-propriétaires rejoignant dans l'esprit l'Union des locataires de Georges Cochon... « La nourrice et la maman c'est la terre », entonna-t-il, « le petit grain du semeur répand la prospérité sur la terre »... Puis tous reprirent en chœur les *Blés d'or...*

On pouvait, à volonté, faire entrer Vlaminck dans de fortes colères. Lui parler de Montéhus, par exemple, qui renia son antimilitarisme en 1914 : « Vous les gueux, nous les Jean Misère / Les risque-tout, les anarchos / Crions toujours : guerre à la guerre / Mais pour l'abatt' prenons le flingot... » ou de Théodore Botrel qui osa — comme Marinetti — louer la mitrailleuse sur l'air de *Ma Tonkinoise.* « Plein d'adresse / Je la graisse, je la soigne et la polis / De sa culasse jolie / À sa p'tite gueugueule chérie / Je l'appelle ma glorieuse / Ma p'tite mimi, ma p'tite mimi / Ma mitrailleuse. / Y en a qui m'font les yeux doux / Mais c'est elle que j'aime le mieux »... « Botrel ! Le barde breton ! Quelle honte ! » s'écriait-il. Et l'on sentait qu'il l'aurait volontiers rossé s'il l'avait eu devant lui, d'autant qu'il se piquait de pratiquer la boxe, ce qui lui valut une bagarre homérique avec son meilleur ami Derain, défi dont il ne sortit pas vainqueur ! Il en rigolait... Ce costaud passait d'ailleurs du rire aux larmes avec facilité. Sa sensibilité frôlait la sensiblerie puisqu'il pouvait s'apitoyer en lisant des passages de ses propres livres. Mais la fureur et de vraies indignations nourrissaient certaines fois ses pleurs comme lorsqu'il évoquait les mémoires du sergent Bourgogne. « Durant la retraite de Russie, Bourgogne tomba dans un fossé couvert de glace, rapportait-il. La mort venait. Il tendait une main pour que les soldats en fuite le secourent. Hélas, tous, habités par des souffrances de fin du monde, poursuivaient leur marche et restaient sourds. À l'exception d'un vieux grenadier qui s'approcha. "Je ne peux pas te tirer de là, mon gars. Je n'en ai plus." Et il leva ses moignons pour montrer qu'il n'avait plus une main à offrir au pauvre type qui pataugeait dans sa boue gelée. Comment après ça peut-on supporter les va-t-en-guerre, les belliqueux qui, pour la plupart, meurent dans leur lit, après avoir incité les autres à se faire trouer la peau ! »

Je ne sais les gestes de Maurice de Vlaminck. J'ignore quel était le timbre de sa voix. De lui je ne connais que des photos : « champion des poids lourds de la conscience morale », comme le disait André Salmon. Cependant, quand Yves Mathieu le fait entrer en scène, j'ai l'impression qu'il le restitue avec ses naïvetés (lorsqu'il souhaitait épater les autres et qu'il échouait, il se moquait de lui-même sans rechigner), ses rodomontades, ses coups de gueule, son côté barbare au grand cœur, ses facéties. N'accrochait-il pas, par un piton au bouton du col de sa chemise, sa cravate en bois peint qui lui servait de matraque si on l'agaçait et aussi de violon car il y avait tendu des cordes ?

« Je l'ai vu également parcouru d'une colère froide qui nous glaça, Paulo et moi, retrace encore Vivi. Un client du Lapin avait acheté une de ses œuvres dans une galerie. Il nous la confia afin que l'on demande à Vlaminck d'indiquer la date à laquelle le tableau avait été peint. C'était un lundi, à La Tourillière. Nous étions assis, un verre à la main, dans l'atelier. Vlaminck, calé dans son grand fauteuil de cuir patiné, regarda la toile. On entendait une mouche voler. Puis, doucement, sans qu'aucun muscle, aucune expression ne trahissent sa pensée, il se leva, posa le tableau sur un chevalet, le retourna, prit un pinceau et écrivit à la peinture noire un immense FAUX. Nous étions atterrés ! Comment le client du Lapin réagirait-il ? Tout ce que je peux dire c'est qu'il ne remit plus les pieds chez nous ! Quant au tableau, je ne sais si le marchand le lui remboursa. »

Fondateur avec Derain de l'École de Chatou, Vlaminck était du groupe qui, au Salon d'Automne de 1905, scandalisa les augures. « La cage aux fauves », nomma-t-on la salle où Puy, Marquet, Valtat, Camoin, Friesz, Manguin, Matisse, Derain exposaient. Le fauvisme était né. Les couleurs que ces « sauvages » employaient (excessives, brutales, sans irisations ni nuances : « Nous employons la couleur pure telle qu'elle sort du tube », disaient-ils) poussèrent les indignés à les conspuer et à écrire, par exemple, sur les murs : « Matisse rend fou comme l'alcool. » Le règne de l'imagination accomplissait sa mission qui est de bousculer la routine. Il est si difficile de s'adapter à de nouvelles visions des choses.

À la fois convivial, farouche et solitaire, car « l'artiste doit savoir vivre dans l'austérité de l'ordre », conseillait-il à Juan Gris son cadet d'un an, Vlaminck aura attendu d'avoir 36 ans et un achat d'Ambroise Vollard qui lui remit six mille francs et emporta trois cents toiles, pour vivre enfin de son art. Nous étions en 1912. « La peinture me fut un exutoire, un abcès de fixation. Sans elle, sans ce don, j'aurais mal tourné », confia-t-il à André Warnod. Fils d'un professeur de musique, musicien lui-même, il vécut et nourrit longtemps sa famille en participant à des épreuves cyclistes en banlieue parisienne puis en jouant du violon dans un orchestre de pseudo-tziganes.

« Il se régalait à raconter, et son plaisir était communicatif, se souvient avec tendresse Vivi. Il se flattait d'être anarchiste et expliquait la violence de sa peinture par l'envie qu'il éprouvait de faire tout péter quand les mensonges des politiques et des militaires lui chauffaient la bile. "À Émile Henry les bombes, à moi les jets de couleurs ! L'anarchiste aime tellement l'ordre qu'il n'en supporte aucune caricature", martelait-il. Il avait collaboré au *Libertaire* de la rue d'Orsel. C'est au cours d'une des réunions avec ses camarades qu'il apprit une mésaventure de Ravachol, de son vrai nom François Kœnigstein. Les journaux avaient annoncé qu'une vieille dame richissime avait été enterrée avec une fortune en bijoux. Soixante mille francs-or, certifiaient-ils. Le lendemain des obsèques, Ravachol partit au cimetière à la recherche du trésor. Il pénétra dans la tombe. La vieille dame était bien morte ; mais aucune trace des bijoux. "Pour échapper à la rapacité de ses proches, le mari avait sûrement menti à la presse", commenta-t-il. Et de se représenter la tête déconfite de Ravachol le faisait rire à gorge déployée. J'avais 30 ans quand Vlaminck est mort. Il aimait Maupassant, Mirbeau, Marcel Aymé, Simenon. Il aimait le sport. Il était fidèle en amitié. Il soutenait de jeunes peintres comme Buffet dont il expliquait l'œuvre tragique par l'époque où il avait grandi : la guerre, la défaite, les restrictions, les camps d'extermination. "Ses toiles rappellent le faire-part des deuils", disait-il. C'est pour des êtres de cette qualité, pour Mac Orlan, pour Carco, pour Apollinaire, pour Max Jacob, pour Picasso, pour Paul Fort, pour Dorgelès, pour Marcel Aymé, pour le sculpteur anglais Wasley dont le Christ bougea le jour de 1916, au dire des témoins, quand il fut tué au combat, que le Lapin Agile se doit de se perpétuer. »

Tout près, au cimetière Saint-Vincent, reposant côte à côte, Yvonne Darle et Paulo, le fils de Frédé, le disciple de Bruant, veillent.

CHAPITRE VI

Comme aux premiers jours de notre découverte de Montmartre, sous des ciels teintés de vieil étain, dans le chatoiement subtil des gris ou les livrées ensoleillées du Paris qui resplendit, dans les gelées matinales, les traits violets, or et pourpres des crépuscules, dans des vents au parfum de pluie, les poussières que l'homme en quête de superflu fabrique à outrance, dans les derniers feux de l'été, le poudroiement de la lune ou les halos des réverbères, nous aurons, je le répète, beaucoup parcouru la Butte, Suzanne et moi. L'ennui généralisé est peut-être le signe annonciateur d'une fin de civilisation. Nous y échappons, me semble-t-il. Chacun de notre côté parfois, main dans la main d'autres fois, nous serons revenus rarement déçus de nos flâneries. « Que le ciel est petit ! » s'exclame la grenouille au fond du puits. Les Chinois depuis les temps les plus reculés se sont transmis cette réflexion. Avons-nous la chance, Suzanne et moi, d'être debout sur la margelle ?

Un de nos jeux est de repérer les lieux où vécurent ceux qui rendirent la Butte universelle. Face à l'immanence, on se divertit comme on peut. Curieux alors de noter qu'une sensation d'éternité s'oppose à l'implacable fragilité des choses.

Certains jours, nous démarrons de la rue Caulaincourt. Toulouse-Lautrec, Renoir, Steinlen, Charles Léandre au dessin si incisif, le chansonnier Paul Colline y habitèrent. C'est de son maquis, où jadis fleurissaient lilas et cerisiers, que « sortit », selon les dires de Mac Orlan, « la belle fille du peuple » qui inspira à Jean-Baptiste Clément *Le Temps des cerises.*

Claude Klotz alias Patrick Cauvin y est notre voisin. Action, humour, émotion, imprévu, désinvolture coulent de sa corne d'abondance. Dans ses livres, au sentiment de la fuite des années s'ajoutent les prodigalités du quotidien et de ce que l'imagination de l'écrivain suppose de l'avenir. Longtemps professeur, les voix de l'enfance et de l'adolescence ont encore des résonances exactes en lui. Marseillais, il n'a pas perdu vraiment l'accent du vieux port ni son allégeance à l'Olympique de Marseille : l'O.M. Qu'il est bon de sourire de soi et de se dire que le temps des puérilités sportives n'est pas tout à fait du temps perdu ! Nous aimons, Suzanne et moi, quand le hasard le met sur notre chemin au commencement d'une balade. C'est un bon signe. « Nous avons l'art, afin de ne pas mourir de la vérité », disait Nietzsche, infatigable marcheur avant que la folie ne le terrasse. On a aussi certains hommes pour atténuer les mauvaises impressions que l'espèce humaine nous inflige. Au misanthrope de se rhabiller devant ce réconfort.

Place Constantin-Pecqueur existait le vélodrome Jacques. Mac Orlan souhaita y être entraîneur comme il le fut à triplette avec Dominique Lamberjack, à Rouen, le même des frères Lamberjack, farceur émérite, qui se para, l'espace d'un canular, du titre de recordman du kilomètre sur route : il avait rapproché la borne d'une centaine de mètres à l'insu des commissaires de course. C'était l'époque où les motos n'offraient pas encore leur sillage aux stayers. D'autres cyclistes de moindre classe se relayant devançaient les champions pour leur permettre de s'abriter derrière eux. Depuis plus de trente ans, les majestueux tilleuls de la place s'étaient consumés en bûches dans les cheminées. Le siège de Paris et le froid terrible qui châtiaient les vaincus autorisèrent l'abattage. Le Montmartre odorant et boisé subissait une défaite. Hélas, il y en aura d'autres. Mais qui dit défaite dit résistance.

Impossible d'écrire le nom de Pierre Mac Orlan sans penser au Lapin que Carco qualifia d'« innocent et guilleret cabaret qui eût ravi Rimbaud ». Pris « par les poisons très littéraires » du lieu, il s'y sentait, de même, envahi d'un opium puissant.

« Ni le rêve, ni le plaisir n'approchaient de cette sensation. C'était autre chose, une ivresse très spéciale, mêlée de songerie et de désolation », enchaînait-il.

À propos de désolation, son ami Mac Orlan (leur amitié dura près d'un demi-siècle) n'hésitait pas à renchérir quand il évoquait les soirs d'hiver que « la détresse physique et morale comblait de tous ses dons ». En ces années lugubres, il cherchait son « étoile dans un ciel qui les dérobait toutes à ma vue ». Personne alors « n'aurait misé cent sous sur ma chance », dit-il. Mais que l'on exagère ou non les raisons de se tourmenter ou d'embellir avec complaisance nos destinées, un fait demeure : « C'est au Lapin, aux pires moments de nos misères, qu'on était sûr d'échapper à la faim, à la soif, aux vexations et que l'on se revivifiait non seulement à l'âtre mais aussi à la solide amitié de Frédéric et de Berthe. » Berthe dont il épousa, on le sait, la fille — Marguerite dite Margot — qu'elle avait eue de Théophile Luc, en premières noces. Picasso la prendra comme modèle pour son tableau *La Femme à la corneille*, rappelle Francis Lacassin. Quand elle mourut, en 1963, il y avait cinquante et un ans qu'elle était mariée à Mac Orlan. Avec elle, lui qui se prétendait tête brûlée, « caporal cassé, soldat de la Légion étrangère », lui qui s'identifiait aux durs « de Gabès à Tataouine, de Gafsa à Médenine, de Médenine à In-Kebilli », ne badinait pas avec la discipline. « Elle menait la danse dans l'ombre », dit Pierre Béarn qui leur offrit le perroquet Dagobert. Marcel Jullian en visite à Saint-Cyr-sur-Morin raconte qu'après avoir sonné à la porte, il entendit le pas traînant de Mac Orlan soudain interrompu par cette injonction : « Pierre ! Tes patins ! » Et le pas devint feutré.

Correcteur d'imprimerie à Rouen du temps de Lamberjack, peintre en bâtiment, secrétaire d'une femme de lettres d'origine belge, faiseur de chansons qu'il cédait sur-le-champ pour cent sous, apprenti décorateur à la manière des anciens de l'atelier Gatti, peintre-illustrateur, aquarelliste qui possédait en Clovis Sagot (le marchand de Picasso) un acheteur fort intermittent, adolescent aventureux pour échapper à la sévérité « d'un oncle tuteur inspecteur d'académie à Orléans », bourlingueur, il arriva à Mac Orlan — de son vrai nom Pierre Dumarchey — de coucher dans les prés de la Butte. Les encouragements de Bruant à qui il avait écrit quand il était encore au lycée, des articles parus dans *Le Libertaire* ne suffisaient pas à remplir son estomac et à payer une chambre. Vint Le Lapin Agile où René Fauchois avait créé le Studium : là se récitait des vers, là où « les explorateurs habiles du temps perdu et des poètes inspirés par des frivolités antérieures se réchauffaient aux grands feux des rayons imaginaires ». Vint surtout la « vista » de Gus Bofa. Sa clairvoyance devait changer la vie de Pierre Dumarchey. C'est Gus Bofa qui l'incita à écrire alors que son destin d'aquarelliste prenait l'eau de toutes parts si l'on peut dire. Très vite ses contes et nouvelles attirèrent des lecteurs. *Le Journal* lui fit un contrat. Mac Orlan entrait en littérature. « Chacun d'entre nous possède la chanson de son propre passé », énoncera-t-il. Le sien, dans son épisode montmartrois de crève-la-faim, reviendra souvent sous son stylo. Comme dans *Le Quai des brumes* transporté au Havre pour le cinéma par Marcel Carné et Jacques Prévert, alors que le roman débute au Lapin Agile, ce Lapin et cette rue des Saules où « les voyageurs attendaient dans le froid et sans se voir, le signal des paquebots fantômes pour des départs peu exigeants », écrira-t-il. Et de mettre en scène le personnage au ventre creux de Jean Rabe derrière lequel il s'abrite : « Toute sa vie intellectuelle, depuis sa sortie du lycée, semblait consacrée au perfectionnement des désirs des choses qui se mangent. Il était devenu d'une habileté surprenante dans l'art d'imaginer des nourritures. » On ne sait si la faim est bonne conseillère ; elle inspire quelquefois des écrivains et fait qu'il y aura toujours la différence de quelques rires étranglés entre ceux qui la connurent et les autres. « La connaissance de la vie, c'est la littérature », soutiendra-t-il, bourrant sa pipe en terre ou sortant sa blague à tabac pour rouler une cigarette, entre deux chansons.

Justement, il arrive qu'un musicien des rues soit là quand nous traversons la place Constantin-

Pecqueur pour emprunter la rue Saint-Vincent. Un dernier coup d'œil à la statue d'Eugène Carrière (« On a encore fumé dans la chambre des enfants », bougonnait Degas devant un de ses tableaux) et l'orgue de Barbarie accompagne des chansons « aux paroles d'autrefois », des « chansons pauvres chantées sans rancune ». Elle est terminée l'époque où les midinettes s'attroupaient pour faire provision de pleurs délicieux, de délectables mélancolies, de chimères, de gaieté, de langueur, de pureté, d'émois et d'effrois ingénus ! Elles écoutaient, apprenaient par cœur, fredonnaient. « Nous n'irons plus au bois les lauriers sont coupés », n'est-ce pas ? On entre dans des danses qui ne sont plus de chez nous. Avant, une chanson de Paris mettait le temps qu'il faut pour parvenir en province et inversement. Radios et télévisions ont changé ça. Ce qui se chante aujourd'hui à Nashville se chante en même temps sur les Champs-Élysées. La réciprocité, elle, se fait attendre. « Alle avait sous sa toque d'martre / Sur la butt'Montmartre / Un p'tit air innocent / On l'app'lait Rose, alle était belle / A sentait bon la fleur nouvelle / Rue Saint-Vincent. » Nous sommes seuls à nous être arrêtés, Suzanne et moi. Qui se souviendra encore de Rose Blanche à qui un petit Jules, un souteneur en herbe, « d'un coup d'surin lui troua le ventre » quand le chanteur des rues et les derniers fidèles ne seront plus là ?

Elle était née rue Saint-Vincent, Rose Blanche

qui n'avait pas connu son père, n'avait plus de mère et « d'meurait chez sa vieille aïeule / Où qu'a s'él'vait comme ça tout' seule ». Les journaux traitèrent le fait divers ; Bruant le mit en chanson. Il y a de très anciens moments qui portent une solennelle et naïve émotion dont on ne se blase pas.

De la rue Saint-Vincent, nous arrivons rue de la Bonne où Eugène Scribe eut une maison de campagne, puis rue du Chevalier-de-La-Barre où logèrent Charles Moncelet et Courteline. Nous contournons le parvis du Sacré-Cœur : la place du Tertre et son exubérance nous attendent. Son côté provincial aussi. « Le voleur m'a tout emporté sauf la lune qui était à ma fenêtre », constate l'homme sage. Les obscènes du fric ont ici, de même, beaucoup emporté. Sauf l'indéfinissable ; il est surpeuplé de sentiments ; le pittoresque s'y amarre : la poésie s'en nourrit.

Nous parlions de résistance à quelques pages de là. Il y a peu, nous étions un groupe de bonne volonté à interrompre l'arrachage des arbres de l'avenue Junot. Nous fîmes fuir les éventreurs qui préféraient un parking pour particuliers à un jeu de boules ombragé. Place du Tertre, c'est sous le contrôle des mêmes volontaires que les arbres — atteints par la limite d'âge — furent remplacés. Si quelques-uns manquent à l'appel, si des pavés bien rabotés se sont substitués à ceux disjoints et inégaux qui bravaient les siècles, c'est que l'on ne peut vaincre complètement les offensives de la modernité.

D'impalpables présences nous entourent. Errent-elles de table en table Chez la Mère Catherine, Au Clairon des Chasseurs, À La Crémaillère, Chez Eugène ou à la terrasse de Chez Patachou qui n'existait pas au temps où ces présences étaient de chair et d'os ? De toute façon, je les imagine : invisibles et pourtant aiguiseuses de mirobolants souvenirs. Venue de la rue Cortot ou de l'impasse Guelma, l'ombre de Raoul Dufy ne me dément pas. « Peindre, c'est faire apparaître une image qui n'est pas celle de l'apparence habituelle des choses mais qui a la force de la réalité », disait-il. Qu'est-ce d'autre que le rêve ? Rue Cortot, Dufy était le voisin du merveilleux Camoin que Matisse et Marquet affectionnèrent toujours, que Cézanne estima et à qui il dit un matin, à son domicile, rue Bougeron, à Aix-en-Provence : « Tenez, jeune homme, lorsque vous pourrez exprimer ce tuyau de poêle se détachant sur le mur, vous serez peintre. » C'était au début du XXe siècle. Camoin faisait son service militaire. Quand la guerre se déclara, à l'instar d'autres peintres, il fut mobilisé et affecté au camouflage, travail plus périlleux qu'on ne le croit : n'était-ce pas très proche des lignes ennemies qu'il fallait en diverses circonstances manier les pinceaux ? C'est rue Lepic, puis avenue Junot, dont il fut une figure emblématique, qu'il s'installa ensuite. « J'étais encore jeune et ma mère ne supportait plus le vent vif de la rue Cortot, trop proche du sommet de la Butte ! Nous sommes descendus de quelques mètres pour la rassurer. » Très âgé, il s'amusait encore de ce souvenir, l'œil plus vif que le vent du haut de la Butte. « Ma mère était également peintre. Comme mon père était décorateur, j'en conclus que je suis né dans un pot de couleurs. » C'est Camoin qui retrouva le portrait du docteur Rey fait par Van Gogh qu'il soigna. La toile, mal en point, bouchait le trou d'un poulailler.

Jacques Villon fut également « versé au camouflage » en 14-18. Il était le frère de Marcel Duchamp, de Raymond Duchamp-Villon et de Suzanne Duchamp. L'art aura jeté sa semence en chacun d'eux. Longuement fidèle aux bistrots de la place du Tertre et aux nuits du Lapin Agile, il eut son premier havre montmartrois au numéro 71 de la rue Caulaincourt. À 20 ans il abandonna son vrai prénom, Gaston. Il était fils de maître Duchamp, notaire à Blainville. À l'évidence, le notaire normand aurait préféré que Gaston devenu Jack puis Jacques prenne un jour sa succession. Au moins un autre officier ministériel dans la famille ! Il eut l'intelligence, une fois de plus, de ne pas contrecarrer une vocation et de veiller à ce que l'artiste en herbe ne manquât de rien. Comme Villon collaborait à maints journaux humoristiques, qu'il dessinait pour des publicitaires et concevait des affiches pour le jeune cinéma d'alors, sa relative aisance lui permettait d'aider quelques originaux dont le poil au creux de la main prenait de si grosses proportions que travailler leur était impossible. Allez donc manier une bêche, un marteau, un crayon ou quelque outil que ce soit avec un baobab entre phalanges et poignet ? Tel « Bibi la Purée » que Picasso peignit (étrange comme le personnage sous son pinceau ressemble à un Antonin Artaud torturé par le mal mais qui aurait encore la force de sourire) et qui tirait sa gloire d'une dédicace de Verlaine : « À Bibi la Purée, type épatant et drôle tant. » De Verlaine, évoque J.-P. Crespelle, Bibi avait reçu en cadeau une chemise qui en relique se changea. Dans sa piété, il refusa de s'en séparer, fût-ce pour la laver. Autant dire que, les mois passant, il puait et puait de si loin que le père Frédé consentait à lui servir à boire gratis à condition qu'il picole dehors. Aurait-il refusé que Bibi se fût insurgé. Son dieu Verlaine n'avait-il pas été un client assidu au temps où Le Lapin se nommait Cabaret des Assassins ? Marcelin Gilbert Desboutins, écrivain, graveur et peintre, né à Cerilly, mort à Nice où une rue porte son nom, amusait de même Jacques Villon. Sa tenue vestimentaire était si burlesque et ostentatoire que les passants le raillaient. Son objectif suprême ? Dilapider, comme on s'amuse, sa fortune. S'il y parvint, rien, jamais, ne put épuiser sa superbe. Quand il décida de portraiturer Victor Hugo, un ami l'interrogea : « N'es-tu pas impressionné ? »

« Depuis quand l'Himalaya tremble-t-il devant le Mont-Blanc ? » s'entendit-il répondre. En pèlerinage sur la route Napoléon, qui va de Golfe-Juan à Grenoble, Léon Bloy dira : « Oui, les paysages sont beaux. Mais l'Aigle a-t-il vu les éternelles montagnes ? A-t-il vu le Drac, le formidable torrent, gloire du Dauphiné ? J'en doute. Un torrent n'a que faire de regarder les autres torrents. » Mais c'était Bloy. Mais il parlait d'un autre que lui. Mais il plaçait le torrent Napoléon et « les autres torrents » sur un pied d'égalité.

Dans son atelier, le généreux Villon abritait les bohèmes les plus impénitents et des plus spectaculaires. Sa bonté comme son plaisir de les observer pour les saisir dans leur authenticité le guidaient. À l'image de Lautrec (son voisin et aîné de onze ans qu'il admirait et qui l'influença à ses débuts), il dessinait sans relâche. De Lautrec, il gardait le souvenir d'une visite qu'il fit à son atelier. Ce jour-là, pour se venger d'un voisin qui l'insupportait, le malheureux infirme tirait des coups de revolver dans « le trou des cabinets » Les infirmiers psychiatriques ne tarderaient pas à intervenir. La fin approchait ; à 37 ans. Valentin le Désossé (il deviendra marchand de vin), Louise Weber dite la Goulue, Nini-Patte-en-l'Air, Cri-Cri morte en faisant un grand écart, Nurse Valerie (on la connaîtra sous le nom d'Yvette Guilbert), Grille d'Égout (l'écartement de ses dents lui valut ce surnom), Jane Avril, le Pétomane (« seul numéro pour lequel le directeur d'un music-hall ne paie pas de droits d'auteur », claironnait-il) perdaient un ami, un spectateur assidu, celui qui leur offrirait la postérité. Le pressentirent-ils ?

Ombre encore que celle de Derain, ombre « jupitérienne » selon André Salmon, sensible à la puissance qui se dégageait du personnage. « Je vois passer Derain, massif et pensif, dira-t-il, capable de suspendre le cours de ses pensées pour tourner la tête sur le galbe d'une silhouette aimable ou sourire, en dedans, à la cocasserie d'un bonhomme quelconque. » Derain, c'était l'esprit sans dédaigner le corps, la clairvoyance exacerbée, l'érudition et la « castagne » par passion sportive. Il était à l'aise devant une équation (il prépara Polytechnique), dans la réparation d'instruments de musique (d'où son surnom : « le luthier du désert »), au volant d'une Bugatti, à la barre du gouvernail d'un bateau (il partit avec Salmon à la recherche d'Alain Gerbault), juché sur son vélo pour des cures d'air frais car il faut tout de même respirer l'oxygène là où il se trouve, bref, un être observateur, savant, enrichissant, désireux d'apprendre et admiratif du talent des autres qu'ils fussent contemporains ou issus des profondeurs du temps. Ne rassembla-t-il pas une collection qui allait de vénérables porcelaines chinoises à des toiles de Picasso, de poteries bretonnes à des modèles réduits d'aéroplanes, d'images du Moyen

Âge à des tableaux de Matisse ou de Braque ? En art, la loyauté est la pièce maîtresse. Elle réside dans la volonté d'éviter le bluff, les faux-semblants, dans l'aptitude à s'adresser de rogues remontrances et à unir instinct et connaissances. Picasso considérait André Derain comme un des représentants de cette honnêteté. Pareil à Vlaminck, il eût pu dire : « La curiosité chez Derain est sans cesse en émoi. Il est attiré par tout ce qui peut être un départ et, de tous les hommes que j'ai connus, c'est l'un des plus aptes à tout sentir, à tout comprendre, un des êtres des plus intelligents qu'il m'ait été donné de rencontrer sur ma route. » Quinze ans avant sa mort survenue en 1954, Derain confiait à Salmon : « Je sais maintenant ce que c'est que la peinture. C'est de la peinture quand on n'y peut pas trouver du tout de sculpture. » Peu de mois auparavant, il avait dit à René Crevel : « Le grand danger pour l'art, c'est l'excès de culture, le véritable artiste est un homme inculte. » Et lui qui avait tant écumé les musées, ce qui horripilait « Vlaminck l'instinctif » ! Quelle contradiction ! Son âpre sévérité avec lui-même, son absence de complaisance, le poussaient-elles à une douloureuse multiplicité, à de rudes repentirs ? Que pourrait en dire son ombre qui, sur cette place du Tertre, joue avec l'air du temps, les caprices du soleil et mon imagination ? On se sent une faim d'immensité, on voudrait étreindre l'univers, saisir des arcs-en-ciel et on ne s'occupe pas assez de son propre salut.

« Votre portrait, madame ? Et vous, monsieur ? »

Trois, quatre peintres nous abordent. Notre refus ne les rebute pas. L'un, mélange d'impertinence et d'insistance, barre la route à Suzanne. Il la quitte pour foncer sur une autre proie. Le charme est rompu. Légères comme des bêtes à bon Dieu, les ombres rejoignent leurs solitudes.

Au 25, rue Nicolet habita Verlaine, chez ses beaux-parents. Il avait épousé Mathilde le 11 août 1870 à la mairie du XVIIIe, rue des Abbesses. Il avait 26 ans. Treize mois plus tard, lui parvenait la première lettre de Rimbaud. L'enfant de Charleville avait choisi « son compagnon de voyance ». Il s'agissait « de se faire l'âme monstrueuse », dans « la félicité de l'opprobre ». On s'y emploierait.

Lors de ses séjours à Paris, « le nourrisson des muses » — comme l'appelait Charles Cros — franchit-il le seuil du Cabaret des Assassins ? Outre Verlaine et Cros, Forain, Carjat, Cabaner et, bien sûr, André Gill (Rimbaud les connaissait tous) fréquentaient le lieu. Étienne Carjat avait photographié le jeune homme « à la beauté du diable » dans son atelier du numéro 10 de la rue Notre-Dame-de-Lorette où vécut Delacroix. Il fit preuve de beaucoup de patience avant d'être si exaspéré par sa conduite qu'il détruisit, dans un accès de rage, la plupart des clichés qu'il avait faits de lui. Forain, de son côté, le traîna au Louvre. Rimbaud avait accepté de mauvaise grâce. Sale, volontairement dépenaillé, hirsute, méprisant, il passa son temps à regarder par les fenêtres, ignorant de façon ostentatoire les tableaux que son guide bienveillant souhaitait lui montrer. Sa conduite annonçait-elle l'aveu qui viendra des années après : « La beauté s'est assise sur mes genoux et je m'en suis fatigué » ?

Contre Ernest Cabaner, qui écrivit sur des paroles de Charles Cros la musique de *Le Hareng saur* (« J'ai composé cette histoire pour mettre en fureur les gens graves et amuser les enfants », disait le poète), il alla jusqu'à user de violence physique. Cabaner était pourtant la crème des hommes. Il avait donné aux pauvres la moitié de son héritage et était toujours prêt à secourir qui en avait besoin. Quant aux folies qu'il s'accordait, elles se bornaient à « l'achat d'un portemanteau géant, d'un orgue de Barbarie, d'une Vénus de Milo en plâtre, et d'une collection de chaussures dans lesquelles il faisait pousser des fleurs ». Mais Rimbaud n'en était pas à une méchanceté près. N'avait-il pas agressé verbalement Théodore de Banville, « l'être bon par excellence » ? Se montrer provocant, odieux, pervers, satanique envers ceux qui l'aidaient était son plaisir. Les animaux n'échappaient pas à son hostilité. On le vit, plusieurs fois, saisir la tête des chevaux pour leur souffler dans les narines de la fumée de tabac. « J'ai toujours vu qu'il est impossible de vivre plus péniblement que moi », écrira-t-il la trentaine venue. Se vengeait-il de son inaptitude au bonheur ? « Nul n'ignore plus, attestera Cocteau à Oxford trois quarts de siècle plus tard, que la Poésie est une solitude effrayante, une malédiction de naissance, une maladie de l'âme. » Le gentil Banville, qui n'avait pas besoin de peyotl pour se faire « des yeux émerveillés », devait pressentir ce versant du malheur qu'empruntent les esprits inassouvis, à la fois pénétrés de leur génie et écœurés de leur personne, portés à tout démolir mais se démolissant eux-mêmes. D'où sa tolérance.

C'est au 19 de la rue Gabrielle que les surréalistes firent irruption dans la chambre qu'occupait la veille encore Max Jacob. Pénétré par la grâce, Max partait vers le monastère de Saint-Benoît-sur-Loire ; guidés par l'intérêt, les autres pillaient ses manuscrits tandis que Breton lui adressait des lettres d'injures. Au moins, lui, les signait. « J'en suis très heureux, commentait Max, les yeux tournés vers le ciel, comme je ne me plains pas de la perte d'une liasse de mes poèmes par Paulhan, chez Gallimard. Tout cela est très bien ! Dieu l'a voulu ! »

Rue du Mont-Cenis, au 24, la maison de Berlioz n'existe plus. Liszt, Chopin, Jules Janin, Alexandre Dumas, Alfred de Vigny, Eugène Sue y vinrent.

Allée des Brouillards vécut d'intermittente

façon Nerval, plus souvent interné, on l'a vu, à la Folie Sandrin, rue Norvins, chez le psychiatre Ernest-Sylvestre Blanche. Y côtoya-t-il une ancienne demoiselle d'honneur de Marie-Antoinette au regard de biche effrayée ? Sa raison s'en était allée en même temps que lui était venue la certitude qu'elle ne pourrait épouser Robespierre. Paul Alexis, Marius Casadesus, les peintres Pirola et de la Nezière, Octave Charpentier (l'auteur de ce chant d'amour à la Butte qu'est *À travers Montmartre*) et Wasley habitèrent aussi le Château des Brouillards. Au Lapin Agile, son Christ, rudoyé par le temps et les fumées de nicotine, se désagrégeait. Yves Mathieu s'en affligea. Il en parla à Léopold Hernandez dit Polo, dit « Manos de oro ». Ce surnom si noble lui fut donné très jeune alors qu'il se trouvait à bord d'un bananier. Il s'y était embarqué comme graisseur. Soudain : une avarie. Le chef mécanicien enquêta : rupture de l'arbre à cames de la pompe de graissage. En pleine mer ! Polo n'a jamais été de l'espèce fanfaronne. Cependant, lorsque le commandant réclama un volontaire pour tenter de remédier au désastre, il se présenta. Quelques minutes de réflexion, quelques heures d'application devant une machine-outil et le tour était joué. Pourvu d'une pièce neuve, le bateau repartit. Rentré au port, de graisseur Polo passa aide-mécanicien. Ainsi en décida le commandant ; ainsi se font les promotions. Fils d'émigrés espagnols, Polo tient ses mains d'or de son père devenu bûcheron dans le bois des Chouettes près de Dijon. Enfants, lui et ses six frères et sœurs aidèrent leur paternel à construire la maison familiale. En 1939, la guerre venue puis l'occupation, sa débrouillardise précoce permit de faire échec à bien des manques. Force irrésistible de l'ascendance ? Il y avait également la musique. Elle aidait à satisfaire le rêve d'infini de cette famille Hernandez. Peintre, électricien, plâtrier-staffeur, plombier, menuisier, Polo se fit aussi chanteur de tangos, dans les années cinquante, avec comme maîtres Carlos Gardel (« el francesito ») et Enrique Santos Discepolo : « Un tango peut s'écrire avec un seul doigt, à condition que ce soit aussi avec l'âme. » C'est par le spectacle qu'il se lia à Yves Mathieu. « On n'est que la grimace de ce qu'on rêvait d'être », chantait-il, « J'ai regardé la vie en face / Et elle m'a marqué au visage / Chacune de mes rides est une douleur passée / Dieu, dis-moi où tu es / Que je puisse m'agenouiller. » Même au Lapin, où règne la chanson française, Polo disait en espagnol les brûlures secrètes des êtres et ce que le tango divulgue des meurtrissures de la vie sociale. Quel abîme que ces regards des éternels perdants, ces regards des sacrifiés que malheur et soumission bâillonnent ! « N'importe quel bon à rien rêve de ressembler à Gardel », scandait encore Polo « de sa voix de bandonéon ». Mais les rêves d'impossible ou les rêves de Gardel ne pouvaient sur l'heure détrôner l'inquiétude de Vivi. « Il faut que je lui prête main-forte », se persuadait l'Espagnol. Le Christ, qui se défaisait, fourbit-il aussi ses arguments ? Polo se mit à l'œuvre. Il lui fallut peu de temps pour réparer les doigts rongés par la rouille des clous, remettre en place les rotules, remplacer le nez cassé, remodeler une musculature qui se dégradait. « L'aube ne pardonne rien et n'a pas de cœur », écrivait le tanguiste Homero Manzi à Discepolo avant de succomber au cancer qui le torturait. C'est à l'aube que Polo s'attaquait au boulot, après la fermeture du Lapin. Dans sa sépulture de martyr de la guerre 14-18, Wasley sut-il qu'un siècle après qu'il l'eut sculpté, son Christ retrouvait une jeunesse ? Polo n'en doute pas. Pourquoi ? Son travail de restauration terminé, il joua au tiercé, ce qu'il faisait très épisodiquement. Intervention du ciel ? Il gagna une très grosse somme. Yasmina, originaire du Maghreb, qui veillait à la propreté du cabaret, l'apprit. Pendant des semaines, elle dorlota la sculpture, la polissant, chassant les poussières, dans l'espoir que la chance la comble à son tour. Tiercé, loterie nationale, loto : la fortune continua de la bouder. « C'est parce que je suis musulmane », finit-elle par conclure ; et elle cessa de jouer tandis que son plumeau se faisait moins fervent.

Maison du Trappeur que la postérité appellera « Bateau-Lavoir », 23, place Ravignan rebaptisée place Émile-Goudeau. Là, Van Dongen vivait avec Augusta Pretinger qu'il avait épousée en l'église

Saint-Pierre et Dolly l'enfant qu'elle lui avait donné. Van Dongen avait fait un premier voyage à Paris en juillet 1897. Il avait 20 ans. Déjà, il avait quitté Delfthaven, où il était né, et Rotterdam, où il ne supportait pas l'enseignement académique des Beaux-Arts, pour traverser l'Atlantique en passager clandestin à bord d'un navire où on le découvrit et où on l'employa aux cuisines. Il croyait que la mer l'attirait autant que le dessin. Il se trompait. Débarqué à Montmartre pour assister aux fêtes du 14 Juillet, il prolongea son séjour. Il y connut la faim, les nuits passées sur des bancs publics, sur les terrains vagues des « fortifs » ou dans des roulottes de gitans. Pour subsister, il se fit porteur aux halles, colleur d'affiches, crieur de journaux alors qu'il baragouinait peu de mots en français, faire-valoir de lutteurs et boxeurs forains. Il ouvrait les portières des calèches, allumait les poêles dans les bureaux, dessinait des gens qui s'asseyaient dans des squares, leur proposant leur portrait pour quelques centimes. Parallèlement, il commençait à donner des dessins humoristiques au *Rire*, à *L'Indiscret*, au *Rabelais* et illustrait de façon réaliste des faits divers. La mouise eut raison de sa détermination. Il repartit pour la Hollande. Quand il revint, en 1900, les difficultés n'étaient pas derrière lui. Cette fois, il les musela. Félix Fénéon, l'homme de goût, le fraternel, le perspicace, modelé par ces trois vertus, l'y aida. Il avait publié dans *La Revue indépendante*, qu'il avait fondée, *Prose pour Des Esseintes* de Mallarmé qui avait pour lui affection et considération ; il réitéra dans *La Vogue* en éditant *Les Illuminations* de Rimbaud ; il ressuscita Laforgue, fit découvrir Apollinaire, Fargue, Jarry et, critique craint et écouté, soutint Seurat, Luce, Pissarro, Signac, Cros, Matisse, Severini. Avec Kees Van Dongen, à l'estime pour le peintre s'ajoutèrent les opinions anarchistes qui les unissaient. Fénéon présenta Van Dongen à Ambroise Vollard après avoir retenu de ses dessins pour *La Revue blanche.* Vollard l'exposa. Oh ! ce n'était pas la fortune ! De temps à autre, Kees commettait encore quelques larcins chez des commerçants pour nourrir sa petite famille (on songe à la phrase d'Alphonse Allais : « Vivant de privations et encore pas tous les jours ») et, avec Picasso, son cadet de quatre ans, ils étalaient leurs toiles sur des trottoirs pour essayer de les vendre quand le besoin devenait impérieux. Mais, comme le rappelle Nino Frank, « le Hollandais affrontait son dénuement avec un calme olympien », le même flegme qui l'accompagnera dans le succès et le luxe des hôtels particuliers qu'il posséda, de sa propriété de Garches, des séjours à Venise, Deauville, Cannes, Monte-Carlo. Pionnier du Bateau-Lavoir (Renoir et Gauguin furent locataires de l'étrange maison avant qu'elle ne devienne célèbre), Van Dongen était réfractaire aux discussions théoriques sur l'art où excellaient Picasso, Max Jacob, Braque, Apollinaire, Derain et Maurice Princet, « le mathématicien du cubisme », sorti avec brio de Polytechnique et actuaire dans une compagnie d'assurances. « Au Lapin, racontait Frédé, quand s'amorçaient les palabres sur la peinture, les duels d'intelligence émaillés de paradoxes provocants, Van Dongen foutait le camp, à la fois moqueur et agacé. » Années héroïques ? Années folles ? Il m'arriva de lui téléphoner (018-92 : pourquoi de vieux numéros de téléphone retentissent-ils en moi comme un poème ?) et de lui rendre visite à Monte-Carlo au début des années soixante. Sa façon d'être, l'absence de pose, son regard bleu, sa barbe lui donnaient des airs de bonté. Ils étaient au diable les temps où le Tout-Paris se pressait aux fêtes qu'il organisait. Ces fastes princiers étaient-ils très présents dans la tête de l'octogénaire ? Il va sans dire que nos souvenirs nous imprègnent. Ils sont semailles, floraisons, moissons. En mentionnant le nom de la maison qu'il occupait 7, avenue Hector-Otto, désigne-t-on, sans ambiguïté, où sa nostalgie le portait ? « Le Bateau-Lavoir ». Ainsi l'avaient-ils baptisée. « Nous n'avons été heureux que là », avait dit, déjà, Picasso.

Rue Tourlaque. La Villa des Fusains en est l'ornement. Ici chaque centimètre vibre du défi des artistes à l'uniformité. Leur ambition s'éteindra-t-elle jamais ? À Renoir, à Forain, à Willette ont succédé d'autres peintres et sculpteurs qui occupent les vieux ateliers... Cité Véron étaient Boris Vian et Jacques Prévert. Henri Calet n'appréciait pas Prévert. Connaissait-il l'œuvre de celui qui se méfiait des intellectuels et conseillait de ne pas les « laisser jouer avec des allumettes » ? Et ces mots : « Et Dieu / Surprenant Adam et Ève / Leur dit / "Continuez je vous en prie / Ne vous dérangez pas pour moi / Faites comme si je n'existais pas" » ? Il l'avait croisé à Saint-Paul-de-Vence à deux enjambées de la Colombe d'Or. Il estimait qu'il occupait trop d'espace. Ses vêtements mode balnéaire le choquaient : trop voyants. Il est vrai que Calet, ce grand blessé de la vie, ce désarmé, « profondément ruiné de l'intérieur », comme le dit Francis Ponge, était plus angoissé que jamais. Il n'avait plus longtemps à vivre. La mort, qui lui tenait la main fermement depuis belle lurette, ricanait. Le trou était prêt. Il suffisait d'y laisser tomber la proie. Et de recouvrir la dépouille de terre. Le trou ? Calet aurait-il ri à l'évocation de Georges Braindinbourg qui se prétendait poète, penseur et bravait le ridicule avec insolence, cynisme et componction ? Il couchait à l'hôtel du Poirier-sans-Pareil, au coin de la rue Berthe, rendez-vous des traîne-misère, là où, avant l'éboulement de 1830 (les carrières à plâtre minaient le sol), une guinguette résonnait de ses chants. Vlaminck le disait auteur « d'un traité sur la philosophie du trou » s'empressant d'ajouter avec prudence qu'il n'en avait jamais vu un exemplaire. « On vient au monde par un trou. On respire par un trou. On se nourrit par un trou. On se décrotte par un trou. On urine par un trou. On disparaît dans un trou. » Manifestait-on un certain agacement à l'entendre répéter sa litanie ? Avec une froideur souveraine, Braindinbourg toisait les mécontents et clamait à la cantonade : « Votre attitude odieuse est vieille comme le monde : on lance des pierres à l'arbre chargé de fruits. » C'est rue Berthe, son principal domicile, que Serge Lentz parfois jette l'ancre. On le croit à Arkhangelsk, il vogue vers Oulan-Bator ; on l'imagine entre mer de Marmara et mer Noire, il remonte le Gange via Bénarès ou aromatise et ensoleille son accent à La Garde-Freinet, lui dont les origines sont slaves et l'éducation anglaise. Combien de fois a-t-il fait le tour du monde ? Le sait-il ? Enfourchant les astres et les vents, lui en donnerait-on les moyens, il foncerait afin d'essayer de répondre à la question de Aldous Huxley : « Comment savez-vous si la Terre n'est pas l'enfer d'une autre planète ? » Du vif-argent court en ses veines. La volonté de comprendre et d'aimer surpasse en lui le réflexe de juger et la palinodie des humeurs. En cela, il ressortit au journalisme tel qu'il doit être. Ses qualités de polyglotte ajoutent à son champ d'investigation. Et son besoin d'écrire des romans, d'être digne d'entrer en littérature (il y met des majuscules) accroît les exigences du grand reporter qu'il demeure jusqu'à la passion. « Il est difficile de ne mettre dans une phrase que la vérité qu'il y faut ! et d'y mettre celle qu'il faut ! » La constatation de Joseph Joubert, recopiée et placée dans un petit cadre en argent, est en évidence sur son bureau. Parfois, ses chats américains Marguerite et Charlemagne (le nom s'imposait parce que le chat est très haut sur pattes et Berthe au grand pied était la mère de Charlemagne) se couchent contre le cadre et le cachent. Ce qui ne signifie aucunement que Serge Lentz oublie la remarque de Joubert, fût-ce un instant.

Je parlais d'Henri Calet. À sa mort Georges Hénein, l'écrivain franco-égyptien-copte et souverain qui affirmait : « Il n'existe pas d'ersatz du sacré », dira : « C'était quelqu'un de trop bien pour la vie. » Peut-on imaginer plus belle épitaphe ? Quand cette salope de camarde le faucha à Vence le 14 juillet 1956 à trois heures du matin, elle anéantit à jamais la tâche qu'il s'était fixée : déambuler dans les vingt arrondissements de Paris et, badaud tendre et narquois, écouter la musique des rues mêlée à la sienne propre. « Les vingt arrondissements, l'un l'autre, dans l'ordre. Mille cent trente-trois kilomètres sur place. Paris pas à pas. Paris sans âge. Paris de tous les jours, tous ces jours irremplaçables. Paris à bras-le-corps. Un gigantesque décor, mille drames célèbres ou inconnus. La fréquentation des morts. Les morts me plaisent. Personne, je crois, n'a jusqu'ici parcouru toutes les rues, passages, avenues, cités, boulevards, ronds-points de Paris. J'en suis arrivé jusqu'à connaître les grains de sa peau (asphalte). » Voilà ce qu'il confiait à ses carnets, craignant de ne pas être à la hauteur de son projet du « Paris des champs, des quatre saisons », des souvenirs si nombreux « qu'il n'y a qu'à se baisser pour les cueillir ». Il songeait déjà au titre de l'ouvrage, un ouvrage de plusieurs tomes, une déclaration d'amour. Il l'annonçait : *Le Tour du propriétaire.* Que fais-je d'autre en marchant en zigzag dans Montmartre comme je le fais depuis l'enfance dans Nice (et d'autres villes) sans jamais me sentir à la hauteur du but visé ? C'est que le destin place toujours sur notre chemin des obstacles : les impondérables joyeux ou tristes. L'assiduité s'en ressent. Faudrait-il se répéter la devise des trappistes : « Souviens-toi que tu dois mourir » ? Ou celle du prince Antonio de Curtis, poète et comique connu sous le nom de Toto : « Soyons sérieux, nous appartenons à la mort. » On éluderait au moins l'insignifiant, le négligeable, le grabuge de pacotille.

« C'est l'heure des dernières promenades, avant l'hiver, l'heure de tremper sa plume avant qu'elle ne gèle », consignait encore Calet. Il se déplaçait dans Montmartre, se plaignant des pentes, des escaliers. Parcours trop escarpé, trop malaisé, trop abrupt, trop raide pour son corps exténué. « La nuit qui tombe, la fatigue qui vient, j'ai de la peine à marcher. La rue Ravignan m'a tué. Faire vite, l'épée dans les reins. » Dois-je le dire ? Je grimpe toujours aisément, le cœur tient, le souffle ne me trahit pas. Pour combien de temps ? Pauvre Calet au sourire douloureux ! Calet au bord du précipice ! Je le relis souvent, la gorge serrée. Sa petite musique fait plus de bruit en moi que le chambard des directeurs de conscience qui, avec sans-gêne, changent si souvent de conscience.

Comment Calet aurait-il raconté l'histoire de Pepino, l'Italien ? Tel Polo l'Espagnol, Pepino savait tout faire. L'un est « Manos de oro » ; l'autre fut « Mani d'oro ». Ne s'était-il pas sculpté une dent dans un os pour remplacer une des siennes perdue dans une bagarre ? Grand, d'une beauté de félin, il lui était arrivé, avant que les Allemands n'interdisent les bals durant la guerre 39-45, de se faire danseur mondain À La Crémaillère sur la Butte. Les femmes craquaient ; comme il les adorait, il les croquait à belles dents : on ne comptait plus ses succès. Souvent aussi, il avait posé pour des photographes sans exiger d'argent, uniquement pour rendre service. Cette activité annexe faillit lui coûter la vie. Un matin, sous l'Occupation, il n'en crut pas ses yeux. Son visage viril, au regard plein d'optimisme et de confiance, tapissait les rues de Paris avec comme légende : « Engagez-vous dans la L.V.F. » Ainsi avait-on vendu une de ses photos et cette photo servait la propagande franco-allemande : inciter de jeunes Français à se battre en uniforme de la Wehrmacht sur le front de l'Est. Quel cauchemar ! Son sang se liquéfiait. Il voulut intenter un procès. On le lui déconseilla. Il essayait d'expliquer qu'il était victime d'une aberration. Ses amis savaient la méprise et le plaignaient. Mais la multitude qu'il n'était pas en mesure d'éclairer ! Comment se dépêtrer de l'infamie ? Et les collabos qui voyaient d'un mauvais œil que l'on osât dénigrer et se soustraire à ce qu'ils considéraient comme un devoir et un honneur ! Des résistants n'allaient-ils pas l'abattre ? Il vivait de plus en plus au Lapin Agile, y couchait, s'y cachait. La Libération venue, il put prouver sa bonne foi. Mais il ne se sentit plus jamais flatté quand on lui demandait de poser pour une photo. Il prenait ses jambes à son cou...

Et ce clochard au timbre de voix très sonore. Il ne badinait pas avec la pureté de la langue. Il se nommait Besnard. On le disait ancien avocat. Eût-il revêtu un costume neuf le matin, qu'au soir la mistoufle l'aurait déguenillé. De plus, il empestait. Une vieille dame s'était prise de pitié pour lui. Elle l'autorisait à abriter sa carcasse dans un local désaffecté qu'elle possédait rue Cortot. Des chats lui tenaient compagnie. Il en eut jusqu'à vingt-cinq. Aucune hygiène. Avant de l'apercevoir, on reniflait qu'il allait tourner le coin d'une rue. « Maître Schlingue du barreau de Montmartre », plaisantait-on. Il se prétendait inventeur. La réussite dont il était le plus fier ? Des bretelles permettant de baisser culotte sans ôter le pardessus. « Besnard oblige ! » ironisait-il. Il savait comment esquiver rhume, bronchite, angine, grippe, phtisie : « Je dors avec mes chats. Rien de tel que leur peau pour faire reculer toute offensive contre notre appareil respiratoire. Mais la peau de chat vivant, pas celle tannée que l'on vend en pharmacie », spécifiait-il. Chaque nuit, à 1 h 45, avec précision, il collait son œil à la vitre du Lapin. Vivi sortait, lui donnait la pièce et il filait. Oubliait-il ou s'absentait-il ? Maître Besnard attendait la fermeture. Crasseux, le remerciement fleuri, il empochait son dû tandis que Vivi ou le négligent à qui il avait laissé la consigne et qui l'avait étouffée s'excusaient. N'était l'odeur, on aimait parler avec lui. Il élevait le vocabulaire à la hauteur d'un saint sacrement et son érudition, ornée de locutions latines, enrichissait celui qui l'écoutait. Mais comment ce chef-d'œuvre verbal avait-il sombré ? Montmartre ne le sut jamais. Vivi tenta de comprendre la déroute. Pour toute réponse, il n'eut que ce visage pathétique que pétrissent les regrets clandestins, les indignations tues, la désespérance que l'on porte en soi et qui n'a peut-être rien à voir avec les scélératesses de notre prochain. Il n'insista pas. L'avocat avait disjoncté, c'est tout. Une nuit, en même temps qu'il lui donnait sa quotidienne obole, Vivi constata que son protégé était pieds nus. Le lendemain, il apporta des chaussures au Lapin. Des chaussures jaunes, presque neuves. S'asseyant sur le banc de la petite terrasse, sous l'acacia, maître Besnard les essaya. Elles lui allaient. Toujours pompeux et crado, il partit, désignant ses souliers d'un geste large tel un courtisan prenant congé, chapeau balayant le sol, d'un monarque. Quel ne fut pas l'étonnement (et l'inquiétude) d'Yves Mathieu quand il les vit aux pieds d'un jeune homme assez salingue, en butte aux lois de l'équilibre qui descendait la rue des Saules. Il l'appela, courut vers lui, questionna. « De quoi je me mêle », fut la première réponse. Vivi s'obstina. « Maître Schlingue me les a refilés. T'as qu'à lui demander. » C'est ce qu'il fit. L'avocat confirma. Son visage, comme humilié par trop de souffrance, portait des traces de coups. Vivi ne remplaça pas les chaussures. Il ne lui offrit d'ailleurs plus rien, sinon la pièce rituelle de 1 h 45. Et puis, emphase et volubilité désertèrent maître Besnard, peu à peu. Une fois, deux fois, trois fois, il cessa de se présenter à son rendez-vous nocturne du Lapin. On s'alarma. On le retrouva gisant au milieu de ses chats. Le spectacle n'était pas beau à voir. « De quoi est-il mort ? » interrogea Vivi. « De tristesse comme beaucoup d'êtres humains », répondit un policier qui n'avait pas l'air sot. Un instant, Vivi songea à Mikhaïl Glinka, le chauffeur de taxi russe qui chantait Pouchkine et ne se remit jamais du massacre d'Ekaterinbourg...

Et Gazi, prince du pays tatar ? Fut-il un des innombrables amants de Suzanne Valadon ? Sa grosse voix et ses poings d'athlète auraient dissuadé la moindre allusion à ce sujet. S'il aima

Suzanne, c'est comme une mère. Et cet amour se renforça quand elle lui confia que son aïeule possédait une partie de la statue de Notre-Dame de Montmartre : elle l'avait toujours vue, enfant, sur une cheminée. Le mysticisme du prince Gazi-Igna-Ghireï alors se déchaîna. Les révolutionnaires de 1789 avaient détruit la vierge et prohibé son culte millénaire. Il voulut le rétablir, y consacra son existence. Au Lapin, stimulé par Paulo, Gazi prenait sa guitare et chantait la steppe, les troupeaux de rennes et, souffre-douleur de lui-même, son duel sauvage avec la mort. Sa hantise ? Qu'on l'ensevelisse vivant. Aux heures avancées de la nuit, quand les nerfs ébranlés exaspèrent les formes de la malédiction qui pèse sur les hommes, il se prosternait devant le Christ de Wasley et confiait à Paulo le but de sa vie : reconstituer la statue de la sainte patronne de Montmartre et des artistes du monde entier qu'il tenait aussi pour la sainte patronne du Vatican. Il y mit quinze ans. En réinventa-t-il l'aspect ? Déterra-t-il des fragments qui lui permirent d'être au plus près de la statue des origines ? Le fait est que sa persévérance fut récompensée. Notre-Dame-de-Beauté, Reine de la Paix, a repris sa place en l'église Saint-Pierre. On lui attribue « la protection et la préservation miraculeuse du site de Montmartre lors du bombardement du 21 avril 1944 ». Après la guerre, Gazi fut reçu par le pape. Et au Lapin, dans une niche, existe une réplique miniature de son œuvre qu'il sculpta aussi et installa. « Il portait souvent un grand imperméable, relate Vivi. Une canne à la main, il marchait d'un pas alerte. De sa gibecière, il sortait un calepin, s'arrêtait et s'asseyait pour faire des croquis. Il restait des heures place du Calvaire, dessinant et méditant. Chez lui, il avait dressé un autel et se coiffait d'une calotte de prêtre tandis qu'il allumait une bougie qu'il soufflait quand il sortait. Sa foi l'aida-t-elle à surmonter sa grand'peur du trépas ? L'étincelle divine lui éclaira-t-elle la nuit du tombeau ? Paulo le pensait comme il pensait que de veiller sur Suzanne Valadon — il l'appelait "Mémère" — le secourait. "On s'aide en aidant les autres." Un chapiteau de l'église Saint-Pierre montre un homme au museau de porc. On ignore ce qu'il envisage de faire à un bouc qu'il chevauche tête-bêche et dont il soulève la queue. Gazi déclarait qu'il y avait là une allégorie paroxystique de la concupiscence. Il priait et se signait plusieurs fois quand il s'arrêtait devant le chapiteau. Attitude propitiatoire ? "Dieu m'a élu pour éloigner de Mémère les démons de la tentation", énonçait-il sans s'appesantir. Puisait-il également du réconfort en lisant l'inscription gravée sur la pierre tombale de la reine Adélaïde de Savoie : "Mais Montmartre fut l'un de ses plus doux objets, pour y vivre et trouver une mort délectable" ? Chi lo sa ? Nous lui étions très attachés dans ma famille, enchaîne Yves Mathieu. Il nous le rendait bien. C'était un peintre de talent. Hélas, sa dévotion à Notre-Dame de Montmartre lui prit tellement de temps qu'il peignit peu. Cette rareté découragea les marchands qui auraient pu vendre très bien et cher ses toiles. Il ne respectait jamais les délais. La mort si redoutée finit par se pointer autrement que par des frayeurs abstraites. Amaigri, épuisé dès le réveil, il expliquait : "J'ai mangé le diable dans une boîte de sardines." S'empoisonna-t-il réellement de la sorte ? "C'est curieux, dit-il à Paulo la veille du grand saut. J'ai moins peur à présent que j'entends la mort à ma porte que lorsque je l'imaginais. C'est souvent comme ça. Le malheur, quand il survient, guérit des inventions morbides de l'esprit." Le cimetière Saint-Vincent, dans ce Montmartre qu'il adorait, accueillit sa dépouille. De la fenêtre de ma maison, je vois sa tombe », conclut Vivi...

Et Alexandre Breffort ? Chauffeur de taxi, il venait au Lapin Agile pour y déposer des clients. Auteur connu, journaliste estimé, il y revenait. À chaque fois il y restait. Le prétexte initial ? Attendre la fin du spectacle pour ramener le client à son hôtel comme Mikhaïl le fit pour Pat Sullivan, le créateur de Félix le Chat. Mais bientôt il lui fut inutile de se trouver un prétexte sinon le plaisir de sentir et d'écouter de la chanson française par tous les pores, au fil des émotions qu'elle provoque. « J'étais heureux de le voir et je le redoutais », évoque Yves Mathieu. « Pourquoi ? Parce que envoyé spécial de l'insomnie sur Terre, il était de ceux qui répugnent à rentrer chez eux pour se coucher. Tous les clients étaient partis que nous parlions encore à sa table ou, plus exactement, il parlait et j'acquiesçais ou désapprouvais en redoutant que par manque d'attention dû à la fatigue je n'inverse à tort mes mouvements de tête ou que je prononce un "oui" pour un "non". Vers trois heures, je me levais. Il me suivait à contrecœur, me tirait par la manche, me tenait les épaules. De la table au piano, il fallait compter vingt-cinq minutes. Du piano à la porte, le même temps. De la porte à sa voiture, une demi-heure était nécessaire car il revenait sur ses pas. Puis assis au volant, il ouvrait la vitre et parlait, parlait, tandis que je restais debout. Tout motivait sa faconde : le deuil de la pensée, la crise du théâtre depuis qu'on le subventionne d'un côté et le tue de l'autre par la fiscalité, la prétention des metteurs en scène ("Sophocle, Eschyle, Shakespeare, Corneille, Racine, Molière s'en passaient", blaguait-il), les systèmes philosophiques qui finissent toujours par détourner les hommes de ce qui leur est salutaire, les idéologues — bonimenteurs de l'avenir — qui ont trouvé le bon filon des promesses et l'exploitent, la beauté des courses cyclistes, le mal que se donnent des peintres pour laisser croire qu'ils peignent de façon ignoble alors que la nullité est leur état naturel, la volonté de ne jamais s'incliner, par lâcheté ou pour céder aux doctrines du jour et au bombardement médiatique, devant les choses que l'on n'admet pas, les vertus de quelques gorgées d'ammoniaque après une cuite ("Et ça dure", lançait-il), l'utilité de l'argot qui insuffle du sang neuf à la langue classique, la stupidité de ceux qui confondent opinions et coups de sang, la nécessité de ne pas s'emporter face au foutoir politique et bureaucratique, l'empêchement de réussir à transformer sa vie en une récréation comme lors de l'enfance dans la cour de l'école et, quand le sentiment du temps qui fuit le saisissait, la promesse de donner son corps à la science l'heure venue. Une nuit qu'il me faisait part de sa hantise de devenir aphasique comme Baudelaire, voire comme Stendhal, épargné par l'hémiplégie, mais incapable parfois de nommer l'objet le plus usuel, je ne pus m'empêcher de lui dire en me marrant : "La perte de la parole ne vous menace pas." Il me regarda comme à la dérobée, avec son air fouineur, son œil moqueur, et répliqua, imitant l'accent chinois : "On peut tout prévoir sauf l'avenir." "Eh bien, moi, vous voyant débarquer à dix heures du soir, je peux prévoir que je ne me coucherai pas avant cinq heures", dis-je. Il rigola franchement de ma réplique et m'embrassa. Je l'appréciais vraiment, Breffort. Je pense qu'il me rendait cette attirance. Je le vouvoyais et il me tutoyait. Il était captivant. Souvent je regrette d'avoir écourté nos conversations. Mais dans notre métier on a parfois qu'une envie : se pieuter et roupiller... »

Les paroles de Vivi, les rues de Paris à pinces — de l'anodin au grandiose, de l'anxiété diffuse aux joies furtives —, j'ai l'impression, à l'instar de Calet, de ne le redire jamais assez : « Il n'y a qu'à se baisser pour cueillir des souvenirs. » Et, pour le présent, il y a la bonne fortune de croiser le regard d'une jeune fille, « boticellienne », qui passe au bras d'un gaillard. Il la couve des yeux et l'on se sent soudain marié au monde, pour le meilleur.

CHAPITRE VII

« Je voudrais n'avoir jamais fait de voyages... Ce soir, un grand amour me tourmente (...) Je suis triste. Je suis triste. J'irai au Lapin Agile me ressouvenir de la jeunesse perdue et boire de petits verres. Puis je rentrerai seul. » Cendrars se confie : Blaise Cendrars « de braise et de cendres ». Il combinait en lui « les dons du poète, du sage et du prophète », proclame Henry Miller, émerveillé par l'homme qui possédait « l'art ou la grâce de savoir faire le premier pas ». Et que de pas il avait faits vers les autres à travers le monde et dans sa tête, ce « rat de bibliothèque », ce « brahmane à rebours » qui contemplait et se contemplait dans une permanente fièvre et rêva de cette épitaphe : « Là-bas gît Blaise Cendrars par latitude zéro, longitude ouest (...) dans le ventre d'un cachalot, dans un grand cuveau d'indigo » !

Il est « l'Homère du transsibérien », s'exclama Dos Passos. Des « voyages imaginaires suscités par la lecture des frères Reclus » aux fugues de l'enfance, de la luxuriance des forêts amazoniennes à la sécheresse des déserts, des fourmilières des grandes métropoles aux rêves d'héroïsme et de bourrasques cosmiques, il n'eut de cesse de jongler avec la mappemonde, ce vers de Baudelaire à la bouche : « Emporte-moi wagon ! Enlève-moi frégate ! » Ainsi, que d'effervescences, que d'éruptions, de coups de cœur et de coups de poing, fût-ce d'un seul puisque le 28 septembre 1915, caporal de la Légion étrangère, il était blessé au combat ; le lendemain on l'amputait du bras droit ce qui ne lui interdit jamais les vagabondages ni de refuser de lever le cul de sa chaise s'il en avait décidé.

Donc : bourlingueur et sédentaire. Mais pour aboutir à quoi ? À une conclusion presque sue avant que tout commence : « Moi, l'homme le plus libre du monde, je reconnais que l'on est toujours lié par quelque chose et que la liberté, l'indépendance n'existent pas. »

Où s'asseyait-il, Blaise, au Lapin ? Où retrouvait-il ses amis Modigliani, Apollinaire, Léger, Picasso, Abel Gance ? Où, solitaire, retenait-il les larmes amères du temps qui fuit ? Et Simenon ? À quelle table fit-il connaissance de deux « Hollandaises plantureuses avec lesquelles il passa la nuit, histoire d'enterrer dignement sa vie de garçon » ? Y mena-t-il cet anonyme « tellement habitué à peindre le Sacré-Cœur qu'il aurait pu le faire les yeux bandés » ? Il y venait assez souvent au Lapin

Agile qui « chaque nuit est comble », constatait-il. Il en avait fréquenté la réplique dans sa ville natale, un cabaret liégeois à l'enseigne de L'Âne Rouge situé rue Sur-la-Fontaine. Cette nuit aussi le cabanon (l'été approche : apportons-y un peu du parfum des calanques) à Vivi est comble. Je n'y sens pas la tristesse de Cendrars, porte-parole de la fraternité. J'y sens du bonheur, celui d'avoir laissé un moment les soucis au vestiaire, comme on dit, celui de l'apaisement que l'on éprouve en évitant pour quelques heures de bougonner contre sa propre destinée.

Avec Suzanne, nous y rejoignons André Villers, le photographe que Picasso aima tant. Chantal, son épouse, est avec lui. Nous sommes passés par le Laboratoire. D'aucuns ne cessent de bramer et de braver l'opinion afin de s'imaginer qu'ils existent. Leurs vrombissements les rassurent. André est silence. Une interminable souffrance le lui a enseigné, longue nappe de patience recouvrant et étouffant les cris. Quand, à Vallauris, il tendit par hasard à Picasso ses premières photos, il ne savait pas qui était l'homme qui accepta de les regarder après s'être penché sur la petite boîte qu'un instant avant encore il tenait dans ses mains. Picasso avait alors 72 ans et lui, Villers, 23. Il sortait du centre héliomarin où le mal de Pott l'avait conduit. Il y demeurera huit ans après être resté cinq ans couché. Comment savoir dans cette situation de grabataire, où même l'espérance présente un visage des mauvais jours (on peut s'en sortir, mais dans quel état !), qu'existait Picasso ! Il avait quelques heures de permission. Il se mouvait dans des froissements de ténèbres alors que le ciel était bleu. La photo était le dérivatif que les responsables de l'hôpital avaient imaginé afin que certains patients trouvassent « le temps moins long ». Et soudain, l'utopie terrestre qui fait que depuis des siècles l'homme invente des royaumes peuplés de fées et d'enchanteurs cessa d'être utopie. Picasso fit entrer le jeune homme chez lui. Il lui montra les photos qu'il faisait lui-même. Un beau sentiment d'amitié s'installait, de ceux qui contredisent la terrible sentence de *L'Imitation* : « C'est vraiment une misère que de vivre sur la Terre. » Dès lors, l'existence de Villers changea. L'enchanteur de Vallauris se prodigua pour lui ; André mérita cette estime et cette tendresse. Plus de cinq mille photos témoignent de ce temps béni ainsi qu'un livre, *Diurnes*, le seul pour lequel Picasso travailla en communauté absolue avec un autre artiste. « Et en plus, dit Villers de sa belle voix si douce, feutrée comme tout le personnage, il me demandait, quand il me présentait une découpe : "Tu penses que ça peut aller ?" Cette conduite gommait les différences entre nous, celle de l'âge entre autres. Si je restais deux semaines sans le voir, l'éloignement réinstallait ces différences : Picasso se changeait de nouveau pour moi en mythe inaccessible. Je l'appelais ou il m'appelait au téléphone, j'arrivais, et, après quelques minutes, son naturel, sa gentillesse abolissaient les barrières de la gloire. Le mythe redevenait homme. »

Des histoires sur Picasso, des petits faits que son œil qui pétille d'intelligence et de compréhension a notés, Villers (lunettes sur le bout du nez) en connaît cent et plus ! L'histoire de Minouni, torero en fin de carrière. Il était à l'âge où l'on ne pose plus que des banderilles. Un fauve l'accrocha pourtant. Picasso visita le blessé à l'hôpital. Ils parlèrent. Le rêve de Minouni ? Se retirer et acheter un bar à Barcelone. « Quand tu seras rétabli, viens me voir à Cannes », fit Pablo à son chevet. Le jour arriva. « Tiens, prends cette toile pour ton bar. » Le vieux torero stupéfait et ému obéit. Il était dans un état second. Le lendemain, Picasso le rappela. « Tu as toujours ce que je t'ai donné hier ? » « Oui. » « Ramène-le-moi. » Minouni s'interrogeait sur les raisons de la volte-face. Mais était-ce bien une volte-face ? De retour dans l'atelier, il entendit comme dans un rêve Pablo dire : « Il y a tellement de requins dans ce monde qu'ils vont te posséder quand tu vendras le tableau. Je te le rachète. Et je sais que le prix que je te propose est le bon prix. » Toujours aussi ému et stupéfait, Minouni reposa la toile tandis que Pablo lui remettait une somme en espèces... Et ce journaliste que Picasso recevait rue des Grands-Augustins ? Il lui avait accordé sa confiance. Cet après-midi-là, fort de cette confiance et des privilèges qui en découlaient, le journaliste feuilletait dans l'atelier un carton à dessins et à gouaches. Il en sortit tout à coup une, et, du ton le plus désinvolte qu'il puisse emprunter, il lança : « Formidable ! Elle est datée du jour de mon anniversaire ! » Picasso s'approcha, se saisit de la gouache, la retourna, écrivit au pinceau : « Jour d'anniversaire d'untel » et la reposa dans son carton.

« Il connaissait des foules d'anecdotes, enchaîne Villers, collectionnait des détails amusants ou tristes et conférait à ces détails autant d'importance qu'à des événements. Ils étaient pour lui des balises, les signes révélateurs d'un caractère car peut-être l'homme se dévoile davantage dans le train-train quotidien que dans des moments exceptionnels. Il adorait surprendre. Un soir, comme s'il allait exhiber un trésor, mystérieux tel le dépositaire d'un secret d'État, il sortit une bouteille d'un meuble et me la tendit. "C'est de l'absinthe. Le brave Frédé, du Lapin Agile, me l'a apportée un jour au Bateau-Lavoir. Elle était dans une brouette avec de quoi manger. Nous avions faim, à cette époque. Je ne l'ai jamais ouverte et elle m'a suivi dans tous mes déménagements." Puis Pablo reprit la bouteille et, avec des gestes précautionneux, la replaça dans sa commode. Les symboles exigent respect. »

C'est en souvenir de cette bouteille de « verte » que Villers a voulu retrouver le Lapin et aussi pour voir la reproduction de *L'Arlequin au verre* que Vivi et Maria ont accrochée à la droite du Christ de Wasley, près d'un portrait de Dorgelès. « Je ne l'avais jamais vu autrement qu'en photo puisque Frédé avait vendu la toile en 1912. Je me prends à croire que Pablo aurait été content, commente Villers. Ça lui plaisait que je lui parle du Lapin à mes retours de Paris quand une exposition m'y conduisait et que je montais visiter la Butte. Il souhaitait que je revienne vite. Il s'inquiétait tant pour moi ! "Avec la maladie que tu as eue, tu dois vivre au soleil ! Ne l'oublie pas", me recommandait-il. Et il ajoutait à voix basse : "On dit toujours qu'il y a plus malheureux que soi. Ce n'est peut-être pas vrai." »

« Comme aux beaux jours de nos vingt ans / Par ce clair matin de printemps / J'ai voulu revoir tout là-bas / L'auberge au milieu des lilas »... Maria Thomas chante Carco. Elle nous raconte des choses tristes et la joie du monde émane d'elle, comme si placée au bord d'un marécage elle ne voyait flotter que les nénuphars. Est-ce à dire qu'elle ne ressent pas d'émotion et que ceux qui l'écoutent en sont aussi privés ? Non. L'émotion la traverse et elle la communique. N'est-elle pas au bord des larmes parfois ? C'est le pouvoir de ces mélodies et de ces rimes de mettre dans leur poche interprètes et auditeurs. Et si ces airs sans prétention traduisaient les affaires fondamentales de nos existences ? Cependant, dans la foule des sentiments qui imprègnent les êtres, la force agissante de la vie, en Maria Thomas, prévaut toujours ; cela se discerne. Une singulière énergie l'habite. Une houle profonde assourdit les désenchantements. « La boue, la boue, les parapluies, les heures du soir : c'est tout de même beau », écrivait Degas. Des amours qui finissent, la lente emprise de chagrins quelquefois imprécis, des épopées de feuilletons populaires, les chandelles que l'on brûle par les deux bouts, ça n'est pas mal non plus puisque, de là, naissent des chansons. On ne peut que s'incliner devant la fatalité ; mais on accorde sa lyre et courtise le verbe afin de dire quand même deux mots au destin, le braver si le cœur nous en dit. « Et je rentrais l'âme lasse / Chercher ton nom sur la glace / Juste à la place où s'effacent / Quoi qu'on fasse toutes traces / Mais avec un pauvre rire / J'ai cru lire : "Après tout on s'en fout". »

À Carco succède une mélodie de Fauré, *Paysage* de Reynaldo Hahn et André Theuriet, *Plaisir d'amour, L'Amour de moy, La Petite Église,* un apogée du folklore catalan, la tendresse anxieuse de Ferré, un hymne à l'île Saint-Louis. Maria Thomas chante pour le plaisir de tous. Dans son pays, à Barcelone, on affirme que « la poésie est l'escalier de la mystique ». Je ne sais s'il faut prendre à la lettre ce cheminement. Mais à chaque fois que Suzanne et moi avons vu et entendu Maria, on l'a sentie s'élever. Puis, quand crépitent les bravos, l'inspirée semble revenir sur Terre comme l'on revient d'un long dépaysement. Une délivrance ? Le propre de l'artiste est d'être plus soucieux que le commun des mortels de l'image qu'il donne aux autres. On connaît les recours à l'artifice. Entrer en suspicion est aisé. Toutefois, lorsque Maria Thomas s'adresse à son public on perçoit une sorte d'amour de la vie d'autrui. Des égards. Une disposition naturelle à la sincérité. C'est que la chanson est genre généreux et que, çà et là, ceux qui montent sur scène respectent cette générosité. « Si je m'en lassais, avoue Maria, c'est que je serais lasse de moi. J'essaie que cela n'arrive pas. »

Que de bravos aurons-nous entendus au Lapin ! Nous y sommes allés tant de fois et y avons conduit ou accompagné tant d'amis jamais rassasiés d'effusions et de rêves ! Certains le découvraient. La réputation du lieu leur avait mis en tête plein d'histoires et l'eau à la bouche. Il convenait de ne pas refroidir leur enthousiasme. L'équipe du Lapin n'est pas de celle qui déçoit. On n'y gourmande pas les illusions. Là, quand on rit, les rires gagnent les yeux ; si on prodigue les fleurs séchées du souvenir, une vraie nostalgie les fortifie. Autant dire que les spectateurs n'ont nulle envie de rompre le charme, de casser un prestige ou un joujou. Leur faculté d'écoute touche au vif ceux qui ont conservé la passion de chanter comme à leur début, au temps où tout leur semblait possible.

D'autres auraient pu nous guider, tel Claude

Nougaro, fils d'un baryton et d'une mère pianiste-concertiste. Pour lui, « Le Lapin Agile est le coffre-fort de l'éternité ». Il sait de quoi il parle. Il y chanta, y habita longtemps comme les Lagoya, comme Tony Poncet, André Reybaz, Marco Perrin, Jean Sallaberry.

Il en frappa la porte en 1955, petit homme du Sud aux larges épaules, au regard intense car en lui les Anges et les Démons ne dorment jamais que d'un œil.

Déjà il avait écrit des chansons. Philippe Clay, Marcel Amont les interprétaient. Déjà, par Marcel Mirouze, le chef d'orchestre, ami de son père, il avait rencontré Jacques Audiberti. Où cette première rencontre ? Rue du Dragon, ce dragon, symbole de vigilance, « gardien des pommes d'or du jardin des Hespérides et des îles enchantées ». Il fallait bien que la mythologie, d'emblée, léchât les deux véhéments de ses flammes. Plus tard, Audiberti vivra chez Nougaro, car le bruit le chassait de son appartement. « Ce n'est plus supportable ! Mes voisins du dessus, la nuit, jouent aux boules », soutenait-il. La décision se prit à grande vitesse. Dînant au domicile de Claude et de Sylvie, Audiberti, défait, dépressif, évoqua le supplice qu'il endurait. « Si je pouvais enfin dormir dans une chambre calme ! » « Nous en avons une », répliqua Claude consultant sa jeune femme du regard. Il n'avait pas achevé sa phrase (ni Sylvie donné son accord) qu'Audiberti s'empara de la mallette qu'il avait emportée, se précipita vers la pièce prétendue paisible, la visita, posa la mallette sur le lit, en fit claquer les serrures, sortit brosse à dents, dentifrice, rasoir, pantoufles, pyjama et y demeura un an. « Merci, amis, pour cette chambre émerveillante. Le silence fait son bruit, que j'écoute avec bonheur de mes oreilles meurtries par le grondement du bruit de tout aujourd'hui », écrivit-il. Plus tard, en 1962, il préfacera le premier disque de Claude comme Marcel Aymé préfaça Gainsbourg. « Victor Hugo aimait le jazz. Peut-être, qui sait ? Mais il ne le connaissait pas. Quand je dis Victor Hugo, je veux dire un poète épris de poésie efficace et de rimes dans le mille. Ce poète, c'est Claude Nougaro. (...) Il peut donner aux mots une résonance concrète non encore entendue chez les poètes du papier. (...) Avec le taureau Nougaro, le poète, celui qui sait écrire, débouche en force dans la noire arène du disque (...) »

Nougaro frappa donc à la porte du Lapin. Le spectacle n'était pas commencé ; la salle déserte. Yves Mathieu ouvrit. « Je suis Claude Nougaro. » « Le fils de Pierre ? La semaine dernière il était ici. Il nous a chanté *Les Vieilles de chez nous*, de Charles Levadé. » « Ne pas oublier le nom de Jules Laforgue qui en écrivit les paroles », enchaîna Claude dans un sourire qui plut à Vivi. L'amitié arrive sur des pattes de colombe ; on ne l'explique pas ; son nid se bâtit. « Quelle belle voix a votre père ! Vous chantez aussi ? » « Non, j'écris des poèmes et comme mon père m'a dit qu'au Lapin Agile on écoute encore la poésie, j'ai eu l'idée de me présenter. » Vivi appela Paulo. Quelques minutes après, dans la salle toujours vide, Claude récita *Pégase*, cheval de bataille de son immédiate audition. « Dans ma valise j'avais des poèmes / Un tricot de laine / Une brosse à dents / J'avais trois litres de sang dans mes veines / Et je croyais que c'était suffisant »... Le char de l'aurore remplit son office. Le Père des Centaures cracha foudre et éclairs. Paulo et Vivi entrèrent en attendrissement et en enthousiasme. Le Petit Parnasse de la rue des Saules se fit Olympe pour le Toulousain qui martelait chaque syllabe, se retenant peut-être pour ne pas en prononcer les terminaisons, le *t* et le *s*, par exemple, comme son grand-père lorsqu'il disait : « des tickets ». Trois ans après cette soirée, il interprétait sa première chanson. La grande aventure commençait, fantasia de la chair et de l'ingénuité, ivresse du verbe, larmes et rires, bras d'honneur aux humeurs tiédasses.

« Quand Nougaro passe à Paris, la tour Eiffel cligne de l'œil. Quand il passe à Toulouse les os de saint Thomas lui-même se mettent à se trémousser », écrira Kenneth White dans son avant-propos à l'ode à Nougaro que déclame de sa voix stentorienne son frère, son alter ego, Christian Laborde, homme de poésie comme on dit homme d'armes, toujours prêt à tirer sa rapière, inlassable mousquetaire de la beauté, arborescence de rocaille, cataracte de mots, tout revêtu de rosée, de grâce vélocipédique, de baroque, d'heures fougueuses, de rythmes, de crêpes noirs ou rutilants, d'écorce de Delteil, de foi universelle en la nature, les ours, la danse, la langue, la musique. « J'ai deux anges gardiens », dit Nougaro. Il les invoquera souvent : « Audiberti et Cocteau. » Ces noms nous rapprochent, lui et moi. Pour l'un, que je n'ai pas connu, je fus amené naguère à inaugurer la plaque apposée sur la maison où il naquit, rue du Saint-Esprit, me fendant d'un discours officiel parce que l'usage le veut et que le maire d'Antibes — M. Pierre Merli — me le demanda et que la pauvre enveloppe humaine — fût-elle d'un poète — interrompt un jour sa gigue. « Frères humains qui après nous vivez. » J'en fus très honoré et troublé. Que voulez-vous ! Rien, je l'espère, n'anéantira chez quelques-uns la vénération pour certains écrivains. Elle date de notre enfance quand nous brûlions nos yeux à lire, jusqu'à ce que nos vues se brouillent : Féval, Dumas, Jules Verne, Hector Malot, Beecher-Stowe, Walter Scott, Jack London, Vallès, Fenimore Cooper... Alors : se trouver debout, des feuillets à la main, dans une ruelle, devant des gens et faire l'éloge d'un homme que l'on a approché uniquement en le lisant avec respect, espérance ou crainte de découvrir trop de choses comme cela arrive parfois dans le regard de l'autre, vous met le palpitant en émoi. Remarquez : il en est de même si l'on a connu l'écrivain. Et au diable les réquisitoires du genre : « Qu'est-ce qu'un écrivain ? Des enfants abandonnés, une épouse oubliée, de la vanité, encore et toujours. Quel intérêt ! » Nous nous l'étions répétée cette phrase, entre amis, comme nous déplorions, pour ce que l'on en savait, l'égoïsme de Rousseau. Mais tant pis ! Les écrivains que nous aimions étaient indestructibles en nos cœurs. Ils conféraient un sens à la vie, au nez et à la barbe de la mort. Il existe ainsi des passions fermement gonflées de sang neuf, du sang des années où l'on était jeune.

Pour Cocteau, l'autre ange gardien, je pouvais en parler des heures et ne m'en privais pas si Claude me le demandait. Parler de l'œuvre mais aussi de l'homme, de sa générosité avec, en prime, le plaisir de mettre nos mémoires à l'épreuve en nous lançant à la tête des vers, des aphorismes, une information, des bribes de phrases comme on s'énumère des palmarès de courses cyclistes, de championnats de rugby ou les dates des grandes batailles. Je nous entends citer : « Je sais que la poésie est indispensable mais je ne sais pas à quoi. » « La bonté passe de longue date pour une faiblesse et la méchanceté pour une force. » « Mme Daudet brûla douze aquarelles de Cézanne. » « Un chef-d'œuvre en littérature n'est jamais qu'un dictionnaire en désordre. » « Blaise, on t'a arraché ta main droite / Tu as porté ta main, comme un perdreau tué... » Ainsi, bien des choses, depuis quarante ans, depuis que je le vis sur scène à Nice et écrivis un article sur lui, m'unissent à Nougaro. Ne lui ai-je pas, de même, présenté Raymond Moretti ? Les eaux fortes des tempêtes mêlent parfois leur déferlement.

Il est agréable de l'observer quand il vient au Lapin. Il y est chez lui. Est-ce la vieille complicité d'homme qui le lie à Vivi ? Son cœur semble moins à vif. Le nuage triste qui l'enveloppe s'effiloche. L'ordinaire des jours (avec cet équilibre moral si difficile à trouver : subterfuges et marchandages) lui cause moins de peine. Une paix momentanée règne en lui. Là, je l'ai entendu déclamer : « J'ai choisi Le Lapin, le port, le bateau, l'arche / Où je fus embarqué sur le flot des chansons / J'étais parmi les taurillons / Qui sentent encore le lait de vache / J'ai choisi Le Lapin, enfant de la maison / (...) Les honneurs en ce lieu n'ont rien d'un chant du cygne / Ici le cimetière est trop près de la vigne / Buvons à la vie mes seigneurs. »

Un autre qui, au Lapin, boit à la vie est André Bernard. Sa femme, Josy Andrieu (la chanteuse « témoin d'une époque éternelle qui n'en finit pas de palpiter au fond de nous », dit d'elle André Tillieu, chantre de Brassens et obstinément réfugié dans l'amitié et la fidélité), l'accompagne toujours. Il faut voir comment tous deux écoutent ! Ils aiment aimer. Ils se paient de chansons, en quelque sorte. Tantôt c'est Éric Robrecht le

Bruxellois, musicien estimé de Caussimon (*Les Cœurs purs*) qui est au piano, tantôt Henri Morgan surnommé « tonton Robert » parce que son amour des livres est sans limite et que l'interroger c'est s'enrichir comme on s'enrichit en compulsant un dictionnaire. Maxime Barthélemy, Gérard Caillieux, Cassita, Arlette Denis, Zouzou, Frédéric Santalla, Michel Patrick, Michel Bergam et, bien sûr, Maria Thomas, Yves Mathieu, Frédéric Thomas chantent, animent. André pourrait chanter avec eux, annoncer les noms des paroliers et des musiciens : au pays des réminiscences, il jubile. Un vers, deux accords et son esprit est en fête. Il en sait tellement long et dans de multiples domaines ! Comment tout cet acquis ?

On dit que Henry Beer, frère de Giacomo Meyerbeer, asservi par une passion, finit le cerveau fêlé. Il collectionnait les cannes et les affiches de spectacles. Son obsession prit une énorme ampleur ; il se ruina. On le retrouva mort, un rictus aux lèvres, le corps ceint d'affiches et, dans chaque main, une canne serrée par ses doigts crispés. Le collectionneur opère tous azimuts. Des pompons militaires aux dessous féminins, des montres aux bagues de cigares, des instruments de musique aux automobiles, des sifflets aux gravures célébrant le pet. On vit un correcteur d'imprimerie collectionner les fautes d'orthographe ; un richissime Anglais, les cordes de pendus ; un amoureux de l'Empereur posséder jusqu'à deux mille cinq cents portraits différents de Napoléon Bonaparte. Le compositeur Louis Clapisson rassembla sept mille sept cent cinquante espèces de boutons depuis l'époque où ils supplantèrent les agrafes ; Frédéric le Grand mille cinq cents tabatières. Bref, du vide-greniers aux puces, de la brocante aux salons des riches antiquaires, furetant, fouillant, traquant, triant, débusquant, marchandant, achetant, numérotant, étiquetant, le collectionneur peut sauver de l'oubli et de la voirie des merveilles comme donner beaucoup de ses années à une bimbeloterie vulgaire ou à des vieilleries, fruits secs de tocades sans intérêt. Après tout, Cuvier reconstitua des squelettes à partir d'osselets qui, auparavant, n'avaient pas attiré l'attention.

Eh bien, André Bernard ressortit à l'espèce. Le virus s'empara de cet Arlésien à Nice. Il avait treize ans. Sa mère tenait Le Caveau Suisse, place Garibaldi. Sa tante était avec eux. Elle avait une marotte : les cartes postales, les photos d'artistes. Elle en possédait des piles et des piles. Le jeune André les compulsa, examina, admira, envia. C'en fut fait de sa quiétude. Depuis, s'attachant plus particulièrement à la bibliophilie, aux lettres autographes, aux documents sur la chanson, le cinéma, le théâtre, à la peinture et au dessin, à rassembler le maximum d'objets et d'archives sur des personnages qui le fascinent, ses collections n'ont fait que croître et embellir. On le sollicite pour des expositions sur Guitry, Pagnol, Cocteau — ses phares —,

Giono, Léautaud. Des biographes le consultent. Il préside des associations vouées à la mémoire.

— J'ai six collections majeures rassemblées dans des pièces dans lesquelles il est difficile de se mouvoir, dit-il. Quand je m'y rends, j'ai l'impression de chiner chez moi. Je croule sous les dossiers, le désordre, parce que je n'ai pas classé tout ce que j'ai amassé. C'est épuisant ! N'oublions pas, du reste, l'étymologie du verbe chiner : de s'échiner, travailler dur, fatiguer les reins... Comme ces enfants qui tapent des pieds si on ne leur donne pas ce qu'ils veulent, quand je sais qu'existe une photo, une affiche, une dédicace, une partition, un programme, un dessin, un livre qui me manquent : il me les faut ! C'est sans fin ! Car si on s'intéresse à Cocteau on se passionne aussi pour Jean Hugo, Christian Bérard, Radiguet, Diaghilev, Maurice Sachs, Anna de Noailles, Jean Desbordes, Jean Marais ; si l'on s'éprend de Pagnol on se captive pour les comédiens qui l'ont joué.

— Tu es merveilleux, André !

— Non. Fou ! Surtout fou ! J'en suis conscient ! Et des dangers que mon idée fixe me fait courir. Au point que si on me volait une lettre de Pauline Carton à Guitry j'en serais malade mais, en revanche, si tout brûlait, je me dirais : bon débarras !

Rassurons-nous. La délivrance n'est pas pour demain. Dans la salle obscure du Lapin, sous le projecteur, Maxime Barthélemy, qui connaît plus de mille chansons, se met au piano pour s'accompagner lui-même et André s'émerveille en écoutant sa voix de ténor ; Zouzou, cette brunette aux longs cheveux, qui semble un Poulbot, menue, fragile, aux yeux qui ont souffert mais qui ignorent l'amertume et l'envie, interprète Bruant, Mac Orlan et, à la fin, quand son accordéon se replie, André nous parle de Georges Van Parys car il sait qu'elle est sa petite-fille ; Cassita chante *Escale* et il évoque Carco et Jean Marèze, son demi-frère, qui se suicida. N'est-il pas l'auteur de ce si bouleversant poème que Boudard aussi chantait ? « Le flot qui roule à l'horizon / Me fait penser à un garçon / Qui ne croyait ni Dieu ni diable »... De Carco, par une scène de la vie parisienne, André Bernard situe le caractère. « C'était devant Notre-Dame. Un pigeon blessé ne parvenait pas à s'envoler. Un autobus klaxonne. Des passants crient. Trop tard pour freiner. Le conducteur s'arrête un peu plus loin. Il descend. Il est blême. Il s'adresse à Carco qui se trouvait là. "Où est-il ?" On s'attroupe. On se penche. On sort le pigeon de sous l'autobus. Il est étourdi mais n'a pas été touché. Une vieille dame s'approche et promet : "Donnez-le-moi. Ne vous faites pas de bile. Je vais le soigner." Tous repartent rassurés. "Vois-tu, concluait Carco, une anecdote de ce prix sauve une ville." »

Et la joie d'André Bernard, naïvement fier de sa mémoire, nous dit qu'il va vite retourner à ses collections car il n'est pas de ces bibliomanes qui thésaurisent et ne lisent jamais les livres qu'ils rangent. Pour lui, collectionner et désir d'apprendre sont synonymes. Et va de pair le contentement de partager ce qu'il sait (un détail, une extravagance, une précision, une bizarrerie pour gourmet) avec des amis. À chacun sa chasse au bonheur.

« Le seul, le véritable souverain de Paris, c'est le flâneur », soutient Anaïs de Raucon, historien, mort au milieu du XIXe siècle, qui prit pour nom celui de son père adoptif : Bazin. Bernard Morlino pourrait revendiquer cette souveraineté. Il est flâneur comme on naît poète. Car ne blâmons pas le flâneur comme le font des bougons qui le prennent exclusivement pour un désœuvré. « Flâner » ne signifie pas « ne rien faire ». « C'est une science ; la gastronomie de l'œil », dit le connaisseur. « L'homme qui ne connaît pas la flânerie chemine en automate de la vie à la mort », affirme Rodolphe Tœpffer, merveilleux homme dont Goethe goûta les écrits si drôles, si bien vus, si originaux, si inventifs quant à la langue et précis quant à l'observation : la caricature ne peut se permettre d'extrapoler, de forcer le trait à partir d'une erreur.

Chapeau à large bord sur la tête, grand, de belle carrure, bas du pantalon retroussé comme un zazou du temps de l'Occupation lorsqu'il délaisse la marche pour le vélo, Bernard Morlino parcourt Paris et plus souvent Montmartre où il habite à l'ombre de Charles Dullin. N'était sa discrétion, il en serait une figure. Mais préférer voir qu'être vu paraît être sa devise.

Biographe de Philippe Soupault et d'Emmanuel Berl, il fut et demeure un admirateur fébrile, fleur bleue et sans concession d'Éric Cantona, le footballeur qui faisait chanter *La Marseillaise* aux Anglais. « Cantona ! Les poètes ! Les écrivains ! A-t-on idée d'un tel amalgame ! » ne manqueront pas de s'exclamer les grincheux. À l'imitation de Soupault, qui aimait à la fois Dubout et Uccello, il aurait pu aussi irriter André Breton qui s'indignait de ces rapprochements qu'il considérait incongrus. « Ce n'est pas sérieux », pestait-il. Mais à l'imitation de Berl, son autre parrain en littérature, Morlino est convaincu que l'accord de la pensée et de la vie est le devoir essentiel, peut-être le seul. Ne nous privons pas d'aimer ce que nous aimons vraiment. Comme Berl, de même, il regrette que « sous couvert de rompre avec le passé, l'homme rompt avec l'homme ». Ce n'est pas à lui que pareille mésaventure surviendra. S'il courait à Manchester pour applaudir Cantona ou s'il va voir un match de football de troisième zone parce que le désir l'en prend, il longe également les bords de Seine imaginant les années où les quais et les ponts « étaient bordés par de vieilles maisons dont l'alignement masquait la vue du fleuve », et, « où qu'on tournât les yeux, on ne découvrait qu'une succession de façades et de pignons entre lesquels les rues avaient l'air de se faufiler en couloirs si resserrés que deux charrettes n'y passaient pas de front et qu'il valait mieux se garer pour peu qu'on eût quelque embonpoint». C'était au début du XVIIIe siècle, c'est Carco qui évoque ce Paris et c'est à Carco que Morlino songe quand il se rend au Lapin. À Carco et à toute une époque, avec la tendresse qui émane de l'homme qui n'a pas muselé l'enfance en lui.

«Je pourrais être un salaud», lança-t-il un après-midi à Soupault qui lui accordait une aveugle confiance et à qui il rendit visite trois ou quatre fois par mois pendant dix ans. «Vous un salaud? répliqua Soupault. Impossible! J'en ai tellement connus! Votre naturel me console des faux culs qui pullulent. Je ne croyais pas l'amitié possible avec quelqu'un de nouveau dans ma vie! Grâce à vous c'est arrivé.» Et le jour de son quatre-vingt-dixième anniversaire, il fit cette remarque : «Peut-être suis-je devenu un grand garçon.»

«J'avais l'impression, laisse entendre Morlino, que ses yeux comme ceux de Ré, sa femme, diffusaient cette tendresse des gens qui admettent la mort. Je m'unissais à eux dans la même incompréhension du monde. Ensemble, on était consternés devant la mauvaise foi. Ensemble, notre désespoir se mettait entre parenthèses.»

Le Lapin est également propice à ces salubres

parenthèses. Bernard Morlino y a vu, le 4 décembre 1995, à la terrasse, Yves Mathieu planter un tout jeune acacia, afin de célébrer le centenaire de la naissance de Paulo. Il l'a entendu donner une majesté bon enfant à la cérémonie. Rentré à la maison, avec sa vocation de diariste, il a tenté de reconstituer le message de Vivi. Que disait-il, en substance ? « Depuis la mort de son frère, en 1955, l'unique acacia qui restait dépérissait. Le Lapin Agile sans acacia est chose inconcevable. Suis-je de ceux qui trempent un balai dans l'eau pour faire pleuvoir, qui ne chausseront jamais le pied droit en premier au réveil, qui n'offrent pas de couteau à un ami, qui tremblent si le sel se renverse, si le pain se retourne, si deux fourchettes se croisent ? Suis-je un inquiet qui tire mauvais présage d'un passage sous une échelle, d'un éternuement, d'un miroir brisé, de se compter treize à table ? Je ne peux me prononcer sur ma croyance aux esprits, aux sorts, au mauvais œil, aux korrigans, aux loups-garous, aux sirènes perfides. Mais je sais que l'acacia protège Le Lapin Agile et les êtres qui l'aiment. Et tant pis si Rousseau ou Voltaire traitent la superstition de fléau du genre humain ! Le docteur Marcel Leibovici s'est caché longtemps pendant l'Occupation à l'ombre de ses feuillages, dans la petite chambre du premier étage de la baraque à Paulo et à Yvonne, ma mère, tandis que les Allemands, au rez-de-chaussée, assistaient au spectacle. Pour lui, l'acacia est sacré ! Le docteur est d'ailleurs près de nous en cette minute... Marco Perrin, mon compagnon de Conservatoire, frappé par une attaque d'hémiplégie alors qu'il était en tournée, estime qu'il a été sauvé par la dynamique du souvenir. Comment ? Reprenant connaissance après un long coma, il fixa l'énorme lampe qui se trouvait au-dessus de la table d'opération de l'hôpital de Grenoble et l'identifia — allez savoir par quel miracle ! — à l'acacia du Lapin qui l'avait tant écouté durant sa jeunesse quand il priait pour réussir sa vie. “À l'époque, je le serrais dans mes bras et j'avais la sensation qu'il me transmettait de sa force, raconte-t-il. Dans le bloc opératoire, c'est sa présence, fût-elle un mirage, qui m'aida encore.” »

Ce jour-là, Vivi évoqua également Tony Poncet, le ténor, son ami, pensionnaire du Lapin avant qu'une carrière internationale s'offre à lui. « Parfois, sortant d'une répétition, comme Marco, il enlaçait l'acacia et entonnait l'air de Don José. Les passants se rassemblaient. On devait l'entendre de la rue Caulaincourt à la place du Tertre. » Il parla en outre de Jacques Estérel. « Diplôme des Arts et Métiers en poche, il chantait le soir avec nous. “Prince des jardins d'agrément, indiquait-il, l'acacia est aussi plante médicinale et la piqûre de ses épines est inoffensive. C'est dire sa vocation de bienfaiteur. Il faut en faire un éloge ; un poème.” Il n'en eut pas le temps. L'art de la haute couture l'accapara. »

Après cette cérémonie, cette glorification de l'acacia et un choral à Paulo, Bernard Morlino, avec cet esprit curieux et cette vertu de fidélité qui le mènent, se sentit encore plus proche du Lapin Agile, de son histoire. Il se documentait, cherchait à en savoir toujours plus sur ceux qui l'animèrent. Sur Rina Ketty, qui débuta rue des Saules. « Avant, je chantais dans l'usine de M. Guillaume, fabricant de voitures d'enfants. Je chantais en travaillant, à présent je travaille en chantant », se réjouissait-elle. Après d'autres, elle ajoutait : « Au Lapin j'ai passé les plus belles années de ma vie »... Sur Jean-Baptiste Doumeng, le milliardaire rouge. C'est Jacques Estérel qui emmena Vivi à Noé où Doumeng était maire. Une bétaillère les avait accueillis en gare de Toulouse, direction Noé où devaient avoir lieu la première fête du village de type « reconstitution Moyen Âge » et l'élection de « Miss la Gaillarde ». De ce jour-là une amitié unit Yves Mathieu et Doumeng, Gascon d'anthologie. Il vint souvent au Lapin, ensuite. Influencé par Brassens, il écrivait des poèmes qu'il récitait avec un accent plus prononcé que celui de Walter Spanghero ou de Mgr Marty. Il arrivait avec des dignitaires des pays de l'Est ou d'Afrique. « Assieds-toi là ! » ordonnait-il à l'un ou à l'autre. « Et régale-toi ! » Il jurait comme ses aïeux gascons : Capdédious ! Sandis ! Cadédis ! Il racontait avec de gros rires des anecdotes sur les siens : « Quand un Gascon se bat en duel, il accule son adversaire contre un mur et l'y colle si parfaitement que le malheureux semble une peinture à fresque. » « J'ai l'air si guerrier, si hardi que si je me regarde dans un miroir, je m'impressionne. » « Il n'y a pas de fleuve si imposant que la Garonne. Si le Tibre venait par chez nous, on aurait vite fait de le mettre en bouteille. » « Celui-là commence à m'énerver. Je vais le nicher dans une muraille en lui laissant un bras de libre pour qu'il puisse ôter son chapeau chaque fois que je passerai devant lui. » « L'autre soir, des gens s'étonnaient d'un Gascon qui comptait les points aux cartes avec une rapidité vertigineuse. On lui demanda s'il ne craignait pas de se tromper. Il répondit sans se démonter : "J'ai essayé, mais ça m'est impossible"... »

Telle est la description que fait Morlino de Doumeng quoiqu'il ne le connaisse que par ouï-dire et par ce sens de l'écoute et de l'observation qui le gouverne. Sont-ils si nombreux ceux qui s'attardent aux petits faits de Montmartre ? Aux personnages discrets : Lino, jeune Portugais à fine moustache, cordonnier de la rue d'Orsel, si attaché au souvenir de l'ancien propriétaire qu'il n'a rien changé dans l'échoppe où viennent s'asseoir sur un divan des amis, inconnus ou connus comme les comédiens Roland Giraud ou Piéral. C'est le salon où l'on cause, le rayon de soleil de la rue... Des discrets encore ? La patronne du Au Rêve, rue Caulaincourt, qui n'a rien touché au taxiphone d'époque car c'est là que Marcel Aymé eut le malaise qui finit par l'emporter... Mme Zingaro, qui s'initia à la céramique à la mort de son mari afin de respecter sa mémoire tandis que dans la chambre, située au-dessus de la modeste boutique de la rue Tholozé, demeurent les portraits de Victor Hugo et d'Antonio Gramsci à qui son Italien d'époux vouait un culte. « Onze ans dans les prisons de Mussolini, de 1926 à 1937, et la mort en sortant ! » disait-il, triste comme si Gramsci avait été inhumé la veille...

Jean Paulhan se plaisait à distinguer deux catégories d'écrivains. Les farauds qui donnent leur avis sur tout avec aplomb : politique, religion, philosophie, morale, économie ; leurs « y a qu'à » sont infaillibles. Et ceux qui, loin d'être épris d'eux-mêmes, regardent, réfléchissent, se recueillent, essayant de mettre en phrases les petites chansons de la vie. Morlino est de ces décents.

« Frédé joue-moi sur ta guitare / La belle chanson que tu sais / Oh oui Frédé la belle histoire / Où l'on n'oublie pas le passé. »

Ce n'est pas Frédé qui se lève pour chanter ; c'est Yves Mathieu. Il est nuance et force. Pierre Mac Orlan écrivait de lui : « Il suffit de regarder son image : elle est celle d'un homme du Quattrocento. C'est le visage d'un cavalier d'armes peint par Antonello de Messine ou celui d'un docker (...) La chanson est un art puissant qu'il est difficile de définir car c'est également un art permanent, un incomparable mystère de la vie. Yves Mathieu est un bon conducteur de ce mystère. »

J'écarquille les yeux. Il est là, Mac Orlan, la poigne solide, plein de nerf malgré ses 117 ans ; tout satisfait d'écouter Vivi. Vivi ? « Il est aussi doué pour entrer dans le monde stendhalien de la Scala de Milan que pour s'introduire dans l'univers populaire des ports, des rues, des routes », glisse Mac à son compagnon de table. Corbleu ! C'est Carco ! Respectueux devant son ami comme il se doit ! N'a-t-il pas trois ans de moins ? Quel miracle de les trouver ici ! Mais Montmartre est terre des miracles ! N'y a-t-on pas vu saint Denis faire de l'exercice la tête sous le bras après qu'on l'eut décapité ? Des épouses bréhaignes rendues fécondes par l'eau de ses fontaines ? Des bénédictines s'y installer ? Qui fit plus de miracles que saint Benoît, vêtu de blanc et un bâton à la main, alors que ses os de bienheureux reposaient en l'abbaye de Fleury-sur-Loire ? Personne, par tous les saints ! Des centaines et des centaines ! Une instante prière et des paralytiques prenaient leurs jambes à leur cou, des aveugles voyaient même ce qu'il serait préférable de ne pas voir, des sourds ouïssaient, des impies étaient châtiés ! Et les reliques de la Butte ! Vous souvenez-vous ? Les translations solennelles ! Les pèlerinages ! Les morceaux de la vraie Croix ! Les phalanges, les ischions, les sternums, les coccyx d'abord jetés en vrac puis exposés comme des bibelots abrités dans des châsses !

La poussière des os de saint Ignace ! Deux têtes et une vertèbre des saints Innocents ! Le corps entier de sainte Béatrice, celui de saint Florent ! Et l'os de la jambe droite du patriarche, du prodigue en bienfaits, de Benoît lui-même, tiré du tombeau de Fleury-sur-Loire et offert à Marie de Beauvilliers en 1625 ! N'est-ce pas précis ? Ah, çà ! Je ne vais pas jouer les sceptiques, les ours mal léchés, encourir fouet, garrot, tenailles, pal ! Une ineffable allégresse me parcourt ! Je crois ! Je crois ! Ils sont tous là ! « Il n'est de miracle que de vieux saints », claironne le proverbe. Ce qui signifie : « Il ne faut rien attendre que des gens éprouvés. » Pour être « gens éprouvés », ils le sont ! Éprouvés, blanchis sous le harnais, les suaires ! Je les compte, calcule leur âge ! Les chansonniers Jacques Ferny, plus pince-sans-rire que jamais avec ses binocles, sa cravate-système, son flegme (136 ans) ; Mac Nab et son zézaiement (104 ans) ; Xavier Privas, « âme de midinette dans le corps de Porthos » (137 ans) ; Marcel Legay, chanteur d'opéra, chanteur des rues avec « sa redingote bleue », son ventre de propriétaire, son « pantalon à la housarde », les pellicules qui l'auréolaient quand il bougeait la tête (149 ans)... Les écrivains, les poètes : Dorgelès (114 ans), Max Jacob (124), Blaise Cendrars (113), Courteline (142), Nerval, l'aîné, sans homard en laisse, sage comme une image, le cou un peu tordu (192)... Et Dullin (115) ; et Rudolph Valentino (105) ; et Georges Carpentier (106) qui entendit un jour un de ses adversaires qui était à terre murmurer à l'arbitre : « Ne vous préoccupez pas de compter. De toute façon, je ne me relèverai pas » ; et Paul Delmet (140) mort si pauvre, sensible comme une jeune fille, toujours bouleversé et bouleversant, qui disserte sur la pensée de Rousseau : « C'est un des miracles de l'amour de nous faire trouver du plaisir à souffrir » ; et Modigliani (117) ; et Valadon (133) ; et Dignimont le Délicat, amoureux des fesses et des fleurs (109) ; et Chaliapine le Superbe (127) ; et le chauffeur de taxi Mikhaïl Ivanovitch (hors d'âge) qui fit du Lapin sa famille ; et Carlos Gardel (110) perplexe car on vient de lui projeter le film d'Alejandro Dolino *Le Jour où Maradona a rencontré Gardel* : un tango lui monte aux lèvres, « Le monde est fou / Il lui manque une vis / On a rasé la barbe du Christ », et voilà Léon John Wasley (120) qui rapplique, prêt à faire le coup de poing ! Qu'on ne touche pas à son Christ si bien ressuscité par Polo !

« La plus belle expérience que nous puissions faire c'est de rencontrer le mystère. Cette émotion fondamentale veille sur le berceau de l'art et de la science véritable. » Mais qui a écrit ça, Vierge Marie ! Bernard Morlino, recopiant sur le livre de bord une phrase d'Einstein. Pour le mystère, je suis servi ! Du prestigieux ! Du grandiose ! Du rétrospectif sur mesure ! Même le « vieux choucas accroché comme une suspension » au plafond de l'entrée du Lapin réapparaît. Il éternue comme un homme et comme jadis pendant que Guillaume Apollinaire (120 ans), conduit par Salmon (119 ans) et porteur de « moustaches blondes que l'on voit à condition qu'un rayon lumineux les éclaire de biais », récite *Alcools.* Paul Fort (128) la lavallière en bataille, les cheveux longs, entouré de demoiselles blondes, est au septième ciel. Léon-Paul Fargue (124) proclame : « Faites confiance à la Butte et au Lapin qui vous transforme en artiste. » Gino Severini (117) simule les gestes des poupées mécaniques afin de décomposer les mouvements comme dans ses tableaux. Clemenceau (159) gronde après le portrait qu'a fait de lui Heuzé car il ressemble plus à un phoque qu'à un tigre. Suzanne Lenglen (101) n'en revient toujours pas d'être morte si jeune — 39 ans — elle, la championne, l'athlète infatigable. Albert Préjean (106) et son « drôle de petit bonheur humide au coin des mirettes » fait assaut de gouaille et de finesse populaire avec Arletty l'unique, Arletty (102) et son instinct infaillible de la beauté. André Warnod (115) répète la phrase de Mac Orlan : « Montmartre, ce petit arpent du bon Dieu... »

« Pour vous obliger de penser à moi / D'y penser souvent, d'y penser encore / Voici quelques fleurs, bien modeste envoi / De très humbles fleurs qui viennent d'éclore... » Maria Thomas a le regard qui brille et une petite moue triste. Elle succède à son mari. Elle chante Delmet et l'émotion, une fois encore, gagne tout le monde. Jusqu'à

Daniel Halévy (128 ans), l'homme de qualité, le vivifiant, le fraternel, l'érudit, le tolérant, l'esprit libre, le voisin de Degas, Halévy qui se refusait toute incursion chez les bohèmes du temps où il se promenait dans Montmartre « avec une âme d'archéologue, comme un habitant de Pompei qui rentrerait dans ses ruines et se demanderait en marchant s'il est le jouet d'un rêve ! ». C'était en 1929. Il portait gaillardement ses 57 carats. La religion du bulldozer le fâchait. Ce soir, il a enfreint sa règle de conduite. Il s'encanaille avec dans l'oreille la confidence de son ami Degas : « Quand j'entends du Beethoven, il me semble que j'avance seul dans une forêt chargée de toutes mes peines. » Ce n'est pas du Beethoven que nous propose Cassita qui s'accompagne à l'accordéon. C'est de la chansonnette. Mais que sa voix remue l'assistance ! Des résonances qui viennent de si loin ! Du vertige pour populo ! Un réalisme qui augmente le poids du fardeau de chacun et qui pourtant l'allège, le berce ! L'air en vibre !

Arlette Denis siffle. Aucun rapport avec la désapprobation, les outrages, la dérision, le mépris, le chahut ! Il s'agit de sifflements harmonieux aussi beaux que ceux de Jacques Braquemart, le voiturier d'autrefois aux yeux vert clair. Il faisait des imitations d'oiseaux. Une fois par nuit ! Tous les taillis, toutes les forêts, l'Amazonie, le Mercantour, Brocéliande sortaient de ses lèvres. Quel concert ! On l'applaudissait et il repartait parapluie ouvert s'il pleuvait, courtois, main jamais tendue mais les pièces y arrivaient quand même. Où est-il Braquemart, à présent ? Quels volatiles de cimetière bercent-ils son repos ? Mais j'écoute Arlette. Une flûte ! Une virtuose ! J'observe la salle. Je me renseigne. Quel est le public ? Un préfet et son épouse, un groupe de jeunes gens du Poitou, des Parigots, un couple d'enseignants de Calais, des Américains de Virginie, des Allemands, un aveugle fou de chansons et son épouse, des Catalans, des Australiens, des Japonais qui offrent des cadeaux à Maria. Ils sont reconnaissants des bonnes heures qu'ils passent. Tout à l'heure, certains reprenaient en chœur, en connaisseurs ou en élèves studieux, les chansons bachiques et friponnes de Gérard Caillieux aux allures de Yves Montand. Maintenant, l'habileté d'Arlette Denis les intrigue. Elle termine. On applaudit ; et quand Michel Bergam chantera *Une vie, Autour d'une écluse, Allez viens,* ce sera l'ovation comme naguère pour Jacques Debronckart (tout scintillant de talent puis brisé, supplicié par la maladie jusqu'à ce que mort s'ensuive : on ne l'oubliait pas dans les ténèbres ; on précipitait sa chute), les mêmes bravos que pour Jean Sallaberry, le ténor basque, fils de berger, qui resta trente ans au Lapin, fringant, enthousiaste comme au premier jour. Un bail ! Michel Bergam en est-il si loin ?

Non ! Je n'ai pas la berlue ! Ils sont bien là : les pionniers, les nouveaux, les artistes et ceux, de plus en plus rares, qui ne s'intronisent pas tels : au rythme où ça va, le plus trivial des grimauds, des faiseurs de mirlitons, le plus barbouilleur des peintres, le plus fieffé chieur de graffitis, le plus assourdissant des pétaradeurs se sacrera Lamartine, Titien, Debussy. Il y a Gheorghe Zamfir : le roi de la flûte de Pan. Il avait goûté aux gracieusetés communistes. Il n'était pas chaud pour retourner chez le grand timonier roumain. Un ami le présenta à Vivi qui l'écouta, s'épanouit, s'élança d'une fleur à l'autre. Il se sentait papillon, abeille : utile quoi ! Plus une seconde à perdre ! Il obtint un permis de séjour, engagea Gheorghe, lui régla son premier cachet français : 50 francs ! Cette fiche de paye ! Une relique ! Zamfir l'a conservée avec les disques de platine qui, depuis, ont jalonné ses succès et son acte de naturalisation... Annie Girardot aussi est là dans la réminiscence des nuits où elle disait des poèmes au Lapin. « Rien de plus difficile », commentera Jacques Charron après avoir accepté d'interpréter *Les Animaux malades de la peste* à la demande des spectateurs. Il ajoutera : « Ce fut le plus grand trac de ma carrière ! » C'est au Lapin qu'Annie monta et répéta *Le Malade imaginaire* qu'elle devait présenter en Normandie. Yves Mathieu jouait M. Purgon et Jean-Paul Belmondo, en dernière année du Conservatoire, Thomas Diafoirus... Édouard Carlier, le maître de la bonbonnière du restaurant Beauvilliers, est venu en voisin, lui que le souffle des croisades anime se risquerait-on d'attaquer Montmartre...

Eugène Riguidel, Pierre Follenfant, les deux — Alain Gouédard et Gliksman — bavardent au Laboratoire. La mer les unit à Vivi, marin émérite. N'a-t-il pas écumé la Méditerranée, traversé l'Atlantique, maître à bord avec Christian Fouilloy d'un voilier de treize mètres baptisé *Idéfix*? Cette passion d'homme de mer l'incita à équiper un « Golden Shamrok » de neuf mètres cinquante pour son pote Hervé Papin, grand, mince, pas bavard, diplômé H.E.C., habitué des courses à la voile en équipage. « Et si on l'appelait *Le Lapin Agile* ? » suggéra-t-il, comme on lance une boutade. Hervé le prit au mot. « Je ne suis pas superstitieux ; je m'en moque », dit-il. À l'instar du mot « corde » au théâtre, le mot « lapin » est prohibé chez les marins. Ils n'en prononcent même pas le nom. Ils se bornent à le décrire : « animal aux grandes oreilles ». Tout alla bien pour Hervé, skipper non conformiste : avec son *Lapin Agile* écrit sur la coque comme une provocation, un blasphème, le voilier bravait les flots, se jouait de l'antique superstition et se trouvait en tête au classement des bateaux de série dans cette course en solitaire de *L'Aurore* version 1979. Une classique !

Vint la dernière étape avec arrivée à Concarneau. Yves Mathieu était sur place pour accueillir l'ami ; le triomphateur de sa catégorie, peut-être. Fébrile, il était à l'écoute des radios. Ne jamais vendre la peau de l'ours, n'est-ce pas ? Soudain, une information fut répétée : « L'animal aux longues oreilles est à la dérive... L'animal aux longues oreilles est à la dérive... » Vivi se précipita. Quand, monté sur une vedette des douanes, au large de l'île de Sein, il put repérer et approcher Hervé Papin, c'est un squelette que l'on hissa à bord. Safran cassé, sans gouvernail, il en avait vu des vertes et des pas mûres pour ne pas sombrer. Il avait tenu plusieurs heures ! L'épuisement ! La superstition marquait des points !

« J'aurais dû mettre une branche d'acacia dans le bateau », commentera Vivi.

« Hardi les gars ! Vir'au guindeau / Good bye farewell / Good bye farewell / Hardi les gars ! Adieu Bordeaux / Hourra ! Oh Mexico ! Ho ! Ho ! Ho ! / Au cap Horn il ne fera pas chaud / All away... » On chante dans la salle. Riguidel et les siens quittent le Laboratoire. Ils s'approchent de la table. « C'est Georges Auric qui a recueilli cette vieille chanson de marins », chuchote Vivi avant d'entrer dans le chœur. Puis ce sera *Le 31 du mois d'août, Les Filles de La Rochelle, Pique la baleine, Jean-François de Nantes, Les Trois Marins de Groix...* S'il est fermement recommandé de ne pas prononcer le mot « lapin » lorsqu'on navigue, en revanche, dans les veillées de la rue des Saules, la mer, les matelots sont à l'honneur. Depuis toujours. Mac Orlan n'appelait-il pas Frédé « le tavernier du quai des Brumes » ? Et Paulo a-t-il jamais quitté sa casquette bleue de marin ? Quant à Vivi, il navigue, on le sait, et il chante : « Qu'avez-vous, belle brunette / Qu'avez-vous à pleurer tant ? / (...) J'ai perdu ma rose blanche, qui s'en fut la voile au vent / Elle est partie vent arrière / Reviendra en louvoyant. »

« Je n'aime pas les endroits où l'on s'amuse parce que les gens qui s'ennuient y vont. » La boutade est de Maurice Baring. Depuis plus d'un siècle, au Lapin, on la fait mentir. Je regarde et j'écoute. Comme la perle que l'huître sécrète, l'esprit du lieu, ici, est inaltérable. Il y a quelque chose d'ensoleillé dans ce cabaret sombre, à la lumière de cachot. Est-ce dû à une forme de résistance à l'inévitable ? On préserve des recettes qui ont fait leurs preuves, on souhaite y adjoindre des choses que l'on perçoit comme belles, et on ne s'incline pas devant la laideur quand les modes s'avisent de la répandre. « Le penchant des esprits médiocres est de briller par le ton et le jargon du siècle », regrettait Stendhal. D'aucuns, au Lapin, voudraient que les souvenirs, un jour, ne deviennent pas forcément remords.

Il y a longtemps, si longtemps, Berthe et Frédé avaient un singe appelé Théodule, on le sait. Comme il se doit, ils lui passaient ses caprices. Il faut bien que de temps à autre l'homme se rachète de ce qu'il fait subir à des frères dits inférieurs. « Le singe ? Un parent pauvre », écrit Jules Renard. Ce singe rappelait à Francis Carco celui que son père lui avait acheté sur le port de Marseille. Dans l'appartement que la famille occupa à Nice, l'animal montra grande attirance pour les pendules. Il en ouvrait les boîtiers avec dextérité, manœuvrait les aiguilles, déterminant l'heure de la maison. « Le tic-tac le plongeait dans des réflexions interminables », évoque Carco. Je n'ai plus de tic-tac à ma montre. Une pile a remplacé le mécanisme mais la trotteuse bouge, en accéléré. Je la suis des yeux. Ma réflexion est-elle semblable à celle du singe de Carco ?

Il est tard. Les chanteurs ont quitté la longue table. Ils ne la feront plus tourner ce soir. Les fantômes ont regagné leur lit.

Je suis le dernier client. Je me lève, prends congé. Bientôt trois heures. Il fait doux dehors. En aval, au bas du grand escalier de la rue des Saules, l'immense rumeur de Paris n'a pas pris son essor. En face, c'est le silence du cimetière Saint-Vincent, le silence de ceux qui ont fini par se passer de tout. Et si un jour, avant même de rendre l'âme, le désir venait à beaucoup de ne plus prononcer une parole sinon pour quelque besoin pratique ? En haut, sur le Sacré-Cœur, brillent des étoiles. Le défilé des années ne les perturbe pas. Je me tourne vers Le Lapin. Tout est éteint. Où ai-je lu que Dante était un petit rondouillard, que Shakespeare n'a jamais existé, que Mozart pétait et rotait sans retenue, que Cythère est une île pelée, que le

Rubicon n'a qu'un filet d'eau, que Troie était une bourgade sans importance ? Eh bien, tant pis ! Le Lapin Agile n'est qu'une petite baraque, une boîte à musique et à mélancolie comme à l'écart du monde, mais sur quel piédestal ses amoureux le placent ! C'est le pouvoir des mythes. Ils donnent consistance et prestige même à l'impalpable. Étrange, ce sentiment que j'éprouve d'avoir déjà vécu ce moment ! Je fixe la façade, les vitraux, la porte, les fenêtres, l'acacia, le lierre, les troènes, les genêts, et je me prends les pieds dans des souvenirs très très anciens. D'une autre vie. Tirera-t-on jamais cette impression au clair ?

Il est temps de rentrer. Maria et Vivi sont partis main dans la main. Suzanne m'attend à la maison. Sur un banc du square Dorgelès, le plus reculé, deux amoureux semblent dormir. N'y a-t-il pas danger, par les temps qui courent, à demeurer seuls ainsi dans la nuit ? Pour l'heure, entre la confiance et la crainte, ils ont choisi la confiance.

Je descends la rue Saint-Vincent. Passe un chat noir. Lui non plus n'a pas l'air craintif. Va-t-il rejoindre Mistral ? Une voiture me pousse sur le minuscule trottoir de droite. Elle va vite. Le bruit du moteur et des pneus sur les pavés qu'éclairent les phares confère au silence le côté ouaté qu'il a dans les campagnes quand le cri d'un animal, le murmure d'une source qui s'égoutte du rocher, un pas, le troublent. Dix minutes encore et je suis couché. « C'était bien ? » demande Suzanne. Elle entendra la réponse au petit déjeuner. Le sommeil l'a reprise aussitôt.

Demain, Le Lapin Agile, prodigue en sensations, rouvrira sa porte sans faillir à son credo de fidélité. Demain, il persévérera dans son œuvre qui est de relier le présent au passé. Demain, l'alchimie du souvenir dispensera de nouveau ses rêves et ira jusqu'à déchirer et dévoiler l'invisible. Venues des quatre coins du monde, quelques dizaines de personnes s'installeront pour la veillée. Les bons moments naissent de la sympathie pour les choses, cette sympathie qui cadenasse l'ennui, cautérise les blessures, tempère les dénigrements. Mais quelle importance dans la profusion des millénaires et l'éternité des galaxies ! Pas d'importance ? Qu'on nous les laisse alors nos frivolités, nos oasis, nos griseries sentimentales, nos brefs états de grâce, nos légers accords jaillis de l'âme, nos paresses ! Un jour un inconnu écrivit sur le livre de bord du Lapin : « La vie n'a pas de sens ; seule notre existence lui en confère un peu. »

Ensuite, dans la nuit, dans l'antre à Vivi, musiques et chansons s'arrêteront, une fois de plus. Les réverbères s'éteindront. L'aube fardera le ciel d'une blancheur de Pierrot.

Et quel sera l'emploi du temps de Mistral, avec son regard de chat, de décrypteur d'âmes, ses secrets murés en lui ? En fin de matinée, il quittera les sommets de l'indifférence où il semble se complaire pour réclamer et donner sa part de tendresse par un frôlement, une station sur les genoux, des ronrons, de chétifs miaulements. Chez les Mathieu, on s'en réjouira à grands cris, comme partout ailleurs en la circonstance. Bientôt, avec sa majesté naturelle, parce que tel est son bon plaisir, il demandera qu'on rouvre la porte. Il la franchira, humera la rue, regrimpera sur un mur puis sur le toit du Lapin avec le grand livre de Paris à ses pieds. Et ce sera peut-être un autre beau jour. Malgré tout.

Nice. Montmartre.
1er janvier 1999. 18 juin 2000.

BIBLIOGRAPHIE

ARNOUX Alexandre, *Tristan Corbière, une âme et pas de violon,* Grasset.

BERCY Anne (de), ZIWÈS Armand, *À Montmartre le soir,* Grasset.

CARACALLA Jean-Paul, *Montmartre gens et légendes,* Pierre Bordas et fils.

CARCO Francis, *Nostalgie de Paris,* Les Éditions du Milieu du monde, Genève.

— *Mémoires d'une autre vie,* Les Éditions du Milieu du monde, Genève.

CHARPENTIER Octave, *À travers Montmartre,* préface de Louis Nucéra, Les Éditions de Paris.

CRESPELLE J. P., *Montmartre vivant,* Hachette.

DOMINIQUE Pierre, LESOURD Paul, GANNE Gilbert, PERRUCHOT Henri, LABRACHERIE Pierre, HUGUES Clovis, GALTIER-BOISSIÈRE J., PERRIN Michel, REY Robert, FARNOUX-REYNAUD L., BARREYRE Jean, *Montmartre, son histoire, ses écrivains, ses artistes, ses chansonniers, ses humoristes... ses nuits,* Le Crapouillot.

DORGELÈS Roland, *Au beau temps de la Butte,* Albin Michel.

— *Bouquet de bohème,* Albin Michel.

DRACHLINE Pierre, *Le fait divers au XIXe siècle,* Hermé.

ÉMILE-BAYARD Jean, *Montmartre hier et aujourd'hui,* Jouve et Cie éditeurs.

FRANK Nino, *Montmartre ou les enfants de la folie,* Calmann-Lévy.

GIROUD Michel, *Claude Nougaro, poésie et chanson,* Seghers.

HALÉVY Daniel, *Pays parisiens,* Les Cahiers rouges, Grasset.

HILLAIRET Jacques, *Dictionnaire historique des rues de Paris,* Les Éditions de Minuit.

LABORDE Christian, *Claude Nougaro, l'homme aux semelles de swing,* Brivat.

LEMOINE Michel, *Paris chez Simenon,* Encrage.

MAC ORLAN Pierre, *Montmartre-souvenirs,* Chabassol.
— *Villes,* Gallimard.
MARC Henri, *Aristide Bruant le maître de la rue,* Éditions France Empire.
MILLER Henry, *Les Livres de ma vie,* Gallimard.
NÉGRIS André, *Mon ami Carco,* Albin Michel.
PÉNET Martin (avec la collaboration de Claire Gausse) : *Mémoires de la chanson. 1 100 chansons du Moyen Âge à 1919,* Omnibus, France Culture.
PERRY Jacques, *Yo Picasso,* J. C. Lattès.
PETITFILS Pierre, *Rimbaud,* Julliard.
RENOIR Jean, *Pierre-Auguste Renoir mon père,* Folio, Gallimard.
RENOY Georges, *Montmartre de A à Z,* Bibliothèque européenne.
SALMON André, *L'air de la Butte,* Les Éditions de la nouvelle France.
VOLLARD Amboise, *En écoutant Cézanne, Degas, Renoir,* Grasset.
WARNOD André, *Le vieux Montmartre,* Figuière et C° éditeurs.
— *Ceux de la Butte,* Julliard.
— *Fils de Montmartre,* Arthème Fayard.
YAKI Paul, *Le Montmartre de nos vingt ans,* Les Éditions Le vieux Montmartre.
— *Montmartre terre des artistes,* Les Éditions Georges Girard.
Textes de DORGELÈS, APOLLINAIRE, DEKOBRA, Max JAKOB, DELAW, MAC ORLAN, TOULET, DYSSORD, PELLERIN, CURNONSKY, etc., *Les veillées du Lapin Agile,* préface de Francis Carco, Édition française illustrée.

INDEX

DU MÊME AUTEUR

Au cherche midi éditeur

UNE BOUFFÉE D'AIR, chroniques

LES CONTES DU LAPIN AGILE (Folio n° 3804)

Aux Éditions Grasset

L'AMI, roman (Livre de Poche)

LA KERMESSE AUX IDOLES, essai

AVENUE DES DIABLES-BLEUS, roman (Livre de Poche)

CHEMIN DE LA LANTERNE, roman. Prix Interallié 1981 (Livre de Poche)

LE KIOSQUE À MUSIQUE, roman (Livre de Poche)

MES RAYONS DE SOLEIL, Grand prix de la Littérature sportive 1987 (Livre de Poche)

LE RUBAN ROUGE, roman. Prix Jacques Chardonne 1991, prix du Sud-Jean Baumel 1992

LA CHANSON DE MARIA, roman (Livre de Poche)

MES PORTS D'ATTACHE, mémoires

ILS S'AIMAIENT, roman

Aux Éditions Le Comptoir

LE ROI RENÉ : LA PASSION DU VÉLO, essai

Aux Éditions Julliard

L'OBSTINÉ, roman

LE GREFFIER, roman

Aux Éditions Jean-Claude Lattès

COCTEAU-MORETTI : L'ÂGE DU VERSEAU, essai

DORA, avec Jean Michel, documents. Prix littéraire de la Résistance 1975 (Livre de Poche)

Aux Éditions Denoël

ENTRE CHIEN ET CHAT, avec Jean-Pierre Desclozeaux

Aux Éditions Glénat

LA CÔTE D'AZUR VUE DU CIEL, avec Bernard Giani

Aux Éditions Arthaud

VILLAGES PERCHÉS DE PROVENCE ET DE LA RIVIERA, avec Cuchi White

Aux Éditions Romain Pages

PRINCIPAUTÉ DE MONACO, collection « Intime Europe »

Aux Éditions de l'Archipel

SA MAJESTÉ LE CHAT, essai

Aux Éditions Gilletta

ALPES-MARITIMES

Aux Éditions Cristel

LE RÊVE BRETON D'UNE ENFANCE NIÇOISE

COLLECTION FOLIO

Dernières parutions

4834. Patrick Modiano	*Dans le café de la jeunesse perdue.*
4835. Marisha Pessl	*La physique des catastrophes.*
4837. Joy Sorman	*Du bruit.*
4838. Brina Svit	*Coco Dias ou La Porte Dorée.*
4839. Julian Barnes	*À jamais* et autres nouvelles.
4840. John Cheever	*Une Américaine instruite* suivi d'*Adieu, mon frère.*
4841. Collectif	*«Que je vous aime, que je t'aime !»*
4842. André Gide	*Souvenirs de la cour d'assises.*
4843. Jean Giono	*Notes sur l'affaire Dominici.*
4844. Jean de La Fontaine	*Comment l'esprit vient aux filles.*
4845. Yukio Mishima	*Papillon* suivi de *La lionne.*
4846. John Steinbeck	*Le meurtre* et autres nouvelles.
4847. Anton Tchékhov	*Un royaume de femmes* suivi de *De l'amour.*
4848. Voltaire	*L'Affaire du chevalier de La Barre* précédé de *L'Affaire Lally.*
4849. Victor Hugo	*Notre-Dame de Paris.*
4850. Françoise Chandernagor	*La première épouse.*
4851. Collectif	*L'œil de La NRF.*
4852. Marie Darrieussecq	*Tom est mort.*
4853. Vincent Delecroix	*La chaussure sur le toit.*
4854. Ananda Devi	*Indian Tango.*
4855. Hans Fallada	*Quoi de neuf, petit homme ?*
4856. Éric Fottorino	*Un territoire fragile.*
4857. Yannick Haenel	*Cercle.*
4858. Pierre Péju	*Cœur de pierre.*
4859. Knud Romer	*Cochon d'Allemand.*
4860. Philip Roth	*Un homme.*
4861. François Taillandier	*Il n'y a personne dans les tombes.*
4862. Kazuo Ishiguro	*Un artiste du monde flottant.*

4863. Christian Bobin	*La dame blanche.*
4864. Sous la direction d'Alain Finkielkraut	*La querelle de l'école.*
4865. Chahdortt Djavann	*Autoportrait de l'autre.*
4866. Laura Esquivel	*Chocolat amer.*
4867. Gilles Leroy	*Alabama Song.*
4868. Gilles Leroy	*Les jardins publics.*
4869. Michèle Lesbre	*Le canapé rouge.*
4870. Carole Martinez	*Le cœur cousu.*
4871. Sergio Pitol	*La vie conjugale.*
4872. Juan Rulfo	*Pedro Páramo.*
4873. Zadie Smith	*De la beauté.*
4874. Philippe Sollers	*Un vrai roman. Mémoires.*
4875. Marie d'Agoult	*Premières années.*
4876. Madame de Lafayette	*Histoire de la princesse de Montpensier* et autres nouvelles.
4877. Madame Riccoboni	*Histoire de M. le marquis de Cressy.*
4878. Madame de Sévigné	*«Je vous écris tous les jours...»*
4879. Madame de Staël	*Trois nouvelles.*
4880. Sophie Chauveau	*L'obsession Vinci.*
4881. Harriet Scott Chessman	*Lydia Cassatt lisant le journal du matin.*
4882. Raphaël Confiant	*Case à Chine.*
4883. Benedetta Craveri	*Reines et favorites.*
4884. Erri De Luca	*Au nom de la mère.*
4885. Pierre Dubois	*Les contes de crimes.*
4886. Paula Fox	*Côte ouest.*
4887. Amir Gutfreund	*Les gens indispensables ne meurent jamais.*
4888. Pierre Guyotat	*Formation.*
4889. Marie-Dominique Lelièvre	*Sagan à toute allure.*
4890. Olivia Rosenthal	*On n'est pas là pour disparaître.*
4891. Laurence Schifano	*Visconti.*
4892. Daniel Pennac	*Chagrin d'école.*
4893. Michel de Montaigne	*Essais I.*
4894. Michel de Montaigne	*Essais II.*
4895. Michel de Montaigne	*Essais III.*

4896. Paul Morand	*L'allure de Chanel.*
4897. Pierre Assouline	*Le portrait.*
4898. Nicolas Bouvier	*Le vide et le plein.*
4899. Patrick Chamoiseau	*Un dimanche au cachot.*
4900. David Fauquemberg	*Nullarbor.*
4901. Olivier Germain-Thomas	*Le Bénarès-Kyôto.*
4902. Dominique Mainard	*Je voudrais tant que tu te souviennes.*
4903. Dan O'Brien	*Les bisons de Broken Heart.*
4904. Grégoire Polet	*Leurs vies éclatantes.*
4905. Jean-Christophe Rufin	*Un léopard sur le garrot.*
4906. Gilbert Sinoué	*La Dame à la lampe.*
4907. Nathacha Appanah	*La noce d'Anna.*
4908. Joyce Carol Oates	*Sexy.*
4909. Nicolas Fargues	*Beau rôle.*
4910. Jane Austen	*Le Cœur et la Raison.*
4911. Karen Blixen	*Saison à Copenhague.*
4912. Julio Cortázar	*La porte condamnée* et autres nouvelles fantastiques.
4913. Mircea Eliade	*Incognito à Buchenwald...* précédé d'*Adieu !...*
4914. Romain Gary	*Les trésors de la mer Rouge.*
4915. Aldous Huxley	*Le jeune Archimède* précédé de *Les Claxton.*
4916. Régis Jauffret	*Ce que c'est que l'amour* et autres microfictions.
4917. Joseph Kessel	*Une balle perdue.*
4918. Lie-tseu	*Sur le destin* et autres textes.
4919. Junichirô Tanizaki	*Le pont flottant des songes.*
4920. Oscar Wilde	*Le portrait de Mr. W.H.*
4921. Vassilis Alexakis	*Ap. J.-C.*
4922. Alessandro Baricco	*Cette histoire-là.*
4923. Tahar Ben Jelloun	*Sur ma mère.*
4924. Antoni Casas Ros	*Le théorème d'Almodóvar.*
4925. Guy Goffette	*L'autre Verlaine.*
4926. Céline Minard	*Le dernier monde.*
4927. Kate O'Riordan	*Le garçon dans la lune.*
4928. Yves Pagès	*Le soi-disant.*
4929. Judith Perrignon	*C'était mon frère...*
4930. Danièle Sallenave	*Castor de guerre*
4931. Kazuo Ishiguro	*La lumière pâle sur les collines.*
4932. Lian Hearn	*Le Fil du destin. Le Clan des Otori.*

4933. Martin Amis	*London Fields.*
4934. Jules Verne	*Le Tour du monde en quatre-vingts jours.*
4935. Harry Crews	*Des mules et des hommes.*
4936. René Belletto	*Créature.*
4937. Benoît Duteurtre	*Les malentendus.*
4938. Patrick Lapeyre	*Ludo et compagnie.*
4939. Muriel Barbery	*L'élégance du hérisson.*
4940. Melvin Burgess	*Junk.*
4941. Vincent Delecroix	*Ce qui est perdu.*
4942. Philippe Delerm	*Maintenant, foutez-moi la paix !*
4943. Alain-Fournier	*Le grand Meaulnes.*
4944. Jerôme Garcin	*Son excellence, monsieur mon ami.*
4945. Marie-Hélène Lafon	*Les derniers Indiens.*
4946. Claire Messud	*Les enfants de l'empereur*
4947. Amos Oz	*Vie et mort en quatre rimes*
4948. Daniel Rondeau	*Carthage*
4949. Salman Rushdie	*Le dernier soupir du Maure*
4950. Boualem Sansal	*Le village de l'Allemand*
4951. Lee Seung-U	*La vie rêvée des plantes*
4952. Alexandre Dumas	*La Reine Margot*
4953. Eva Almassy	*Petit éloge des petites filles*
4954. Franz Bartelt	*Petit éloge de la vie de tous les jours*
4955. Roger Caillois	*Noé* et autres textes
4956. Casanova	*Madame F.* suivi d'*Henriette*
4957. Henry James	*De Grey, histoire romantique*
4958. Patrick Kéchichian	*Petit éloge du catholicisme*
4959. Michel Lermontov	*La Princesse Ligovskoï*
4960. Pierre Péju	*L'idiot de Shangai* et autres nouvelles
4961. Brina Svit	*Petit éloge de la rupture*
4962. John Updike	*Publicité*
4963. Noëlle Revaz	*Rapport aux bêtes*
4964. Dominique Barbéris	*Quelque chose à cacher*
4965. Tonino Benacquista	*Malavita encore*
4966. John Cheever	*Falconer*
4967. Gérard de Cortanze	*Cyclone*
4968. Régis Debray	*Un candide en Terre sainte*
4969. Penelope Fitzgerald	*Début de printemps*

4970. René Frégni	*Tu tomberas avec la nuit*
4971. Régis Jauffret	*Stricte intimité*
4972. Alona Kimhi	*Moi, Anastasia*
4973. Richard Millet	*L'Orient désert*
4974. José Luís Peixoto	*Le cimetière de pianos*
4975. Michel Quint	*Une ombre, sans doute*
4976. Fédor Dostoïevski	*Le Songe d'un homme ridicule* et autres récits
4977. Roberto Saviano	*Gomorra*
4978. Chuck Palahniuk	*Le Festival de la couille*
4979. Martin Amis	*La Maison des Rencontres*
4980. Antoine Bello	*Les funambules*
4981. Maryse Condé	*Les belles ténébreuses*
4982. Didier Daeninckx	*Camarades de classe*
4983. Patrick Declerck	*Socrate dans la nuit*
4984. André Gide	*Retour de l'U.R.S.S.*
4985. Franz-Olivier Giesbert	*Le huitième prophète*
4986. Kazuo Ishiguro	*Quand nous étions orphelins*
4987. Pierre Magnan	*Chronique d'un château hanté*
4988. Arto Paasilinna	*Le cantique de l'apocalypse joyeuse*
4989. H.M. van den Brink	*Sur l'eau*
4990. George Eliot	*Daniel Deronda, 1*
4991. George Eliot	*Daniel Deronda, 2*
4992. Jean Giono	*J'ai ce que j'ai donné*
4993. Édouard Levé	*Suicide*
4994. Pascale Roze	*Itsik*
4995. Philippe Sollers	*Guerres secrètes*
4996. Vladimir Nabokov	*L'exploit*
4997. Salim Bachi	*Le silence de Mahomet*
4998. Albert Camus	*La mort heureuse*
4999. John Cheever	*Déjeuner de famille*
5000. Annie Ernaux	*Les années*
5001. David Foenkinos	*Nos séparations*
5002. Tristan Garcia	*La meilleure part des hommes*
5003. Valentine Goby	*Qui touche à mon corps je le tue*
5004. Rawi Hage	*De Niro's Game*
5005. Pierre Jourde	*Le Tibet sans peine*
5006. Javier Marías	*Demain dans la bataille pense à moi*
5007. Ian McEwan	*Sur la plage de Chesil*
5008. Gisèle Pineau	*Morne Câpresse*

Impression CPI Bussière
à Saint-Amand (Cher),
le 15 mars 2010.
Dépôt légal : mars 2010.
1er dépôt légal dans la collection : décembre 2002.
Numéro d'imprimeur : 100969/1.
ISBN 978-2-07-042267-8./Imprimé en France.

175846